講談社文庫

脳男

新装版

首藤瓜於

講談社

目次

脳男

のうおとこ

1

廃墟のあいだをぬって走る小道の突き当たりで茶屋《ちゃや》は車をおりた。

茶屋は身長百九十センチ、体重百二十キロの巨漢だった。壁のように広い背中に、海からの風に乗ってきた細かいこぬか雨がふきつけた。

正午を少しまわったばかりの時刻なのに、頭上には黒い雲が垂れこめて薄暗かった。物音ひとつ聞こえず、霧雨《きりさめ》が辺り一面を音もなく濡《ぬ》らしていく気配だけが満ちていた。

目の前は操業されていない製鉄工場だった。引込み線の線路は錆《さ》びつき、資材置場には雑草が人の背の高さほどに生《お》い茂っていた。

三台の車がつづいて袋小路《ふくろこうじ》に入ってきて、茶屋の車のすぐ横に停車した。ドアが開き、なかから男たちがおりてきた。彼らは無言のまま茶屋の巨体をかこむようにして立った。男たちはみなスーツ姿だったが、足元はゴム底のスニーカーで、防弾チョッキと透明アクリル樹脂のフードのついたヘルメットを両手に提げていた。

茶屋は資材置場の向こう側にある倉庫とその周囲のビルを見渡した。その地区はガラス張りの高層ビルが建ちならぶ市の中心部からわずかしか離れていなかったが、打ち捨てられた事務所と閉鎖された工場がならぶ無人地区だった。

めざす倉庫は入口が一方にしかなく、鋼鉄製のドアは遠くからでも見通せる広い駐車場に面している。駐車している車は一台もなかった。倉庫の裏手はくず鉄が積み上げられた廃品置場で、そこを越えると荷役波止場《にやくはとば》だった。

倉庫のまわりには四棟のビルがあったが、それぞれの屋上にはあらかじめ警官隊が配備され、倉庫のなかにいる人物が外に逃れた場合にそなえていた。

茶屋が向き直って目配せすると、男たちは一斉に両手にもった防弾チョッキを上着の上から着こんでヘルメットをかぶり、官給品の拳銃をホルスターから抜いて弾倉を点検しはじめた。

「滅多なことでは発砲するな。倉庫にはおそらく大量の火薬が隠されているはずだ。

流れ弾が当たって爆発などということになったら目もあてられないからな」

男たちは無言でうなずいた。

茶屋ひとりだけが、ヘルメットも防弾チョッキもサイズの合うものが見つからなかったせいで私服のままだった。茶屋は男たちの顔をひとりずつ見まわしてから前に向き直り、倉庫に向かって歩きだした。倉庫の敷地に入ってからは、駐車場の塀ごしに大きく迂回しながらコンクリート製の低い踏段のついた建物の正面に近づいた。

窓には板が打ちつけてあり、正面の鋼鉄製のドアもベニヤ板でかこわれていた。その隣りに従業員の出入口だったらしいドアがあり、同じように板が打ちつけられていたが、しかしそちらのほうは偽装で、板は実際にはドアに立てかけてあるだけだということは確認済みだった。茶屋はベニヤ板を脇にのけた。ノブをにぎり、音を立てないように慎重にドアを開けた。

倉庫のなかは真っ暗だった。茶屋は暗闇に目が慣れるまで、ノブをにぎりドアを半開きにしたままの姿勢で動かずにいた。やがて茶屋が足を前に踏みだしてなかに入ると、男たちがそれにつづいた。

建物のなかの空気は冷たく、湿っぽいすえた臭いがした。一階のフロアにはなにもなかった。機械も工具類も、椅子や机などの家具も見当たらなかった。むきだしのコンクリートの床と、塗料がはげ落ち、湿気でたわんだ壁があるだけだった。L字形をしたフロアのいちばん奥に二階に通じる階段があった。

茶屋は片手をのばして冷たい壁の感触をたしかめた。五感を磨《と》ぎすまし、一歩一歩足を進めていった。階段の下までたどりつき、上を見上げて段数を数えた。十三段あった。

手摺《てす》りではなく、壁に手を触れながら階段をのぼった。一段、二段、と数えながら音を立てないようにゆっくりとのぼっていく。

階段をのぼり切ったところで立ち止まり、廊下の奥に目を凝《こ》らした。二階の窓も外側から板が打ちつけられており、外光が入らず薄暗いことに変わりなかった。それでも、廊下に沿って部屋がいくつかならんでいることだけはわかった。

腰をかがめながらいちばん手前の部屋の戸口まで近づき、壁にはりつくようにしてなかをうかがった。

なにも聞こえなかった。

首をめぐらして部屋の端から端までを見まわす。

人の気配はなかった。

部屋のなかに体を入れ、戸口のところでもう一度人の気配がないことをたしかめてから左手にもった懐中電灯の明かりを点《つ》けた。五メートル四方ほどの広さで、天井の高さが三メートルほどの部屋だった。茶屋につづいてほかの男たちが音もなく部屋に入ってきた。部屋の左奥の壁ぎわに机が据《す》えられているのが見えた。鉄製のキャビネットの上に合板の分厚い板をのせたものだ。長さは部屋の端から端まであった。どうやら作業台のようだった。

茶屋は部屋を横切ってそれに近づいた。

作業台にはさまざまな工具類や材料がところせましとならべられていた。

懐中電灯の明かりを向けて、作業台を照らしだした。抵抗器、コンデンサー、外枠を外され中身だけになった無線機、さまざまな口径の鋼管とプラスチック・パイプ、ワイヤー、ビニール被覆《ひふく》された針金、ステンレス製のボウル、ガラス製のレトルト、計量カップ、加熱器、天秤《てんびん》、用途のわからない小さな電子機器。そして台の隅に一挺《ちょう》の弓ノコがあった。

懐中電灯の明かりが弓ノコの黒いタングステンの刃を浮かび上がらせたとき、背後の男たちからざわめきが伝わってきた。それは低くおさえられほとんど声にはならなかったが、まぎれもなく歓声だった。

その弓ノコこそ、この部屋で作業していた人物が連続爆破事件の犯人であることを示す動かぬ証拠だったからだ。

台の端には小型の鉄床《かなとこ》、万力、電動グラインダーまでが備えつけられ、正面の壁のスチール製の棚にはラベルがついたままのガラス瓶に入った化学薬品がならべられていた。引き出しを開けると、釘やボルトやナット、そして台所用のゴム手袋などが几帳面《きちようめん》におさまっていた。引き出しをもとに戻したとき、はんだづけに使うゴーグルと耐熱皿の上に置かれたはんだごてが目にとまった。茶屋の脳裏に、ゴーグルをつけ、シャツをまくりあげて爆弾づくりに没頭している犯人の姿が不意に浮かんできた。

茶屋たちは爆弾犯を特定してから、その男を二十四時間態勢で監視してきた。いまでは男の習慣や食事の好みにいたるまですべて知りつくしているといってよかった。

緑川紀尚《みどりかわのりひさ》。三十三歳の独身の会社員。資産家のひとり息子で老いてなお矍鑠《かくしやく》としている母親に甘やかされて育ったという以外、これといった特徴のない平凡な男だった。

独り者だが、隣人と道で行き合えば愛想よくあいさつの言葉をかけるような男だった。会社の同僚によれば欠点はただひとつ、酒のつきあいがよくないことだけで、それをのぞけば欠勤はおろか遅刻や早退すら一度もしたことがないほど真面目《まじめ》で仕事熱心な人間だった。しかし品行方正な日常生活の裏で、男は爆弾造りにいそしみ、人々に恐怖をあたえ社会を混乱に陥れることに人知れぬ快楽を見いだしていたのだ。

　この男はただ愉しみのためだけに五人もの人間の命を奪い、何十人もの人々に一生消えない傷を残したあとも、三度の食事を欠かさずとり、会社に通い、家に帰ればテレビのバラエティー番組を見て無邪気に笑い声を立てることさえあったはずだ。

　そのことを考えると、茶屋の体の奥からはげしい怒りがあらためて沸きあがってきた。

　懐中電灯の明かりを作業台の上から壁に向けると、そこに小さな窓があることに気づいた。

　窓は外側から板が打ちつけられているのではなく、黒いカーテンが引かれていたのだった。茶屋は湿気をふくんで重くなったカーテンを細めに引き開けた。かすかな光が作業台の上に射して複雑な模様をつくった。茶屋は窓に顔を近づけ、外をのぞいた。

　外の世界は雨に煙っていた。コンテナを貨物船に積み込んでいる大型クレーンが見えた。荷役波止場の右手には高架になっているハイウェイがのび、その向うに高層ビル群が見える。ハイウェイのこちら側はまったくの別世界で、いたるところに崩れかけたビルがあり、柵でかこわれた空き地ばかりが目立つ。歩道らしい歩道などなく、自転車の残骸やガラス瓶が所かまわず散乱していた。さらに手前には愛宕川《おたぎ》が見下ろせた。墨を流したような川が川面《かわも》にさざなみひとつ立てずにものうげに流れていた。空はますます暗くなり、大気には魚の腐臭とスクラップ置場から流れてくる鉄錆《てつさび》の臭いがたちこめているような気がした。

港のほうから貨物船のかぼそい霧笛《むてき》が聞こえてきた。

窓からの眺めはまるで夢のなかの光景のようだった。

2

一連の爆破事件は、市の中心街にそびえるシチセイ・タワー・センター・ビルの屋上からはじまった。

タワー・センター・ビルは大阪に本社をもつ『七星建設《しちせい》』が愛宕《おたぎ》市進出の拠点として完成させた地下五階地上四十階の新社屋で、その日は最上階のカフェテラスで落成記念パーティーが開かれていた。

ビルの屋上には初代社長の等身大の大理石像が据えられており、新聞紙にくるまれた爆弾は石像の膝《ひざ》の上に、置き忘れた弁当箱のようにさりげなく載せられていた。

爆発物は安直な化学爆薬で、鑑識によれば殺傷力は花火程度しかなかったということだったが、爆発音はすさまじく、破裂した瞬間雷鳴のような轟音《ごうおん》が一キロ四方にとどろき、コンクリートの天井をはさんでいたとはいえ爆弾の真下で歓談していた愛宕市の商工会会頭をはじめとする招待客たちをグラス片手にしたままの恰好《かっこう》でその場に凍りつかせた。彼らが遅まきながらパニック状態に陥ってわれ先にエレベーターに殺到したのは、たっぷり一分も経《た》って、自分の体に傷ひとつついていないことに気づいてからだった。

爆破予告や脅迫、犯行声明のたぐいはいっさいなかったが、現場に犯人の署名らしきものが残されていた。

大理石像の周囲に二十四以上のネズミの死骸がばらまかれていたのだ。しかも、ネズミは全身の体毛を残らず剃《そ》られて赤裸にされたうえにマジックペンで体中に無数の目を書きこまれていた。

爆破は小規模で怪我人《けがにん》もでなかったものの、それを見た捜査員のだれもが、事件は単なるいたずらではなくしかも一度かぎりでは終わらないだろうという予感を抱いた。

茶屋はだれよりも強くそう感じたひとりだった。彼は捜査員たちに会社の背景調査を徹底的に行なうよう指示した。

『七星建設』はこれまでもっぱら大阪を中心とした関西圏で大規模工事を請け負ってきて、支社を開設するのは愛宕市がはじめてだった。中部地方では名古屋市に次ぐ大都市である愛宕市での仕事を足がかりに、将来は関東にまで商売を広げようという遠大な計画を秘めての愛宕市進出だというのが業界筋の観測だった。中央通りモールやタウン・ロード宅地開発をはじめ、来世紀に建設が予定されている名古屋市と愛宕市を結ぶ高速道路の建設の一手受注などといった計画も極秘裡に進めているばかりか、複数の企業と共同出資で日本有数の大規模テーマパークの建設を予定しているという噂《うわさ》まであり、愛宕市の財界は、『七星建設』の進出を地元産業界の活性化につながるとして歓迎する受け入れ賛成派と、進出とは侵略の別名にほかならず、これを看過すれば地元産業が根こそぎにされてしまうと断固受け入れを拒否する反対派に二分され、水面下で暗闘がくりひろげられていた。

これらの事実が浮かび上がってくると、爆弾事件は反対派の恫喝《どうかつ》だったのではないかという意見が捜査本部の大勢《たいせい》を占めた。爆弾が殺傷を目的としていなかったことや式典当日を狙って仕掛けられたこともその説を支持する有力な根拠になった。

しかし少数ながら、『七星建設』の社員による犯行ではないかという意見を述べる捜査員たちもいた。

彼らによれば、事件の直接の原因になったのは屋上の初代社長像で、頭に月桂冠をのせ右手に燭台を高くかかげもち、椅子に腰をかけた等身大の像はまるで王座におさまった王のように見えるばかりでなく、その像をあたかも市街を睥睨《へいげい》するように見下ろす位置に据えたのは、あまりに大時代《おおじだい》であるばかりか地元の反感をあおるものだという批判が社員のあいだからあがっていたのだという。

イタリア産の最高級大理石を使って像をつくらせたのも、それをビルの屋上に置くことに決めたのも支社長だったが、できあがった像を屋上に設置するという日には社員とのあいだで小競《こぜ》り合《あ》いまで起きていたらしかった。爆弾は会社に対してではなく社長像に対する直接攻撃だったという可能性も考えられなくはない、というのが彼ら、少数派の刑事たちの意見だった。

大いに見込みのある手がかりとはいいがたかったが、現場にネズミの死骸が残されていた理由が未解明だったので、その疑問が解けないかぎり進出反対派の犯行だと決めつけるのは早計に思われた。支社長と社員のあいだでなにかネズミに関係した出来事かあるいは言葉のやりとりがあったのかもしれず、その点をたしかめてみるだけでも捜査を一歩前に進めることができるかも知れない。茶屋はそう考えて、何人かの社員から事情聴取をすることにした。しかし、結局四十人以上の人間が捜査の対象になったにもかかわらず、容疑者らしき人物も、過去に支社長と社員のあいだにネズミに関係した事件があったという事実も浮かんではこなかった。

鑑識の分析結果も同じようにかんばしくなかった。

爆弾は手作りだったが、材料はどれも市販されていて金さえだせばだれでも簡単に手に入れることができるものばかりだった。爆薬の原料は園芸用の化学肥料と車のエンジン・オイル、それに発火用の黒色火薬が少々。起爆装置のほうも目覚まし時計にバッテリー、それにどこの電器店にも置いてある接続コードといったものだけで、販売先が記録されるような特殊な部品は使われておらず、製造元を突き止めるのがせいぜいで、製品を置いている小売店やましてやそれを買った客を特定するなどとうてい不可能だった。

これが事件が発生してから十日間の収穫のすべてだった。

そして十一日目に第二の事件が起こった。

現場は市街地から十キロほど離れた、地元の人間が好んで「桜の森」と呼ぶ丘陵地の裾野《すその》にひろがる閑静な住宅街で、犯罪とは無縁の地区だった。

爆発は桜並木沿いに建ちならぶ瀟洒《しょうしゃ》な邸宅のひとつ、金城理詞子《きんじょうりすこ》というテレビ・タレントの屋敷で起こった。

金城理詞子はテレビのワイド・ショーで俳優や歌手の運勢を占うコーナーをもっており、妖艶な容姿と大物スターを前にしても遠慮のない物言いをすることで人気が高かった。

同時に派手な私生活でも有名で、毎晩のように芸能関係者やプロ野球選手などを自宅に招いてはいかがわしいパーティーを催しているという風評があった。事件当夜も屋敷には二十人以上の客があって、その中には地元のプロ野球チームの人気選手のほかに、バーやクラブのホステスたちを同伴してわざわざ東京から車を飛ばしてきた芸能人や関取なども混じっていた。

爆発物は菓子箱のなかに入れられて、ほかの客たちが持参した土産物《みやげもの》といっしょに食堂のテーブルの上に置かれていた。犯人は客にまぎれて邸内に侵入したものと思われたが、招待客はほとんどが初対面で、その上泥酔していたこともあって、客を装ってまぎれこんだ者があってもだれも気にもとめなかったに違いなかった。

最初の爆破事件と同じように、爆発による直接の被害者はなかったが、そのあと起こった混乱で何人かが負傷した。マスコミの餌食《えじき》になるのを怖れた客たちが一斉に現場から姿をくらまそうとしたのだ。爆発音を聞いた住民が消防署に通報し、駆けつけた消防車と屋敷から飛びだしてきた車が鉢合わせになった。五分後にはそれに警察車輌が加わった。現場付近は黒塗りの大型乗用車、消防車、パトカーであふれ身動きがとれなくなった。ある地元テレビ局の副社長が反対車線に車を乗り入れ逃走を図ったが、パトカーと接触し横転事故を起こした。

警察は一般車輌の侵入をくいとめるために付近一帯の交通を遮断した。しかしこれが混乱に一層拍車をかける結果になった。しだいに野次馬が群れだし、さらに投光器とビデオ・カメラをしたがえたテレビ・レポーターたちまでが騒ぎを聞きつけて集まってきた。そのあいだも現場から逃げだそうとする者たちが、強引に車を発進させて桜並木に衝突したり、別の車に衝突したりした。現場周辺は悲鳴と怒号が飛びかい、時ならぬ喧騒《けんそう》にわきかえった。

死人こそでなかったものの、結果的に重軽傷者十一名という台風並みの惨事になった。もし、こうなることをあらかじめ計算して金城理詞子の家に爆弾を仕掛けたのだとしたら、犯人は最小のリスクで最大の効果を上げたということになるだろう。

茶屋たちが野次馬や報道陣をやっとの思いで遠ざけて屋敷のなかに入ったのは真夜中近くになってからだった。

爆発のあった食堂は粉々になったワインのボトル、ワイングラス、サンドイッチのかけらなどが散乱して足の踏み場もないほどだった。事件の報《しら》せを受けた瞬間からタワー・センター・ビルと同一犯の仕業《しわざ》であることを疑わなかった茶屋は、ネズミの死骸が残されているのではないかと室内に目を走らせたが、なぜかどこにも見当たらなかった。

茶屋の神経にはそのことが引っかかった。前回は現場にネズミの死骸を残したのに、なぜ今回はそうしなかったのか。ネズミの死骸は署名などではなく犯人の単なる気紛《きまぐ》れにすぎなかったのか。それともタワー・センター・ビルにはネズミを残す特別な理由があり、今回はネズミに代わるなにか別のメッセージを残しているのだろうか。

見落としているものがなにかありはしないかと、茶屋は床の隅から天井までをくり返し見まわしたが、それらしきものは見つからなかった。

女主人はショックのためとても話などできる状態ではない、と寝室にこもったまま顔をだそうともせず、茶屋はなすすべもなく鑑識と爆発物処理班が散乱した破片を拾ったり写真を撮ったりするのを脇から眺めているほかなかった。

鑑識の分析結果はその日のうちにでた。チョコレートの箱に仕掛けられていたのは約五百グラムの硝安油剤爆薬で、そのなかに目覚まし時計と二個のバッテリーに針金でつながれた起爆筒が埋め込まれていたことがわかった。爆薬の成分比はタワー・センター・ビルで使用されたものと一致した。

第二の事件も手がかりはほとんどなかった。爆破の前後の状況を把握《はあく》しようにも、現場から姿を消すことに運よく成功した客はだれも名乗りでてこようとせず、金城理詞子にいたっては、翌日行なわれた取り調べに対して、パーティーがはじまって早々に客のひとりと意気投合してベッドに直行してしまったので、なにも見ていなければだれがきていたのかもわからないといい張って、招待客の名を明かそうとしなかった。捜査員が、それではベッドを共にした相手の名前だけでも教えてくれるようにいうと、ずっと目をつぶっていたのでいまになってみるとだれだったかはっきりしない、と涼しい顔で答える始末だった。捜査会議の席でその報告を聞いた茶屋は腹を抱えて大笑いした。そしてひとしきり笑ったあと、事件当日金城邸にいた人間をひとり残らず突き止めるよう命じ、どんな手段を使ってもかまわないとつけ加えた。

二週間後には、当夜の客全員の名が割りだされた。所轄《しよかつ》署の茶屋のもとには連日、警察の強引な捜査に抗議する弁護士たちが押しかけたが、茶屋は球団や芸能プロダクションに影響力をもつ何人かの知人に連絡し、弁護士に手を引かせるよう頼んだ。茶屋の頼みは受け入れられ、すぐさま実行に移された。弁護士は二度と警察署には姿をあらわさなくなった。

しかし苦労して手に入れた目撃証言も、どれもあいまいで決め手に欠け、爆弾をテーブルの上に置いた人間を割りだす役には立たなかった。

金城理詞子自身の調査にはさらに多くの捜査員と時間とが割《さ》かれた。理詞子の経歴、交遊関係、とくに『七星建設』との関係が念入りに調べられたが、両者のあいだにつながりらしいものはなにひとつ発見できなかった。

捜査に進展らしい進展がないままひと月が経過した。

そしてまたもや事件が起こり、連続爆破事件は三度目にしてついに死者をだしたのだった。

犠牲になったのは灰谷《はいたに》六郎という愛宕市出身の国会議員で、政権与党の一方の派閥の領袖《りようしゆう》である大物政治家だった。

事件は灰谷の入院中に起こった。

彼が推進している愛宕市の海岸線の造成計画に対して、地元の住民を中心に反対運動が盛りあがっている最中に地元入りした灰谷は行く先々でデモ隊にかこまれ、「造成反対」の大合唱を聞かされていたが、地元選挙区で支援者との懇談中に腹痛を訴えて愛宕市の市立病院に入院した。

愛宕市には愛和会《めいわかい》愛宕医療センターという私立の巨大病院が三年前に建設され、裕福な患者たちを全国から集めていたが、急病で倒れた灰谷がそこではなく、規模の小さい市立病院に運ばれたのは最寄りの病院だったという理由のほかに、症状から推《お》して腹痛の原因が単なる食中毒で、二、三日もすれば回復して東京に戻れるという見込みがあったためだった。

しかし入院して一週間経っても灰谷の病状は快方に向かうどころか悪化の一途をたどるばかりで、しかも手足の先が原因不明の壊疽《えそ》を起こし青黒く変色しはじめた。病院中の医師が代わる代わる病室を訪れ、ありとあらゆる検査を試みた結果、異常の原因は食中毒などではなく、壊死性筋膜炎《えしせいきんまくえん》という日本ではあまり症例のない奇病であることがわかった。

壊死性筋膜炎というのは、連鎖球菌の一種であるバクテリアが人体を内部から食いつくす感染症で、手足の末端の壊疽にはじまり、患部を切除せずそのまま放置すれば体中にバクテリアが繁殖して血の通った健康な組織すべてを壊死させてしまう。つまり、この病気にかかった人間は生きながら腐っていくことになるのだった。

病院ではすぐさま灰谷を愛宕医療センターに移すことに決めた。あわただしく転院の手続きがとられ、搬送用の救急車が用意された。ストレッチャーに横たわった灰谷が玄関入口につけられた救急車に運びこまれたまさにその瞬間に爆発は起こった。救急車の天井が吹き飛び炎の柱が噴き上がった。救急車はあっという間に炎上した。

折しも現場には百人以上の報道陣がいた。彼らは大物代議士のとつぜんの入院、しかもその原因が奇病中の奇病と知ると大挙して病院に押し寄せ、玄関の前で連日の張り込みをつづけていたのだった。

彼らは爆発が起きた瞬間に本能的にカメラをまわしはじめた。テレビ各局は臨時のニュース特番を組んだ。燃え上がる救急車、悲鳴をあげる医師や看護婦たち、ストレッチャーに縛りつけられたまま炎につつまれる議員の映像が全国に中継された。

茶屋が駆けつけたとき、現場周辺は戦場さながらの混乱ぶりだった。テレビカメラをかかえた人間たちが殺気立った声を交わしながら走りまわり、レポーターたちはだれかれかまわず引き止めてはマイクを向け、窓から首をつきだした入院患者たちのなかには騒ぎに興奮して意味不明の叫び声をあげている者までいた。茶屋は制服警官を総動員して病院の建物をかこむようにロープを張りめぐらし、報道陣をその外に追いやった。

救急車は後部を玄関入口に向けて停まっていた。茶屋が近づいたとき、車はまだ黒い煙をあげていた。

茶屋は車内を見る前に車のまわりを眺めた。あたりにはプラスチックとゴムが燃えた臭いが濃厚にたちこめており、茶屋はほとんど無意識に視線を周囲の地面に這《は》わせて、ネズミの死骸を探したが、見当たらなかった。

車体の屋根の、運転席のちょうど真上に大きな穴が開き、フロントガラスもサイドウィンドウもガラスというガラスは吹き飛んで跡形もなかった。ダッシュボードと座席シートは溶けて黒い固まりになっていた。焼死した議員の遺体は茶屋が現場に到着する前に医師たちの手で病院の死体安置室に移されていた。

現場検証で車体の下から短い銅線などの金属片と起爆装置に使われたと見られる豆電球の破片が発見された。爆薬のなかに粉末アルミニウムと鉄のやすりくずなどが含まれていたことが判明した。粉末アルミニウムと磁性酸化鉄の混合物はたいていの金属を溶かすほどの高温を発する。救急車のフロア・パネルの下に仕掛けられていた爆弾は破裂そのものの破壊力より延焼を目的とした焼夷《しょうい》爆弾であり、起爆装置も時限装置ではなく無線によるリモコン操作というように、それまでの爆破事件とは様相を異にしていた。ネズミの死骸も現場には見当たらなかった。しかし三つの事件が同一犯の犯行であるという茶屋の確信は揺るがなかった。

大物政治家の死によって愛宕市を舞台にした連続爆破事件は一躍全国的なニュースとなった。テレビも新聞も大々的に事件を取り上げ、それまでの二件の爆破事件についても詳細な報道がなされた。そして、マスコミの注目、市民からの怒りの投書、新聞の不愉快な社説、政治家からの有形無形の圧力などが、茶屋たち捜査陣に雪崩《なだれ》となって襲ってきた。

事件の早期解決を権力機構の中枢から命じられた県警本部長の意向で捜査本部が拡大され、空前ともいえる数の捜査員が投入された。しかし茶屋は人海戦術で局面が打開できるとは考えていなかった。彼は愛宕市の政財界やテレビ業界の裏事情に通じている人間たちから面会の約束をとりつけ、金城理詞子と『七星建設』と灰谷六郎のあいだにつながりがなかったかどうかを尋ねてまわった。何人かの国会議員たちと非公式に会うために東京までひとりででかけたことも一再ならずあった。だが、標的となった三者のつながりを示すような話はだれの口からも聞けなかった。

爆弾犯は世間を騒がせ、警察を嘲弄することだけが目的なのかもしれない、と茶屋はしだいに考えはじめた。

一連の爆破は犯人のなんらかの意思表示であり、当然被害者のあいだにもなんらかのつながりがあるはずだと考えた理由は、被害者のうちの二者が開発計画などで住民や環境保護団体から糾弾《きゅうだん》されていたことと、第一の現場に残されていたネズミの死骸だった。だが、ネズミの死骸があったのは一度きりで、その後は影も形もない。第一の事件をのぞけばどの事件にも犯人の署名らしいものもなければ、被害者宛ての脅迫や政治的な犯行声明もなかった。それこそ爆弾犯にはなにかを要求したり取引したりするつもりなどはじめからまったくないことを示す証拠ではないか、と思えてきたのだった。

茶屋はその可能性について真剣に考えてみようとした。しかしすぐに、下手な考えは袋小路に行き着くだけだということに気づいた。犯人が特定の目的をもたない愉快犯だとしたら、捜査はさらに困難なものになるだけだからだ。

彼らは自分の望んだときに自分の望んだ場所を爆破する。つぎの標的がどこかを予測することはだれにもできないし、金などの要求でもあれば受け渡しの場に犯人が姿を現わすという可能性もあるが、なんの要求もなくては犯人自身と対面する機会はまったく期待できない。犯人と対面するときは警察がよほどの幸運にめぐまれるか、それとも犯人がヘマをやらかしたときだけだと思えた。

犯人はたしかにうまくやってきていた。だが、最後まで過《あやま》ちを犯さなかった犯罪者などいたためしがない。どんな人間でもいつかはかならずヘマをやらかすものだ、と茶屋は無理にでも思いこもうとした。この犯人にしたところで、つぎに手がかりを残さないとだれがいい切れるだろう。

しかし問題は、つぎの事件が起きるのを悠長に待っている訳にはいかないということだった。犯人の爆弾製造技術は、時限装置から遠隔操縦の起爆装置、単純な化学爆薬からテルミット爆薬というように犯行を重ねるごとに複雑で高度なものになっていた。しかも、最初は人気《ひとけ》のないビルの屋上での爆発だけだったものが、人間の殺傷を目的にしたものに変わってきていた。爆弾犯はあきらかにおのれの技術と頭の良さにうぬぼれ、自分の力を過大視しはじめていた。つぎの爆破はいままで以上の規模のものので被害はさらに拡大するに違いなかった。

そう考えると茶屋はいても立ってもいられない気分になり、はげしい苛立《いらだ》ちを覚えた。茶屋には幸運が必要だった。どんな些細《ささい》なことでもいい、たった一度でもこちらに運がめぐってこないものか、と茶屋は思った。

茶屋に幸運が訪れる前にまた事件が起きた。三番目の事件から二週間後のことだった。爆弾は群衆の真ん中で炸裂《さくれつ》し、四人の人間の命を奪い、八人の人間の肉体に一生消えない刻印を残すことになった。軽傷者は三十人以上にのぼった。茶屋が恐れていたことが現実となったのだった。

爆弾が仕掛けられたのは裁判所合同庁舎の敷地内だった。

裁判所ではある刑事事件の公判が開かれており、被告の支援グループ、マスコミの取材陣、傍聴券の抽選に外れた人たちなどおよそ二百人以上が庁舎の前庭に集まり、判決がでるのを待ち構えているところだった。爆弾の入った紙袋は、群衆が背後にしていた裁判所の正門の脇に置かれていた。

紙袋を最初に発見したのは門衛《もんえい》だった。不審に思い、歩み寄ってもちあげたとたん爆発が起こった。

火薬は爆発の威力を最大限にするため両端を密封した金属製のパイプに入れられ、さらにそのなかには直径二ミリほどの鋼球が千個以上も仕込まれていた。それが爆発の瞬間に半径五十メートルの範囲に飛散してコンクリートと鉄でできた門を粉々にし、門衛をはじめ近くに立っていた四人の全身に食い込み、骨ごと肉を引き裂いた。

門は修復不可能なまで破壊され、二度と門としての役割を果たすことはなかった。四人の人間はすべて即死だった。

爆破予告もなければ脅迫もなく、現場に犯人の署名らしいものも残されていないことはそれまでの三件と同じだった。

茶屋は捜査員たちに事件の現場にいた野次馬全員の身元を調べるよう指示した。

放火犯は火をつけたあとも現場の近くにとどまっていることが多い。彼らは見物人に混じって警察の捜査や消防活動を眺めながら、騒ぎを引き起こした張本人がほかでもない彼自身であることを自分に言い聞かせることで恍惚《こうこつ》感に浸るのだ。その心理は爆弾犯でも同じはずだった。そのうえ犯人は短い期間に四度も爆破事件を起こしながら警察にまったくといっていいほど手がかりをつかませていないことで、慢心しているに違いなかった。犯人が被害者とはなんらつながりをもっていず、特別な目的ももっていない愉快犯であるなら、爆弾の威力を自分の目でたしかめ、腰をかがめて破片を拾い集める警察の鑑識係や爆弾処理班を見物するためにかならず現場にいるはずだという確信が茶屋にはあった。

裁判所の爆破では野次馬たちの顔写真を撮っただけでなく、現場から五百メートル以内に駐車していた車を一台残らずカメラにおさめた。野次馬の写真はすぐさま解析にまわされ、同じように撮影されていた三件の写真との比較検討がなされた。裁判所の近くに駐車していた車は、ナンバーから持ち主の身元が調べられ、捜査員たちによってしらみつぶしの聞き込みが行なわれた。

しかし、四件の現場に同じ人物は見つからず、車の持ち主からも不審な人物をあぶりだすことはできなかった。

すべての道は閉ざされてしまったかに思えた。それ以上やるべきことは思いつかなかった。茶屋は迷宮入りを覚悟さえした。

幸運がめぐってきたのはまさにそのときだった。

その幸運を運んできたのは黒田雄高《ゆたか》という男だった。

たった一言、「見つけたよ」という黒田からの電話を受けると、茶屋は受話器を戻すのももどかしく部屋を飛びだしたのだった。

3

黒田は県警本部の鑑識課長で、とくに火災現場の鑑定と爆発物の分析に関しては右にでる者がいなかった。長年、顔をつきあわせているため、黒田が電話で一言か二言しか話さないのは、重大な証拠をつかんだことを意味する。茶屋は県警本部をめざして車を飛ばした。

鑑識課は県警本部の建物の地下スペースのほとんどを占拠しているが、爆発物の分析スタッフが使っているオフィスはその最下層である地下三階のフロアにあった。当然ながら窓はひとつもなく、床も壁も剝出《むきだ》しのコンクリートで、オフィスというより倉庫にしか見えない。実際、部屋の中には金属製あるいはプラスチック製のさまざまな得体《えたい》の知れない物体が、あるものは段ボール箱に詰められ、あるものは裸のままで、転がされたり積み上げられたりしていた。がらくたの山に混じって電子顕微鏡やガス・クロマトグラフなどの高価な機器が無造作に置かれ、白衣を着た鑑識課員がそのあいだを忙しくいったりきたりしていた。

黒田は部屋のいちばん奥の机に、入口に背中を向けて座っていた。茶屋は近づいていって後ろから声をかけた。机の上に雑然とならべられた金属片をひとつひとつ手にとっては、ためつすがめつしていた黒田がふり返った。

「やあ、きたな」

黒田が口の端に煙草をくわえたままでいった。

「なにが見つかった」

あいさつの言葉もなしに茶屋は訊《き》いた。

「相変わらずだな」

眼鏡の奥の黒田の目が細くなり、目尻《めじり》に笑いじわが寄るのがわかった。ふだんの彼は滅多に笑うことはない。かなり機嫌をよくしている証拠だった。茶屋はなにもいわず黒田の目の前で仁王立ちのまま、彼が話を切りだすのを待った。黒田はまるではじめて見るような顔つきで茶屋の巨体をしばらく見上げていたが、やがて降参したといわんばかりの苦笑を浮かべてかぶりを振ると、ゆっくりと口を開いた。

「四度の爆破に使われた爆弾はどれも違うつくりだったが、つくりが多少違ったからといってひとつひとつの部品自体にそれほど変わりがある訳じゃない。これは簡単な理屈だからあんたにもわかるだろうな」

黒田のいつもの口調だった。

「爆弾製造に必要な要素はたとえだれがつくろうと決まっている。爆薬に起爆装置、そしてもしそれがリモコンなら受信機だ。これらの部品をつないでひとつの爆弾に仕上げるわけだが、今度の犯人の爆弾だって同じことだ。裁判所のときは水銀傾斜スイッチなどというしゃらくさい仕掛けをつけ加えていたがね」

黒田は煙草をくわえたまま器用にふかした。

「わしらは現場にでかけると、まず金属の破片やプラスチックの燃えかすを集めてどんな構造の爆弾だったか知ろうと努める。しかしこれはいうは易《やす》く行なうはなんとやらの大仕事でな、あんたたちにはとても想像がつかないような集中力と根気のいる作業だ。そこらじゅうに散らばった破片を残らず拾い集めるのもたいへんだが、その中から爆弾の破片か爆発によって破壊されたものの破片かを分別していかねばならん。それを終えてはじめて爆弾の再構成にかかれるわけだ。火薬などの残留物は塵《ちり》や埃《ほこり》をとりのぞいてから質量分析計にかける。質量分析計の原理はもちろん知っているだろうな」

黒田が視線を向けたので茶屋はあいまいにうなずいた。

「爆薬の材料と思われるものはすべてこの機械で分析する。爆弾の破片もだ。火薬が既製のものならもちろんすぐに特定できるし、もしそうでなくても個々の材料が正確な成分比で分類される。さらに個々の成分は質量スペクトルを比較分析することによって市場にでまわっている既知の商品であるかどうか知ることができる。たとえば除草剤とか化学肥料のようなものだな。爆薬だけではない。爆弾を構成していた部品もこいつにかければ、既製品かどうかがわかるし、もしそれが既製品であれば商品名までわかるという訳だ」

「部品に使われていた目覚まし時計も水道管もみんな大量生産品で、既製品であることはわかってもそれ以上追跡のしようがなかったのじゃないのか」

茶屋が尋ねると、黒田が口元に笑みを浮かべた。

「その通りだ。遺留品そのものからはそれを買った人間まではたどれなかった。どれもありふれたものばかりだったからな。しかし、いいかね、わしはさっきなんといった。つくりが多少違ったからといってひとつひとつの部品自体にそれほど変わりがあるわけじゃない。爆弾製造に必要なものはだれがつくろうと決まっている。爆薬に起爆装置、もしそれがリモコンなら受信機だ。これらの部品をつないでひとつの爆弾に仕上げると、そういわなかったかね」

黒田は言葉を切り、茶屋の顔を下からのぞきこんだ。

「爆弾に必要な要素は爆薬に起爆装置、そしてもうひとつ、それをつなぐものが必要だといったんだ。たとえば針金だよ。しかし針金自体ではありゃせん。そんなものはとうに分析済みだ。どこの金物屋にも置いてあるもっともありふれた製品だった。それじゃあ一体、針金からなにがわかったのか。あんたはどう思うね」

黒田はふたたび言葉を切り、煙を吐きだした。茶屋はうなり声をあげそうになるのをようやくこらえた。黒田が口にくわえたままの煙草は短くなって、いまにも先端の火が唇にとどきそうだった。煙草の火で唇を焦がして椅子から飛びあがったら大笑いできるのだが、と茶屋は思った。

「降参かね。針金を切った道具だよ。針金の組織面から炭化タングステンの微細な粒子が見つかってな、そいつを切断した刃物は炭化タングステンで冶金《やきん》加工されていることがわかった。炭化タングステンは鉄でもコンクリートでもやすやすと切るほどの硬度をもっているが、素人《しろうと》が日曜大工でちょくちょく使うような道具じゃない。わしらは粒子を徹底的に調べて成分組成を割り出した。切断面から刃物の形状は弓ノコだということがわかっていたから、市販されている弓ノコと片っ端から成分比を比較していった。するとどんぴしゃ、ある商品と成分比が一致したというわけだ」

茶屋はそこまで聞くと、近くにあった電話に飛びついた。

百十五名の捜査員全員に招集をかけた茶屋は、事件発生から一年前までさかのぼり、愛宕市に出回った弓ノコと替え刃の販売経路を追わせた。

弓ノコはあるメーカーが製造している高級品で、その商品を置いている店は市内に三店舗しかなかった。そのうちの一軒はデパートだったが、問題の弓ノコに関しては、『刃が折れたら無料で交換します』という補償サービスを特典としていたために客の氏名と住所が控えられていた。捜査員によって、リストにあった二十五人の人間の、過去四件の事件当日の行動が詳細に調べあげられ、その結果全員のアリバイが証明された。

残りの二軒は町の金物店で、販売記録こそなかったものの、店に在庫を置かず、品物が捌《さば》けるごとに製造元に注文する販売方式をとっていたので、商品が売れた日付が記録として残っていた。購入者は全部で十人いた。そのうちの七人は店の顔馴染《なじ》みであったため、すぐに住所と氏名が確認された。この七人についてもアリバイが調べられたが、事件とは無関係であることがわかった。

名前のわからない三人の男が残った。しかし、商品を売った日付がはっきりしていたので、店の従業員は客の人相や服装などの特徴、それに交わした会話の内容などをくわしく供述した。捜査員たちは、そこでの情報をもとに市内の金物店、日曜大工の道具を売っている店をしらみつぶしにまわり、弓ノコを買った三人の人相、特徴をそなえた男が買物にきたことがないかどうか尋ねた。自宅で工作をしようという人間が弓ノコしかもっていないということは考えられず、三人はかならずほかの店でも日曜大工の道具を購入しているはずだった。

捜査員たちの粘り強い聞き込みの結果、ようやく三人の身元が割れた。そのうちのふたりはアリバイが証明され、最後にひとりだけ残った。それが緑川だった。緑川は即座に二十四時間態勢の監視下に置かれ、同時に内偵が進められた。そしてついに捜査陣は彼の爆弾製造工場である倉庫を突き止めたのだった。

4

物音が聞こえた。

茶屋は細めに開けていたカーテンをすばやく引いて室内を暗闇にもどすと、耳を澄ました。

かすかだが、また音がした。部屋の外からだった。作業台から離れると、茶屋は無言で男たちをうながして部屋を横切った。戸口まで戻ったところで、首から下を室内に残したまま廊下の奥をうかがった。音はしなくなっている。

廊下にでた。

音の出所はわからなかったが、茶屋はいちばん近い距離にある隣りの部屋から調べていくことにした。

左手にもった懐中電灯のスイッチを切った。隣りの部屋のドアまで五メートルほどだった。右手の拳銃を顔の前に突き出し、銃口を自分の視線の方向と一致させながら、時間をかけてゆっくりとドアまで近づいた。ドアの左側についているノブを握り、そのまましばらく耳を澄ました。

なにも聞こえなかった。ドアを少しだけ内側に押し、室内がのぞけるだけの隙間《すきま》をつくってすぐに身を引いた。なかからなにも反応が返ってこないのを確認してから、隙間に顔を近づけてなかをのぞいた。

窓に打ちつけられた板が一枚か二枚はがれ落ちているらしく、わずかながら外光が射しこんでいて、なかの様子がなんとかうかがえる程度の明るさがあった。壁ぎわの床の一部が見えた。前の部屋と同じコンクリートの床だった。一歩進み、ドアをいっぱいに押し開けた。今度は部屋の大部分が視野に入ってきた。部屋の真ん中に水溜《みずた》まりができていて、それが外からの光に反射してかすかに光っていた。水なのか油なのか遠目では判断がつかなかった。

荒れ果てた部屋だった。何年も人が入ったことすらもないに違いなかった。水溜まりのほかは部屋の隅に空の段ボール箱がひとつ転がっているだけだった。もちろん人がいる気配もなかった。

ドアを閉じずに体の向きだけを変えて、つぎの部屋に進もうとしたとき、また音がした。椅子が床に倒れたような大きな音だった。

廊下のいちばん奥の部屋からだった。茶屋は拳銃を顔の前に突き出したまま暗闇に踏みだした。廊下には遮蔽物《しゃへいぶつ》になるようなものはなにもなかった。爆弾犯は銃を所持しているだろうか。自分たちに気づいていきなり撃ってくるなどということがあるだろうか。頭のなかにさまざまな状況や仮定が渦巻いた。茶屋は体中の神経を刺《とげ》のように逆立てた。

突き当たりの部屋まで近づくと、ドアがかすかに開いているのが見えた。銃の撃鉄を起こし、いつでも発砲できる状態にしてから、一度深く息を吸いこみ、戸口の壁に体を押しつけた。不用意に戸口に立てば絶好の標的になる。そのままの姿勢で、十秒待った。音は聞こえなかった。

半開きになったドアの隙間にまず銃口を差し入れ、そのあとから顔を近づけた。入口の反対側の壁の天井近くに換気のための窓が開いており、換気扇は何年も前から止まったままらしく蜘蛛《くも》の巣だらけになっていたが、羽根と羽根の隙間から煙のようにたよりない薄明かりがもれているせいで、室内のおおよその様子をつかむことができた。前のふたつとは比べものにならないほど広い部屋で、天井も高かった。

部屋は左手に長くのびていたが、手前に倉庫用コンテナや木箱が乱雑に積み重ねられていて、部屋の奥まで見通すことができなかった。床にはむきだしの電線やベッドの一部だったらしい鉄パイプ、外側のプラスチックがひび割れた蛍光看板などが散乱していた。ふと目の隅でなにかが動いたような気がして、視線を右手の壁に向けた。

そこには切断された人間の手足が積み上げられていた。

茶屋は一瞬目を見張ったが、目を凝らしてよく見ると埃をかぶった手足の先から心棒が突きだしていた。ある手足は肌に黒々とした穴が開いており、別の手足には水漏れでできた染《し》みがあった。人間の四肢ではなく、マネキンの部品だった。

不思議なことに積み上げられているのは手足と胴体の部分だけで、どこにも頭部は見当たらず、マネキンはみな首なしだった。茶屋は小さくかぶりを振った。

そのとき部屋の奥からまた音がした。

椅子か机の脚の先端がコンクリートの床にこすりつけられる音だ。あきらかに人間が立てる音だった。茶屋は後ろをふり返って、ほかの男たちに目をやった。男たちはすでに臨戦態勢に入っているというしるしに一斉にうなずいた。茶屋もひとつうなずき返すと、向きなおってコンテナのあいだを進みはじめた。

足音を立てないように一歩ずつたしかめながら前進した。コンテナの山は都合のいい遮蔽物になったが、同時にそれに邪魔されてなかなか奥の様子をうかがうことができず、部屋がどこまでつづいているのかさえわからなかった。

奥へ進むほど換気扇からもれる光がとどかなくなり、闇が濃くなっていく。何度もコンテナに足を引っかけてしまい、そのたびに茶屋は肝《きも》を冷やしたが、それでも懐中電灯を点けるわけにはいかなかった。ほとんど盲目の状態で十メートルほど進んだところで、また音がした。思わぬ近さからだった。

茶屋は立ち止まり、前方の闇に目を凝らした。

だれかがたたらを踏んだような音、靴底がコンクリートをこする音に混じって荒い息遣いが聞こえてきた。あきらかに人がいる。それもひとりではなかった。ふたりの人間が揉《も》み合っているような音だった。茶屋はコンテナの陰から離れて一気に四、五メートルの距離を走った。壁があった。ドアが少し開いて、茶屋側に一条の光が射しこんでいた。茶屋はドアに近づくと壁ぎわにしゃがみこんだ。茶屋につづいて男たちがドアの左右に走り寄った。

上体をかがめて首をのばした。

なかは薄暗かった。暗闇に目が慣れてくるにつれて、次第に室内の様子が見えてきた。

ふたりの人間がもつれあって格闘していた。

ひとりは間違いなく緑川だったが、もうひとりは茶屋がはじめて見る男だった。緑川の共犯だろうか。秘密裡に爆弾を製造している工場に緑川といるのだから爆弾事件となんらかの関係をもっている人間には違いあるまい、と茶屋は思った。単独犯だと思った緑川に共犯者がいたことが思いがけず判明し、しかもどういう訳かふたりは仲間割れをして格闘の最中ときている。このツキを逃す手はなかった。

戦いはあきらかに見知らぬ男が優勢で、男は片方の手で緑川の衿《えり》をつかみ、もう一方の手を使って首を絞めようとしていた。緑川は駄々っ子がいやいやをするように、足をばたつかせて必死に抵抗していたが、見るからに非力《ひりき》だった。

男が傍にあった古ぼけた机に緑川を投げつけた。緑川は頭から机に突っこんでいき机を粉砕した。床に倒れこんだ緑川が頭を抱えて、うめき声を上げた。男はその姿を見下ろしていた。男が足を踏みだして緑川のほうに歩み寄ろうとしたとき、茶屋は立ち上がった。

「止まれ。警察だ」

銃口を男に向け、相手の胸の位置に固定した。男がゆっくりとこちらにふり向いた。とつぜん警官の一群が出現したにもかかわらず、格別驚いたような顔はしていない。それどころか茶屋たちを見つめ返すその目はまるで茶屋たちを値踏みするかのようだった。

茶屋が口を開こうとしたとき、男が先に口をきいた。

「入ってはいけません」

落ち着きはらった声音《こわね》だった。

茶屋は自分の耳を疑った。入るな、という言葉の真意も不明だったが、それ以上に不可解だったのはその口調だった。それは脅《おど》しの文句ではなく、まるで味方に対する真摯《しんし》な警告のように聞こえた。捜査員のひとりが倒れてうめき声を上げている緑川を確保するため、部屋に入ろうとした。

「待て」

自分でもわからない理由から、茶屋は反射的にその捜査員の腕をとって引き戻そうとした。

しかし一瞬遅かった。

茶屋がのばした手をすりぬけて、捜査員が部屋のなかに一歩足を踏み入れた。そのとたん、建物全体を揺るがすような轟音と閃光がほとばしった。爆風をまともに食らった捜査員が茶屋に向かって一直線に飛んできた。茶屋は背中を向けて飛びこんできた捜査員をとっさに抱きとめた。よろけはしたものの床に倒れるのだけはなんとかこらえた茶屋は、いったん抱きとめた捜査員を無造作に投げだして、銃をかまえなおした。

戸口にいたほかの捜査員たちは至近距離の爆発で一時的に視力と聴力を奪われ、声もなく床の上を這いまわっていた。

ドアが粉々になり、床板にも大きな穴が開き、穴の下には下張りの床までが見えた。男は散弾のようにふりそそぐ材木や石膏ボードの破片を避けるために両手を顔の前に交差させ、部屋全体に立ちこめる白煙と火薬の燃える刺激臭のなかに立っていた。埃とガラスの破片でおおわれ、体中に木端《こっぱ》の刺が突き刺さっているのが見えた。しかし男はそれを気にとめる様子もなかった。

男の足元に転がってうめき声を上げていたはずの緑川が、思いがけない素早さで起き上がり、外への唯一の脱出口である窓に走りだそうとした。男は目を閉じていたわけではなかった。緑川の動きもあらかじめ予想していたかのように反応すると、手をのばして緑川の衿首をつかんだ。引き戻そうとする男と逃れようとする緑川のあいだでふたたび格闘が起こった。

しかし、今度は緑川も必死だった。もがきにもがいていましめからなんとか逃れた。茶屋はとっさに緑川のあとを追って走りだした。

後ろから追ってくる気配に気づいた緑川が走りながらふり返り、手にしていたピンポン玉のようなものを茶屋に向かって投げつけた。同時に斜め後方から接近してくる男の姿が視野の隅に入った。

なんと男は緑川ではなく、茶屋に向かって突進してくるではないか。

茶屋はとっさに体勢を変えようとしたが、間に合わなかった。男は床を蹴って跳躍するとラグビーのタックルの要領で茶屋の腰に組みついた。茶屋は避ける暇もなく、衝撃とともに壁ぎわまで飛ばされた。壁にいやというほど頭を打ちつけて床に転がった。

その瞬間ふたたび爆発が起こった。

頭の上をナイフのようにとがった木切れがかすめすぎた。熱風が襲いかかってきて、顔と髪を焦がした。天井からコンクリートや割れた蛍光灯のガラスの破片が雨あられとふりそそいでくる。耳を思い切り殴りつけられたような耳鳴りがした。熱気で呼吸ができなくなり、茶屋は息をつまらせた。

茶屋を突き飛ばし自分も床に倒れていた男が、何事もなかったかのように立ち上がり、緑川をなおもとらえようとして歩きだした。緑川は窓に外側から打ちつけられた板を叩き割って、そこから外に逃れようとしていた。

茶屋もあえぎながら立ち上がった。

緑川は窓をふさいでいた板をあらかたとりのぞき、すでに上半身を外にだしていた。男は緑川に追いつくと、肩をつかんでなかに引きずりこもうとした。

「ふたりとも止まれ。そのまま動くな」

茶屋は銃をかまえ、ふたりに歩み寄った。

男は茶屋の警告に一瞥《いちべつ》を与えようともしなかった。

「動くなといったんだ」

茶屋は男に息がかかるほどの距離まで近づいた。背後から銃口を押しつけたとき、男の力がほんの一瞬ゆるんだに違いない。緑川が男の腕の下から抜けだした。男が両手をのばして緑川の頭をつつみこむようにしてつかんだ。

茶屋の目に入ったのはそこまでだった。そのあとは緑川の姿が死角に入ってしまい、彼の身になにが起こったのかわからなかった。悲鳴があがった。辺りの空気を切り裂くような鋭い悲鳴だった。

緑川は両手で耳のあたりを押さえながら窓から外に飛びだした。茶屋は片手で男の後頭部に銃を擬《ぎ》しながら、他方の手をのばし緑川の服をつかもうとしたが、もう一歩のところで届かなかった。男はなおも緑川のあとを追おうと身じろぎした。

「やめろ。一ミリでも動いたら頭を吹き飛ばすぞ」

ようやく視力と聴力を回復した捜査員たちがよろよろと立ち上がり、窓際に駆け寄った。

「下はスクラップ置場です」

捜査員のひとりが茶屋に向き直っていった。爆発で立ちこめた煙で目が痛み、涙がにじんだ。茶屋は服の袖でそれを乱暴に拭《ぬぐ》った。

「外で待機している警官たちに連絡しろ。倉庫の裏を固めるんだ」

捜査員のひとりがトランシーバーをとりだし、あわただしく連絡をとりはじめた。

「ひざまずけ」

茶屋は銃口で男の後頭部を小突《こづ》いた。男は動こうとしなかった。

「ひざまずくんだ」

もう一度銃口を強く押しあてた。男はゆっくりと膝を折った。

「手を後ろにまわせ。両手ともだ」

茶屋は手錠をだして男が背中にまわした手にはめた。倉庫の下の路地に警察の車がサイレンを鳴らしながら集まってきた。命令を下す叫び声や警察無線でかわされる交信の声が聞こえてくる。

「くそ」

痛む目をしばたたかせて茶屋は悪態をついた。

半年以上も追いかけてきた容疑者を目の前にしながら自分の手で捕まえられなかっ

た。自分がどうしようもない間抜けに思えた。はらわたが煮えくりかえるようだった。

しかし、あとは外の警官たちに任せるしかなかった。

ふと視線を下に向けると、手錠をはめた男の手がなにかをにぎっているのが見えた。

茶屋は銃を後頭部に押しつけたまま床にひざまずくと、片手を使って男の手を開いた。手のなかに赤黒い肉の塊《かたまり》があった。

茶屋はもう一度袖で目をこすって、目を凝らした。

それはちぎりとられた耳だった。

5

警察の護送車の一団と新聞、テレビ各局の車の追いつ追われつの追走劇は、市街地を抜けて愛宕《おたぎ》川沿いのY字形交差点まできたところでようやく終盤に入った。

黒塗りのバンと、それをはさむようにして前後を走るやはり黒塗りの車が三台、それに先導役のパトカーなど計五台の警察車輛、そのあとを追いかける報道関係の二十台以上の車が交差点の赤信号で停車すると、それまでも信号でとまるたびにくり返されたように、なんとかして護送車に近づこうと、十数台のオートバイが車の隙間を縫って忙しく旋回しはじめた。

愛宕川に沿って走る広い道路は、そこから先は川の流れから離れて左に折れ、ゆるやかなカーブを描きながら呂太山《ろたやま》と呼ばれる小高い丘まで達する。そのふもとに愛和《めいわ》会《かい》愛宕医療センターがあった。

愛和会愛宕医療センターは、一般外来棟、救命救急センターをふくむ入院棟、精神科病棟、研究室棟と図書館など複数の施設からなる巨大病院で、白亜の建築群はテニスコートや噴水公園などまで設けられた広大な庭園のなかに配され、さらにそのまわりを深い森がかこんでいた。ガラス張りの吹き抜けが三階の高さまで貫く外来棟は、夜になると青味がかった照明でライトアップされ、その幻想的な光景は市街からも眺めることができるが、日盛りのその時刻はカーテンウォールの壁面が太陽の光を反射してまぶしく輝いていた。

信号が変わって車が動きだすと、護送車の一団は隊列を組んだまま加速した。サービス・エリアに沿って左に曲がり、枝をのばした古木のトンネルを抜けるに従い、後方の車をみるみる引き離していく。上空を舞っていたテレビ局のヘリコプターが、護送車を見失うまいとして機首を下げた。

病院前にけたたましく鳴り響くサイレンの音が聞こえてくると、カメラをかまえた百人以上の報道陣が一斉に道路に飛びだし、配備されていた五十名の警察官と揉《も》み合いになった。

護送車の一団はブレーキを踏まずに病院の門をくぐり、回転灯を点滅させながら精神科病棟の前までつづく車回しに乗り入れた。

パトカーの運転手は病棟の正面入口には車を寄せず、車回しの途中でブレーキをかけて、通用口の前まで素早く車をバックさせた。そのあとに黒塗りの覆面パトカーとバンがつづいた。

医師と看護婦が出迎える。通用口に横づけにされたバンから制服の警察官と私服の刑事、そして手錠をかけられ刑務官につきそわれた男がでてきた。彼らは一階のナースステーションで書類を交換したあと、医師と看護婦に先導されて病棟四階のカンファレンス・ルームに入った。

鷲谷《わしや》真梨子《まりこ》は楕円《だえん》形のマホガニー・テーブルの席についた男たちの顔を見まわし

た。

　正面に四人の刑事と拘置所から鑑定入院のために護送されてきた囚人と刑務官の六人がならんで座り、その背後に制服の警官がふたり、腕を後ろに組み真っすぐ正面を向いて立っていた。

　まるで王侯の謁見式《えっけんしき》だ、と真梨子は思った。病院側の出席者は院長の曲輪《くるわ》喜十郎と精神科の部長である苫米地《とまべち》、それに入院中の囚人の担当をつとめることになった真梨子の三人だった。院長は刑事たちにエアシューターの仕組みを説明していた。ちょうど顔合わせが済んだときに、部屋の隅にあるエアシューターのアルミ製の受け台にカプセルに入った書類が届き、それを見た刑事たちが目を丸くしたせいだった。エアシューターはカプセルに書類や伝票を入れて建物内の別の部署にとどける装置で、病院やホテルでは何年も前から使われているが、刑事たちははじめて見たのだろう。

「昔は看護婦は丸テーブルに積み上げられたカード式の診療記録を参照するためにひっきりなしに病室とナースステーションをいったりきたりしなければなりませんでしたが、いまは脈、血圧、体温などのデータはコンピュータに入力するだけで足ります。患者さんのデータだけでなく、点滴の残量の確認や薬品や血液パックの注文もすべてコンピュータひとつでできるようになりました」

院長はいつのまにかエアシューターの話題から離れて、病院の最先端ぶりを自慢しはじめた。

真梨子は護送されてきた囚人を見た。

引継ぎの手続きで身の回りの品が病棟の医師に手渡されたときに手錠ははずされたものと真梨子は思っていたが、刑事にはさまれて座った囚人にはまだ手錠がかけられたままだった。

囚人の名は鈴木一郎といい、愛宕市で起こった連続爆破事件の犯人のひとりとして半年前に逮捕されたが、公判中に弁護側から精神鑑定の要求があり、検察側が異議を唱えなかったことから裁判所が実施を決定した。

愛宕市を舞台にした爆破事件が連続して起きたのは八ヵ月以前のことで、半年前にアメリカから帰国したばかりの真梨子は直接には事件のことを知らなかった。日本に帰ってきてからも父親の葬儀や新居探しなどに忙殺され、鈴木一郎の入院が決まり、その鑑定の役目を仰せつかるまで、爆弾犯の共犯者が捕まったことやその裁判が始まったことも、新聞やテレビのニュースでときどき目にする程度のことしか知らなかった。

鑑定役を命じられたとき真梨子は少なからず驚いた。事件のことをあまり知らないということもあったが、この病院には各専門分野の最高権威が世界中から集められているはずだという思いが先立ったからだ。なかでも精神科の部長である苫米地は真梨子がアメリカに渡る前から日本の精神医学界では名を知られていた存在であり、司法鑑定の分野では第一人者と目されている人物だった。前の勤め先である大学の精神医学教室では年間五十件以上の鑑定をこなし、検察庁や裁判所からの鑑定依頼が引きも切らなかったという。

とうぜん今回も鈴木一郎の弁護側が鑑定人として指名してきたのは苫米地であって真梨子ではなかった。しかしそれにもかかわらず、苫米地は多忙を理由に真梨子に鑑定を委嘱してきたのだった。

真梨子は日本に帰ったばかりでふたたび犯罪者の精神鑑定をおこなうことに気乗りがせず、苫米地に、「あなたがアメリカで経験を積まれたことは院長からうかがっています」といわれたときには複雑な気持ちになったのだが、かといって職務上は上司である人間の依頼をにべもなくことわる理由もなく、結局は引き受けざるをえなかった。

鈴木一郎のとなりに座っているのは日本人離れした巨軀《きょく》の持ち主だったが、その男には見覚えがあった。茶屋という名で、鈴木一郎の鑑定入院が決まってから毎日のように病院を訪れては病院の設備とスタッフの配置にあれこれ注文をつけていた刑事だった。

病院側ではもともと鈴木一郎のために一般病棟とは離れた保護病棟の一室をあてることにしていたのだが、茶屋は安全対策が不十分だと、保護室の錠をキーパッドに数字を打ちこむ方式の暗号錠に換えさせたばかりでなく、保護病棟と事務局とのあいだの通路に監視員を置くよう主張し、それを押し通したのだった。

真梨子は病棟内を我がもの顔で伸《の》し歩く茶屋の姿をときどき見かけたが、敬遠して近づかないようにしていた。人並みはずれた体格のせいでもあるのだろう、無愛想で居丈高《いたけだか》な男という印象で、進んでおしゃべりをしたい相手ではなかったからだ。しかも、茶屋が刑事であることも、彼を遠ざけておきたい理由のひとつだった。検察庁の人間ならいざ知らず、警察の、それも事件の捜査責任者だった男が鑑定中の容疑者に不用意に接近することに、真梨子ははじめから違和感を抱いていた。いちど上司である苫米地に、法律的な問題があるのではないかと質《ただ》したが、苫米地は曖昧《あいまい》に言葉を濁すばかりだった。

いま目の前の席についている茶屋は、煮詰めたような不機嫌さととげとげしさを部屋のなかにもちこんでおり、アメリカも日本も刑事という人種はまったく同じ独特の臭いを発散させているものだと真梨子は内心で苦笑するしかなかった。

もう一度鈴木一郎に視線を戻した。

カーキ色のズボンと上着、その下に白いシャツを一枚着ているだけだったが、どれも清潔そうで半年間におよぶ拘禁生活を感じさせなかった。人格障害を疑わせるような表情の異様さも感じられず、拘置所から新しい環境に移されたことに動揺している様子もなく、ゆったりとリラックスして見えた。

視線を感じたのか、鈴木一郎が真梨子に顔を向けた。

真梨子は一瞬自分の不躾《ぶしつ》けを見咎《みとが》められたバツの悪さを感じたが、視線ははずさなかった。

男の視線に敵意はなかった。長い拘禁生活を経験した男が異性に対して見せる性的な渇望やあるいはこれみよがしのジェスチャーも感じられなかった。視線に力があるというわけでもない。格別美しかったり強い光を放っているのでもなかったし、催眠作用があるような特別な光を放っているわけでもなかった。

しかしなぜか真梨子はその視線から目を離すことができなかった。

6

真梨子は新品の大型冷蔵庫を開けて中身を見た。ステーキ用の肉、フレッシュパスタ、チーズ、ヨーグルト、バター、牛乳、カリフォルニア産高級ワイン、野菜室の抽斗《ひきだし》には新鮮な野菜があふれんばかりに収まり、冷凍庫にはアイスクリームやキャンディバー、袋入りの冷凍食品、保存用の冷凍肉とダイエット食などが詰めこまれていた。

野菜室のトマトに手をのばしかけたが、思いなおして手を引っこめた。冷蔵庫の扉を閉め、冷蔵庫の上の収納棚を開けてみた。きちんと片づけられ清潔な収納棚には、日本では手に入りにくい食材の缶詰のほかにクッキーや朝食用シリアルの箱がならんでいた。

缶詰を開けて調理するのは面倒だったし、かといってクッキーをつまむ気にもなれず、結局固形物を腹に入れるのはあきらめ、コーヒーだけで我慢することにした。

電子レンジの脇に置かれたコーヒーメーカーはスイッチを入れるだけで豆を挽《ひ》き、湯を沸かし、受皿の上のカップに自動的に挽きたてのコーヒーを注いでくれる。二分と待たないうちにカップにコーヒーがいっぱいになると、真梨子はそれをもって居間に戻った。

寝椅子の横のテーブルには、宣誓したうえで裁判所から受けとった起訴状や冒頭陳述書、供述調書など二十冊以上の分厚い裁判記録が載っていて、この数日間というもの家に帰るとそれをひたすら読みつづける毎日がつづいていた。

真梨子はもう一口コーヒーをすすると、検察調書に視線を戻した。

真梨子の目を引いたのは、鈴木一郎が逮捕直後にあらたに仕掛けられた爆弾があることを警察官に告げ、その場所もくわしく供述していたことが記された箇所だった。警察は鈴木の供述にしたがって金融業を営む緋紋家《ひもんや》耕三の自宅兼社屋ビルを捜索し、ビル屋上のエレベーター・ウィンチ室に仕掛けられていた爆弾を発見した。

緋紋家耕三は貧しい家に生まれ、しかも盲目の身でありながら一代で財産を築きあげた立志伝中の人物で、愛宕市では知らない者がない有名人だった。黒ずくめの異様な出立《いでた》ちと、取材や講演の際に口癖のように使う「わたしは物心両面で豊かになりました。不足するものはなにひとつありません」という台詞《せりふ》は愛宕市で育った者ならだれでも知っていて、真梨子も子供のころふざけてよく口真似《くちまね》したものだった。施設などに気前よく寄付をする篤志家《とくしか》という反面、社員に暴力団まがいの取り立てを強要する守銭奴《しゆせんど》だという噂も絶えず、つねに極端な毀誉褒貶《きよほうへん》がつきまとっていた。鈴木一郎が爆弾犯の共犯とみなされた根拠のひとつが、爆弾の在り処《あか》を警察官に告げたこの供述だった。

もう一ヵ所真梨子が興味をひかれたのは、鈴木一郎の経歴の部分だった。いや、正確には経歴の空白の部分というべきか。なぜなら鈴木一郎は二十九歳という若さで愛宕市内の小さな新聞社を経営していたのだが、その会社は彼が三年前に十人足らずの社員もふくめて二階建てのビルごと居抜きで買収したもので、警察が聴取したところ社員のなかに彼の前歴を知る者がだれひとりいなかったというのだ。

鈴木一郎が発行していた新聞はわずか四ページ足らずのものだったが、商店街の案内などだけでなく事件や事故の記事を扱うこともあったらしく、驚いたことに鈴木一郎自身、取材と称して度々《たびたび》警察署に足を運んでいたという。警察の顔馴染みの人間が爆弾犯の片割れだということをテレビや新聞に取り沙汰されることを恐れたのだろう、検察の調書にはそれ以上くわしい記述はなかったが、真梨子は鈴木一郎が警察の人間たちとどんな話をしていたのかぜひ知りたいものだと思った。

警察のその後の調べで彼の戸籍が他人のものであったことがわかった。戸籍の人物はたしかに実在していたが、二十七年前に二歳で死亡していたのだ。鈴木一郎というのも戸籍上の名前であり、同じく戸籍にある二十九歳という年齢も実年齢かどうかたしかめようがなかった。鈴木一郎の住まいは新聞社の近くのマンションだったが、妻子や同居人もなければ近所に親しくつきあっている人間もいなかった。調書によれば、鈴木一郎は検事の取り調べに対して終始礼儀正しい態度をくずさなかったが、彼自身の経歴に話がおよぶと人が変わったように口を閉ざしてしまい、検事の尋問に対しても自らの生い立ちや家族については一切語ろうとしなかったらしい。小さいながらも新聞社を丸ごとひとつ買収した金がどこからでたのかも、検察も警察もつかめずじまいだった。

　つまり鈴木一郎という人物については、小さな新聞社を三年間経営していたということ以外なにもわかっていないのだった。

　真梨子はその日の午後病院のカンファレンス・ルームではじめて会った男の顔を思い浮かべた。逃亡した主犯格の男と仲間割れを起こして、その男の耳をちぎりとったということも調書には書かれていたが、そのような凶暴性を秘めているとはとても思えない理知的ともいえる物腰だった。社員の証言によれば社内でも年上の社員に対してはつねに丁寧な言葉で接していたという。小さいながらも新聞社を大過《たいか》なく運営していたからには人並み以上の知性と教養はあるはずだし、人間関係で深刻な齟齬《そご》や衝突があったという証言もないことから、社会常識をそなえていることも推測できた。しかし経歴についてまったく語らないという行動は不可解であり、常軌を逸しているとしかいいようがなかった。自分がこれから相手にしようとしているのはいったいどういう男なのだろう、と真梨子は思った。コーヒーのおかげで意識が鮮明になり、複雑な思考が可能になったものの、手持ちの材料があまりにとぼしいので思考はコーヒーの香気とともに脈絡なく広がっていき、果てしない夢想に入りこんでしまうような気がした。

真梨子は八年前に東京大学の医学部をでて研修医になったが、日本独特の医局制度になじむことができず、大学をやめてアメリカのハーバード大学に留学した。ハーバードではじめ脳神経内科の勉強をしていたのだが、自閉症の研究グループに入り、大学の付属施設で就学前の幼児から思春期までの少年少女を対象に研究を進めているときに、脳神経の疾病《しっぺい》であると考えられていた自閉症のなかにも少数ながら心因性の患者が存在し、彼らには言葉による分析治療が有効であるという説があることを知り、心理学に興味をもつようになった。すでに脳神経内科医としての勉強は一通り済ませていたが、あらためて精神科医としての勉強をはじめ、三年間かけて心理学の学位と特殊教育学の修士号をとった。

ハーバードを卒業し、各地の病院で実習を経験してから地域病院のカウンセリングをはじめたのが二年前、三十歳のときだった。そこでたくさんの犯罪被害者たちに出会ったことがきっかけで犯罪そのものと向きあう決心をし、昨年、犯罪者の精神鑑定を行なう施設であるイバリュエーション・センターに入所した。

センターを辞《や》め日本に帰ってきてからは外来の診療が主な仕事になり、真梨子の診察室を訪れる患者は、不潔恐怖や摂食障害といった神経症の患者がほとんどであり、もっとも重篤《じゅうとく》なものでも自己臭妄想のような神経症と分裂病の境界例がまれにあるにすぎなかった。

愛宕医療センター精神科の外来は、ほかの病院のように広い室内をパネルでいくつにも仕切っただけで、複数の医師が何人もの患者を診察しているようなことはなく、ひとりの医師にひとつの診察室が設けられていた。それだけでも抜群の待遇といえたが、さらにすべての医師に専用のオフィスがあてがわれていた。仕事が終わればあとに引きずるものはなにもなく、時間はあまるほどあった。アメリカでの暮らしを思えば天国のような毎日だった。

イバリュエーション・センターでは、犯罪者たちと毎日いやおうなく顔を突き合わせなくてはならなかったが、それ以前の地域病院でも攻撃行動、自殺企図、性的逸脱などは日常茶飯事で、一日が終わると気絶するようにベッドに倒れこみ、翌朝目覚まし時計のベルで叩き起こされるとほんの二、三分うたた寝した感覚しかなかったものだった。

仕事には余裕があり、患者たちはまったく問題のない人間ばかり。それでいてアメリカで仕事をしていたころの三倍以上の収入があることに、真梨子はときどき後ろめたさに似た気持ちをもった。高い家賃の一軒家に住み、家具もぜいたくなものばかりだったが、家に帰って明かりをつけると虚《むな》しさをおぼえ、それが彼女のそれまでの人生の報酬ではなく、まるで罰であるかのように感じられることさえあった。

高校を卒業してから十四年のあいだに実家に帰ったのはわずか二回だけ、それも一度目は母の、二度目は父の葬儀のためだった。五年前、母の葬儀で帰ったとき、真梨子は父の憔悴《しょうすい》ぶりを見て驚き胸を打たれもしたのだが、それにもかかわらず最後まで娘らしいいたわりの言葉もかけられずに別れたことがいまだに心残りとなっていた。真梨子は父親をはげますどころか、「わしのことは心配せんでいい。自分がやりたいと思ったことを最後までやり通すことだ」と逆にはげまされ家を送りだされたのだった。

いつのまにか雨が降りだしたらしい。

雨音で現実に引き戻された真梨子はカップをテーブルに置いて窓に歩み寄った。

父はいまのわたしを許してくれるだろうか、と真梨子は思った。

いや、許してくれるはずがない。なにしろわたしはやりかけの仕事を途中で投げだして、日本に逃げ帰ってきたのだから。

カーテンを開けて外を見ると、庭の照明にこまかい雨粒が浮かんで光っていた。ふた月ぶりの雨だった。窓を開けると、外の冷たい空気が吹きこんできた。真梨子はかすかな痛みをともなう夢想をふり払うように、湿った夜気を思い切り吸いこんだ。

7

鈴木一郎は神経を集中して建物の外の音に耳をかたむけた。

夜半に降りはじめた雨は時間の経過にしたがって激しさを増し、ふた月近く日照りがつづいたせいで白《しら》ちゃけて固くなった地表をくまなく濡らしていった。

乾き切った大地は、無数のひびが入った陶器の皿であり、雨はそのひび割れを通って下層土にしみこんでいき、砂礫《されき》層と粘土層のあいだの枯渇した井戸と溜め池をうるおし、粘土層の下を流れる地下水脈をふたたび活気づけた。

水嵩《みずかさ》を増した川は、無数の細流となって丘や平地や森や市中の家々の裏庭を浸食し、いたるところを切りくずし、くぼみを穿《うが》っていく。道端の雑草が渇いた導管を満たす音、土壌がかかえきれないほどの水分をふくんでふくれあがる音、雨に打たれた木立の樹皮が真っ赤に焼けた鉄が水をくぐるときの音を立てながら反《そ》りかえる音、固い堆積土からもつれてはみだした樹木の根が、土手の斜面を這いあがってきた水をむさぼるように吸いこむ音が聞こえた。

音は洪水のように聞こえてくる。建物の外の音、建物の内部の音、そして室内の音。

鈴木一郎はすべての音を遮断して部屋のなかに目を向けた。

いまいる部屋は建物の四階にあり、保護病棟と呼ばれている細長い廊下に沿ってならんだ部屋の一室だ。廊下に沿って同じような部屋がならび、廊下の先には監視員代わりの警備員が机を置いて座っている。その角を曲がると事務局と呼ばれる広い部屋がある。部屋には壁ぎわのベッドとその反対側のトイレと洗面台のほかにはなにもない。拘置所と違うのは室内が広いことと清潔なことのほか、ベッドのパイプや洗面台の角など、あらゆる凸所が丸く加工されたうえ、さらに緩衝材としてマットやゴムで保護されていることだろう。

衣服など私物を入れる棚はなく、別の場所で保管されている。といっても拘置所から支給された着替えが少しあるだけだが。部屋に窓はなく、厚い鉄の扉にのぞき窓がひとつ開いているだけだ。

ドアの鍵は暗号錠で、部屋に入れられる際に監視係がキーパッドに数字を打ちこむ音を聞いたが、キーの音は平板で、数字の違いで音階が変化することはなかった。ということは音階を聞き分けることで数字を判別することはできないということだ。

ふたたび音に注意を戻し、今度は共鳴音や調和音の違いから外部の音、内部の音、人の声、無機物が立てる物音などを選別していく。

保護病棟は一般病棟とは離れた位置にあり、その保護病棟のほかの部屋にも患者はだれも入っていないようだった。人の話し声は聞こえない。医師や看護婦同士の会話も聞こえてこない。

流れこんでくる音にしばらく耳を傾けていると、建物自体が外の風や寒暖の差に対してどのように反応するか、建物内に置かれた何十何百という機械や電子装置がどんな音を立てているかが識別できるようになる。それらを記憶してから音の集積から脱落させれば、雑音は消え去って静けさだけが残る。そのあとは無音の世界のなかで人が立てる物音や話し声を聞きとればいいだけだ。

コンクリートの壁の内側にはさまざまな騒音が渦巻いていた。建物の内部を見てまわることはできないが、人の動きを聞けば医師や看護婦たちの配置や勤務の交替時間を把握することができる。

階上の廊下でだれかが自動販売機に硬貨を入れ、受け台の上に紙コップが落ちる音がした。看護婦らしい足音が交錯し、患者を乗せたストレッチャーが廊下を通る車輪の音が聞こえてきた。廊下の突き当たりに座っている監視役の警備員に看護婦がコーヒーをもってきたらしい。警備員が看護婦をからかう声と看護婦の立てる笑い声が廊下に響いた。

不意に建物の外から機械音が聞こえてきた。

その音に神経を集中させる。

音は上空からだ。ヘリコプターの音らしいローターの回転音と低いエンジンのうなりがしだいに鮮明になってきた。建物のはるか上空を通過し、外来棟の屋上にあるヘリポートに着陸したようだ。着陸したあともしばらくローターが回転する音はつづき、それが唐突にやむと、物音が途絶え、静寂が戻った。

ふたたび建物の内部の音に注意を戻した。

人間の手は休むことがない。鼻をかいたり、ポケットに手を入れて無意識になにかを探ったり、着衣の外側や内側だけでなく、靴を脱いで足をかくこともあれば、その足を机の上に載せて腿のあたりをマッサージしはじめたりもする。煙草を吸う者はたえずライターをおもちゃにし、書類を前にして頭をかかえているものはボールペンを指先で回転させる。書類の上をすべるペンの音、だれかが雑誌のページをめくる音、机にコップの角があたる音などが脈絡なく聞こえてきたが、どれも有益な情報にはなりそうもなかった。

いったん音を聞く作業を中断して、患者用の白衣のポケットからペーパークリップをつまみだした。

警察と医師たちの目を盗んでカンファレンス・ルームから無断でもちだしてきたものだ。隙のないよう密に巻いて、よりの堅い螺旋《らせん》をつくるつもりだが、まずその前にまっすぐな針金の形に戻さなければならない。ペーパークリップにしては大きめなので、伸ばせば十五センチくらいの長さになるはずだ。

8

真梨子は白衣のポケットに小型の検眼鏡を入れ、胸ポケットにペンライトを差すと、いつもは持ち歩くことのない聴診器を首にかけて七階の自分のオフィスをでた。エレベーターで四階までおりて、事務局に顔をだし、真梨子を待っていた事務員にお願いしますと声をかけた。これから四週間、鈴木一郎を鑑定するためにオフィスと保護病棟を往復することになるが、どんな場合でも被鑑定人と一対一にならないこと、問診のような場合でもかならず男性の職員を立ち合わせることというのが警察からの要請なのだ。

事務員と事務局をでて保護室に向かった。保護室は事務局と同じ階にある。保護病棟の入口までくると、監視役の警備員が真梨子たちに敬礼した。真梨子はとまどいながら会釈《えしやく》を返した。警備員が腕時計を見て机の上に広げたノートに時刻を記録し、立ち上がると真梨子たちの先に立った。鈴木一郎の部屋の前で立ち止まり、暗号錠に数字を打ちこむ。キーパッドの上のランプが赤く点灯し解錠されたことを告げた。警備員がドアを開けてなかに入り、事務員がそれにつづいた。真梨子が戸口で待っていると、ふたりに寄り添われて鈴木一郎がでてきた。隣りの部屋に椅子と机が準備してあり、検査や問診はそちらで行なう手筈《てはず》になっていた。

真梨子たちが隣りの部屋に移って椅子に座ると、警備員は部屋をでていき、事務員が戸口の壁に背をもたせかけるようにして立った。鈴木一郎は病院が提供した白のトレーナー姿だった。

「きのうも自己紹介をしましたけれど、あなたの鑑定を担当することになった鷲谷真梨子です。きょうから検査を行ないますが、まず身体検査からはじめますのでよろしくお願いします」

鈴木一郎が礼儀正しく頭を下げた。

「よろしくお願いします」

「それではトレーナーとシャツを脱いでもらえますか」

すべりだしは上々だと思いながら真梨子はいった。

鈴木一郎がいわれた通りトレーナーとシャツを脱ぎ上半身裸になると、盛り上がった二頭筋と鋼《はがね》のような腹筋が真梨子の目に飛びこんできた。僧帽筋と胸筋も丸くふくらみ琥珀《こはく》色の光沢を放っていた。着衣の姿からは想像もつかない均整のとれた体つきに舌を巻く思いだったが、それを気取《けど》られないように表情をひきしめて、胸部に聴診器を当てた。

心臓や肺に異常がないことをたしかめ、つぎに腹部に手を当てて腫瘍《しゅよう》や圧痛点などがないかを調べた。異常がないとわかると白衣の胸ポケットからペンライトをとりだして、瞳孔《どうこう》に光をあてて反応を見た。それから検眼鏡で目の奥をのぞきこんだ。目には無数の神経が集まり、脳とも直接つながっている。簡単な検査だが、脳腫瘍や動脈硬化症などは眼底を見るだけで有無《うむ》がわかる。額と額がつくほどの距離まで顔を近づけたが、鈴木一郎は真っすぐ背筋をのばしたまま微動だにしなかった。

体を離し、裸の上半身に外科手術の痕《あと》や事故による傷痕などがないかどうか仔細《しさい》に観察した。事故や喧嘩によると思われる傷痕はなく、刺青《いれずみ》のたぐいも見当たらなかった。

手首をとって血管が見えるように上向きにひねった。手首は両手とも無傷で、これまで自傷行為がなかったことがわかった。腹部と頸部に火傷《やけど》の痕と思われるひきつれが見られる程度だった。それはよくよく目を凝らして見なければわからないほど小さな傷痕で、自然治癒か形成外科手術によるものか判然としないほどだった。もし皮膚の移植手術がなされたのだとすれば、最高度の技術をもった外科医の手によるものだと思われた。

「はい、けっこうです。シャツとトレーナーを着てください」

火傷の痕、と頭のなかにメモをしてから真梨子はいった。

所見はすべて正常だったが、検査はこれだけではない。まず採血室で血を採り、別の部屋で眼底写真を撮る。それが済んだら脳波室で脳波の検査をし、最後にＣＴ撮影もあった。

「では採血室へ」

真梨子は腕時計を見て採血室の予約時間をたしかめ、戸口に立っている事務員に声をかけた。事務員がドア脇の壁のボタンを押して部屋をでることを警備員に知らせると、すぐに警備員がやってきて外側からドアを開けた。

脳波の検査が終了したのが午後一時で、昼食をはさんでＣＴ撮影は午後二時からはじめられた。真梨子たちは警備員につき添われて病院内を移動し、本館にあるＣＴ室に入った。

「やあ、お待ちしてました」

室内に足を踏み入れたとたん、部屋の隅のデスクから立ち上がった長身の白衣姿の男が両手を大きく広げながら真梨子たちに歩み寄ってきた。真梨子は一瞬抱きつかれるのではないかと思ったが、男は一歩手前で立ち止まり仰々しく《ぎょうぎょう》頭を下げてみせた。CT室の責任者である空身《うつみ》だった。

「こちらがお客さまですか」

空身は警備員と事務員にはさまれて立っている鈴木一郎を見て会釈をした。空身とは初対面だったらしい警備員が眉を吊《つ》りあげるのを見て、真梨子は思わず噴きだしそうになった。

空身は、真梨子がこの病院に移ってきてから最初に親しくなった人間だった。レントゲン技師の資格で病院に勤めているが、アメリカやヨーロッパの医学雑誌に定期的に研究論文を発表している神経化学が専門の医学博士でもあった。

スタンフォード大学の研究室から、研究設備と最先端機器を好きなときに好きな時間だけ使わせることという条件で愛宕《おたぎ》医療センターに移ってきた空身は、夕方の五時にレントゲン技師としての仕事が終わると敷地のなかにある研究センターまで車を飛ばし、毎晩十二時近くまで自分の研究に没頭する。研究のテーマは神経細胞中の伝達物質の伝達速度とカルシウムの相関関係というものらしく、空身はその研究でノーベル賞を狙っていたが、それが決して夢物語ではない証拠にそれまでにもヨーロッパとアメリカの大きな医学の賞を二度もとっていた。かといって頭のなかに詰まっているのは数字と化学式だけではなく、病院中のあらゆるゴシップに通じていて、彼と病院の食堂で三回も食事をともにすれば十歳ばかり大人になった気がするくらい、なみはずれて世俗的な面もあった。よくまわる舌と内に情熱を秘めた目をもった空身には少女のように愛らしい妻がいて、待望の第一子が先月誕生したばかりだった。

「ではこちらに」

空身は鈴木一郎の背中を軽く押すようにしながらガラスでへだてられたとなりのCT検査室に導いた。警備員と事務員がそのあとについていく。CT検査室の中央には邪悪な怪物のように黒光りするCTスキャナーがうずくまり、一メートルほどの高さに丸い穴が開いたパネルとその穴のなかに黒いシートをかぶせたベッドが浮かんでいた。

いまではある程度以上の規模の病院では、X線の代わりに電磁波を使うMRIで脳の断層撮影を行なうのが常識のようになっているが、愛和会愛宕《めいわ》医療センターがMRIを使っていないのは購入資金がないからではなく、空身が手を加えてCTスキャナーの性能を格段に向上させていたからだった。彼のCTスキャナーはMRIができることならなんでもできたし、彼がつくったプログラムソフトによって、それ以上のこともできるようになっていた。神経細胞や遺伝子の研究をするのにコンピュータの知識が欠かせないことは理解できたが、空身のコンピュータに対する精通ぶりは、真梨子の目から見ても、ただ必要なだけという実用の範囲をはるかに超えていた。

空身が鈴木一郎に白衣を渡し、それを着るよう指示するのがガラス越しに見えた。鈴木一郎はおとなしく指示にしたがって白衣を着け、ベッドに横たわった。空身は頭部をベルトで固定するとコントロール室に戻ってきた。警備員と事務員もそのあとについてきた。

「それではじめます」

空身が制御盤のスイッチを入れた。低い地鳴りのような音とともにベッドが部屋の壁に開いた大きな空洞のように見えるCTスキャナーの本体のほうへ移動しはじめた。

「体の力を抜いて目を閉じてください」

空身がマイクに向かって話しかけた。ベッドの上の鈴木一郎には検査室のスピーカーを通してその声が聞こえているはずだった。時間をかけて鈴木一郎の上半身がベッドとともに穴のなかにおさまった。

「目を開けて二、三度まばたきをしてもらえますか」

空身は制御盤から手を離してコンピュータのキーボードに指を這わせた。鈴木一郎の頭部の周囲をスキャナーがまわりはじめた。頭蓋骨と脳を貫通した粒子がコンピュータで解析され、制御盤に組み込まれた六台のテレビモニターに頭蓋骨の内部のデジタルイメージが映しだされる。空身がキーボードをたたくと、さまざまな角度から映しだされた脳の断面が一瞬のうちに合体して立体画像になった。

「それでは見学といきますか」

空身の指がキーボードからマウスへ移動した。彼の指の動きにつれて、脳の立体画像がゆっくりと回転しはじめた。真梨子は上半身をかがめてテレビモニターをのぞきこんだ。


一時間後に検査を終えて真梨子たちはCT室をでた。部屋をでしなに空身に、データをCDにコピーしておいてもらえないかと頼むと、「きみは精神科医なのかい。それとも脳神経科医かい」と小声で揶揄《やゆ》してきたので、「両方よ。わたしは脳内科医の医師資格ももっているし、心理学者として精神療法の資格ももっているの」と空身の耳元でささやいた。いつもの冗談めかしたやりとりだった。

真梨子は鈴木一郎を保護室に帰し、警備員と事務員に礼をいって別れると自分のオフィスに戻った。

真梨子のオフィスは七階のエレベーターホールの前の長い廊下の突き当たりにあった。部屋は広く、採光も申し分なかったが、書棚には本や雑誌がこぼれおちんばかりに詰めこまれ、デスクの上には寄付金集めが目的のパーティーの招待状、カルチャースクールや薬品会社からの講演依頼などの郵便物と医学専門誌が山積みされたままになっていた。家具らしい家具はなく、鉢植えひとつ置いていなかったが、そのかわり呂太山の緑を一望できる窓からの眺めはすばらしく、真梨子にはそれだけで十分だった。

椅子に座り、郵便物の山を脇に押し退けるとメモ帳代わりのノート型パソコンの蓋《ふた》を開いてスイッチを入れ、鑑定所見の覚え書きを書きこみはじめた。

鈴木一郎の脳には器質的な異常は見られなかった。空身からCDをもらって自分のパソコンでも見るつもりだが、検査室のモニターで見たかぎりでは、脳室の拡大や左右の不均衡、蜘蛛《くも》膜嚢胞《まくのうほう》や脳室の壁の肥厚もないようだった。脳波も正常で、波形はまったく健康的であり、異常波もそのほかの軽微な異常所見も認められなかった。瞳孔反射にも問題はなく、血圧および心電図も正常の範囲。内科的疾患を疑わせる徴候はまったくなかった。

数字であらわれたデータは簡略そのものだったが、検査中の鈴木一郎の態度や受け答えなどをひとつひとつ思い返しながら、それも鑑定資料の一部として書きこんでいくので、思いのほか時間がかかった。検査第一日目の覚え書きを書き終えて、時計を見るとすでに五時をまわっていた。

真梨子は大きな息をひとつついて窓の外に目をやった。一晩中はげしく降りつづいていた雨はすでに午前中にあがっており、冬の空は冷たく澄み切っていた。真梨子はしばらく窓の外の景色を眺めていたが、やがてパソコンの蓋を閉じると白衣を脱いで帰り支度を済ませオフィスをでた。エレベーターで一階まで降りた。

一階に着いてケージのドアが開き、廊下に一歩足を踏みだしたとたん正面玄関のまわりにひしめいている二十人ほどの男女の姿が目に入った。ビデオ・カメラや照明器具を手にしているところを見ると新聞社とテレビ局の記者たちらしかった。一瞬だれの取材だろうと眉をひそめたが、取材の相手が自分以外にいないことにおそまきながら気がつくと、身をひるがえしてエレベーターに戻り、地下のボタンを押した。地下駐車場から携帯電話で空身を呼びだして車に同乗させてもらうつもりで地下二階で降りた。

バッグから携帯電話をとりだそうとしたときだった。タイヤがきしる音がして真梨子の体からわずか三十センチのところに黒塗りの車が急停車した。

驚きと怒りとで携帯電話を握りしめたまま立ち尽くしていると、車の助手席側のドアが開いて、運転席の男が浅黒い顔をのぞかせた。

「さあ、早く乗るんだ。記者連中があんたを追いかけてくるぞ」

真梨子はためらったが、背後から押し寄せてくる大勢の人間の足音を耳にするとすばやく助手席に乗りこんだ。真梨子がドアを閉めると同時に、運転席の男、茶屋は猛烈な勢いで車を発進させた。

「偶然駐車場にいたとは思えないけど」

座席の上を転がってシートに背中をぶつけた真梨子は、やっとの思いで体勢を立て直しながらいった。

「ああ。あんたを待っていたんだ」

前方に顔を向けたままで茶屋がいった。漠然とずいぶん年上のように思っていたが、間近に見るとまだ四十代前半の年齢に見えた。図抜けて体の大きな茶屋は、運転席いっぱいにふくれあがった風船のようだった。この人にはエアバッグは不要だ、と真梨子は思った。

「わたしになんの用」

茶屋が太い首をひねって真梨子の顔を見た。

「あんたはいつもそんな切り口上でしゃべるのか」

「あなたは初対面の相手をいつもあんた呼ばわりするの」

負けずに真梨子はいい返した。

「あんたとは昨日会った。その前もあんたの顔は病院でちょくちょく見かけたし、あんたがおれを避けていたのも知っている。だから初対面の相手とはいえん」

「降参。で、わたしになんの用」

「少しばかり話をしたくてな」

真梨子は大げさに目玉をまわしてみせた。

「それ、なにかのお芝居の台詞。それともハードボイルド小説かなにかで読んで、いつか使おうとずっと機会を狙っていたの」

ハンドルを握ったまま茶屋が吐息をついた。

「気にさわったのならあやまる。先生と少し話がしたいんだ。つきあってもらえるかね」

「鑑定医と刑事が裁判所以外の場所で同席することに倫理的な問題はないのかしら。ご存知だとは思うけど、わたしは警察に頼まれたからではなく、裁判所の依頼で精神鑑定をしているのよ」

「先生のいう通りだ。さっきみたいな連中に見られて写真を撮られでもしたらちょっとした騒ぎになるかもしれん。だからなるべく人目につかないところにいくつもりだし、話も鑑定医と刑事ではなく個人的な話だと思ってくれ」

「ええ、いいわ。わたしも警察の人にお話をうかがいたいと思っていたところだから」

茶屋は疑わしげに眉をひそめて真梨子を見た。

「警察に聞きたいことだって」

「ええ、そうよ。それからわたしに食事をおごるつもりなら料理がおいしいお店にしてね」

茶屋はなおも疑わしそうに真梨子の横顔を見ながら、病院の敷地をでると左にハンドルを切って車を市街地のほうに向けた。

それから十分ほど茶屋は黙ってハンドルを握り、真梨子も無言で車の振動に身を任せていた。車は市の中心部を抜け、町外れの交差点を通りすぎた。家具屋、洋品店、客のいないドーナツ店などがならぶ通り沿いのみすぼらしいショッピング・センターに乗り入れ、道路の舗装が途切れるまで走った。道がなくなったところに店が五、六軒かたまっていた。端の二軒はとうの昔に店仕舞いしたらしく板で囲いがしてあった。茶屋は三軒目の前で車を止めた。目の前の店はどう見てもレストランには見えなかった。

店のなかは薄暗かった。カウンターのほかにフロアにテーブルが十脚ばかり置いてあったが、半分以上が食事をする客ですでに埋まっていたのが驚きだった。奥から肉を焼く香ばしい香りが流れてきて真梨子の鼻をくすぐった。

「なんのお店なの」

好奇心をおさえ切れずに尋ねた。

「ハンバーガー屋だ。もうちょっと高級な店がよかったかね」

「いいえ、ハンバーガーこそこの半年間わたしが恋いこがれていたものだわ」

真梨子は本心からいった。カウンターの奥の調理場からでてきたひげ面《づら》の男に、真梨子はハンバーガーとサラダを、茶屋はステーキを注文した。

「聞きたいというのは鈴木一郎が自分のところの新聞の取材で警察に出入りしていたことかね」

「それもあるわ。警部さんは新聞社の社主としての鈴木一郎に会ったことがあるの」

「いや、ない。鈴木が取材で会っていたのはほとんどが交番勤務の巡査や交通課の人間だったらしい。捜査課の刑事で鈴木と面識があったという人間はいない。いまのところな。しかし、調査中だ」

ビールがきたので会話は一時中断された。

「先生は長いことアメリカにいたんだってな」

「調べたの」

「病院の事務局の人間から聞いたんだ。アメリカでヘッドハントしたといっていた。どうしてアメリカから帰ってきたんだね」

「その話はしたくないわ」

「なぜ」

「その理由を話したくないの」

「ひとつ聞きたいんだが」

「どんなこと」

「あいつらはどうして家のなかで靴を履《は》いているんだ」

「なんですって」

「アメリカ人とかフランス人とか、つまり外国人のことだが、映画やテレビのドラマを見ているとあいつらは靴を履いたまま家のなかを歩きまわり、そのくせ床に腹ばいになってテレビを見ていたりするじゃないか。あれはいったいどういう訳なんだ」

「むずかしい質問ね」

「先生もアメリカにいたときは家のなかで靴を履いていたのかね」

「ええ、そうよ。家のつくりがそうなっているから」

「そういうが、玄関口で靴を脱げばいいだけの話だと思うがね」

料理がきた。真梨子は皿からこぼれそうになっているハンバーガーを一目見て本物だとわかった。肉は分厚く、しかも生焼けだった。両手でもちあげてかぶりついた。肉汁が口のなかにあふれた。

「おいしい」

真梨子は思わずうめき声をあげた。

「そいつはよかった」

茶屋は自分の前の厚さが五センチほどもあるステーキをナイフで切りながらいった。ハンバーガーが絶品だったので、スクランブル・エッグを頼むと、ひげ面の男がスクランブル・エッグを大盛りにした大きな皿を運んできた。真梨子はフォークで山をふたつに分けて、半分を自分の皿にあとの半分を茶屋の皿に載せた。

茶屋は切り分けた肉をたいらげると、籠《かご》に入ったロールパンをつぎからつぎへと口に放りこみはじめた。指先でロールパンをふたつに引き裂くと、二口で片づけていった。真梨子はスクランブル・エッグをフォークですくって口のなかに入れた。コショーと塩だけの味つけには、たしかに卵を食べているという充実感があった。

「先生は神経科の医者だったそうじゃないか。なぜ精神科医に」

「それも病院のだれかに聞いたの。神経科といっても脳神経科だったの。精神科と大して変わらないわ。わたしの専門はたったひとつ、人間の脳だけ。これで答えになっているかしら」

「ああ。しかし正直にいうと、先生が宗旨変《しゅうしが》えした理由などはどうでもいいんだ。おれが知りたいのはその区別のほうでね、脳神経科と精神科というのはどういう違いがあるんだね」

真梨子はフォークをもてあそびながら適当な答えを探したが、ふとハーバードで同じクラスだった学生がいった言葉を思いだした。

「脳神経医学は死と戦うための医学、精神医学は生と戦うための医学、ですわ」

その男はどんなときにも警句ふうの気取った物言いをする癖があって、この言葉を口にしたときクラス中の人間から失笑が起こったものだ。もっともらしいけれどなんの役にも立たない言葉ね、と。

「なるほど」

「おわかりになりましたか、警部さん」

「なんとなくわかったような気がするよ」

「そう、それはよかった。わたしにはチンプンカンプン」

茶屋がロールパンを引きちぎる手を止めて真梨子を見た。

「先生は意地が悪いんだな」

「こういってももちろん驚かないと思うけれど、相手によるわね」

真梨子はいって、サラダにとりかかった。

「先生の勤め先の病院のことだが、あの書類をカプセルに入れてやりとりする、あれはなんといったかな」

「エアヒューター」

真梨子はレタスを口いっぱいに頬張《ほおば》りながら答えた。

「そう、それだ。エアシューターにコンピュータ。それに総ガラス張りのレストランまである。まるで遊園地だな」

「その遊園地に鈴木一郎を鑑定入院させたのはなぜ」

「警察が入院させたわけじゃない。決めたのは裁判所だ」

「裁判に半年もかかっているのはどうして。あなたたちに決め手が欠けているせいではないのかしら。それに検察は弁護側の精神鑑定の申請になぜか反対しなかった。そのうえたいていの検査や心理テストなら拘置所でもできないことはないのに、四週間の鑑定入院まであっさりと認めた。調書を読んだかぎりではそれほど慎重な鑑定が必要な事件とも思えない。部屋の鍵を暗号錠に替えるほど脱走を警戒している人物ならなおさら拘置所の外になどだしたくないはずでしょう」

「それが先生が聞きたかったことかね」

「ええ、そういうこと」

「なるほど。愛和会がわざわざアメリカで働いていた先生を日本まで引っ張ってきた訳がわかったよ」

「で、お答えは。あなたの個人的な話というのもそのことに関係しているはずだと期待しているんだけど。それともわたしの見込み違いかしら。ここに連れてきたのがあなたの私生活に関する悩みを打ち明けるためなら正規のカウンセリング料金をいただくことになるわよ」

「あの男はどうなんだ」

「質問が漠然としすぎているわ」

「狂っているのか」

「今度は単刀直入すぎるわね」

「真面目な話だ」

「じゃあ、わたしも真面目な話をするけど、医師は自分の患者のことを他人にもらしてはいけないことになっているの」

「そこが個人的な話だというところだ。どうなんだ。やつはおかしいと思うか」

「思わない」

真梨子は答えた。

「それじゃあ、あの男はどうしてなにもしゃべろうとしない。そもそもあいつはなぜあの倉庫にいたんだ」

茶屋がいった。真梨子は茶屋の言葉を聞きとがめてフォークの手を止め、茶屋の顔を見た。質問しようと口を開きかけたが思い直してやめた。茶屋が話をするかするまいか迷っているのがわかったからだ。真梨子は茶屋が自分から話しだすのを待つことにした。

「あいつを捕まえたのはこのおれ自身だが、おれにはどうしてもあいつが爆弾犯の片割れとは思えんのだ」

茶屋がつぶやくようにいった。

「なんですって」

真梨子は大声をあげそうになり、あわてて声をひそめた。

「まさか警察のでっちあげだなんていうんじゃないでしょうね」

「そうじゃない。おれたちがあの倉庫に踏みこんだときあいつはたしかにそこにいたし、五個目の爆弾の在り処も供述した。少なくとも爆弾事件の共犯として逮捕するだけの根拠は十分あった」

「じゃあ、なぜ」

「じゃあなぜ、あいつが爆弾犯の片割れだと思えないのか、か」

真梨子はうなずいた。

「まず第一にあの男がおれを救けようとしたからだ。緑川は倉庫から逃げだすときにおれたちに向かって爆弾を投げつけた。鈴木一郎に突き飛ばされなかったらおれは大怪我をしていたかも知れん」

「なんてこと。そんなこと警察の調書には書いてなかったわ」

「あいつがおれに飛びついてきたのはだれも見ていなかったし、やつが飛びついてきた意図がおれにもわからなかったんだ。署に連行してからどういうつもりだったのか本人に尋ねたんだが、やつは答えようとしなかった」

「ふたつめは」

胸の動悸が速くなるのを意識しながら真梨子は尋ねた。

「ふたつめはもっと漠然としているんだが、五個目の爆弾のことだ」

「緋紋家《ひもんや》耕三のビルで見つかった爆弾のことね」

茶屋がうなずいた。

「爆弾には無線式の起爆装置がついていた。アンテナ線が爆弾からのびて巻き上げ室の窓から外にでていたというのが鑑識の推測なんだが、そのアンテナ線は警察が発見したときには爆弾から引き抜かれて屋上の床に落ちていた」

「どういうこと」

「爆弾を仕掛けたやつが、もし無線信号を送ったとしても爆弾は爆発しなかったということだ」

「鈴木一郎は爆発するはずのない爆弾の在り処を警察に教えた。そういうことなのね。つまり役に立たない情報を与えた、と」

「いや、そうじゃない。爆弾は無線で信号が送られてこなくても十二時間後に爆発することになっていた。無線装置のほかに予備の時限装置がつけられていたんだ」

「どういうことなの。わたしには意味がわからないわ」

真梨子は混乱して尋ねた。

「おれにもわからんのだ。このことも取り調べでしつこく問い質したんだがやつは答えようとしなかった。爆弾からアンテナ線が引き抜かれていた理由はなにか、そもそも引き抜いたのはだれか、散々考えてみたが結局どちらもわからずじまいだ」

「三つ目は」

「いや、三つ目はない」

「ほかにもなにかあるはずよ。たとえば倉庫で見たとき彼はどんな様子だったの。なにか気がついたことはなかった」

真梨子の質問に茶屋は考えこんだ。

「動きが素早かったな」

しばらくしてから茶屋が答えた。

「それに体格から想像もできないほど力が強かった。それから、爆弾が破裂したとき吹き飛ばされた床材や壁材が散弾のように飛んできてそれが体中に刺さったんだが、やつはまったく平然としていた。痛みなどまったく感じていないようにな」

「痛みをまったく感じていないように」

真梨子は鸚鵡《おうむ》返《がえ》しに茶屋の言葉をなぞった。右手にフォークを握ったままであることも忘れて、それにどんな意味があるのか考えようとしたが、いくら考えても答えは浮かんでこなかった。

「彼はいったい何者なの」

真梨子はつぶやいた。

茶屋が真梨子の目を真っすぐ見つめながらいった。

「そいつを先生に突き止めてもらいたいんだ」

9

鑑定をはじめて四日目、真梨子はオフィスでガラス越しに燦々《さんさん》と射しこむ冬の陽射しを浴びながら、前日に終えた知能検査や作業検査、ＴＡＴ（主題統覚テスト）など主要な心理テストの結果を読み返していた。

面接での鈴木一郎は丁寧で礼節をわきまえ、緊張した様子もなく、ときにはユーモアのセンスさえ感じさせた。テストのほうは言語性知能、動作性知能いずれの成績も標準的で、反応内容や形式にも特異な点はなく、知覚上の異常もなかった。数字やグラフであらわされたデータを見るかぎり、人格のゆがみも精神障害の徴候もまったくうかがわれなかった。しかし真梨子の注意はむしろその平凡すぎる成績に引きつけられていた。すべてのテストにかたよりがなく、平均的でありすぎる気がしたのだ。

たとえば知能検査といっても単純に知能指数を算出するだけではなく、被験者の回答の仕方によって知性の偏向や人格の特性についても推し量れるようになっていて、言語性テストで高得点をとった人間が絵画配列は不出来だったり、一般的な知識は豊富なのに計算問題の評価が低かったりするのがむしろふつうなのだが、鈴木一郎の場合にはこのような不均衡がまったく見られず、細部に固執したり特定の領域に異常な興味を示すというようなこともなかった。

文章完成テストで、たとえば「妻」や「母」のような単語を使って短文をつくらせたり、「わたしの父は……」であるとか「わたしは子供の頃……」などにつづけて書かせた文章を見ても、鈴木一郎が家族というものに対する感情表現をとくに抑圧しているようには思えず、しかしこれは家族や自分の過去についていっさい語ろうとしない彼の態度とあきらかに矛盾《むじゅん》しているように思えた。

真梨子は心理テストの成績が書きこまれた用紙をデスクに戻し、代わりに血液検査室から送られてきた検査結果を手にとった。

ほかの病院なら専門の技術者が検査所見を行ない診断をつけるので検査後に結果が

届くまでに数日から数週間かかるが、愛宕医療センターでは一連の複雑な血液検査も面倒な血液型の交差試験もすべて機械が自動的にやってくれる。しかも、オフィスの端末からデータベースにアクセスし指示を送るだけで、その結果をコンピュータスクリーンに呼びだすことができるのだった。真梨子が手にしたのはそのプリントアウトだった。

真梨子はもう何度も見なおしたグラフにもう一度目をやった。そのグラフは鈴木一郎の血液中のエンドルフィン値が非常に高いことを示していた。エンドルフィンは脳のなかで生産されるモルヒネに似た作用をもつ物質である。そのグラフを見たとき真梨子は、アメリカの研究者が二十年前に発表したある論文を思いだした。その論文は無痛症と体内エンドルフィンの相関関係について述べたものだったのだ。そのグラフに示されたエンドルフィン値の高さが、茶屋のいっていた鈴木一郎の痛みに対する異常な耐性の説明になるかもしれなかった。

腕時計を見ると正午を二十分ほどすぎていた。

午後から三回目の面接を行なう予定になっていたが、それまで二度おこなった面接では真梨子は鈴木一郎の過去や家族に触れるような質問はいっさいしていなかった。

鑑定医の仕事は被疑者の刑事責任能力の有無を判断することだ。心神耗弱《こうじゃく》あるいは心神喪失に相当する精神障害がないことを実証すれば職責は果たしたことになるはずだった。しかし真梨子はそれでは自分自身を納得させることはできないだろうとすでに感じはじめていた。単に正常か異常かではなく、真梨子はそれ以上のこと、鈴木一郎の素顔が知りたかった。

真梨子は椅子を回転させ、窓の外に目をやった。きょうこそ鈴木一郎の家族や過去など核心に触れるような質問をするべきだろうか。それともまだ早すぎるだろうか。窓の外を眺めながら真梨子が考えていると、ドアをノックする音が聞こえた。

「どうぞ」

椅子の位置をもとに戻してから真梨子はドアに向かって声をかけた。部屋に入ってきたのは頭がようやくドアノブの位置にとどくくらいの身長しかない幼い少女だった。

「玲子《れいこ》ちゃん」

少女の顔を見たとたん表情筋がゆるむのが自分でもわかった。真梨子は椅子から立ち上がって少女に駆け寄った。

玲子はまだ四歳で小児病棟に入院している患者だったが、空身《うつみ》をのぞけば病院でもっとも親しい真梨子の友人だった。

玲子とは小児病棟の遊戯室で知り合った。半年前、新しい職場になった病院のなかを昼の休み時間を利用して探険気分で歩きまわっているとき、ヌイグルミや木馬が置いてある教室を見つけて思わず足を止めた。教室のなかには室内用の砂場で砂遊びをしている子や三輪車をこいでいる子など十数人の子供たちがいた。自閉症児の研究施設で無我夢中で働いていたころのことを思いだして、時がたつのも忘れて子供たちに見入っていると、ひとりの少女が戸口に立っている真梨子に歩み寄ってきたのだった。

「あなた、お医者さん」

その少女は真梨子を見上げて尋ねた。眉間《みけん》にしわを寄せ、幼い子供がものを尋ねるときの独特の熱心さが表情に浮かんでいた。

「ええ、そうよ」

「わたしたちの先生なの」

「いいえ、わたしは別のところの先生なの」

「どこの先生」

「精神科というところよ」

「精神科って」

「精神科というのは、心の病気にかかった人がくるところ」

「心って」

「心というのはね、ここのこと」

真梨子は自分の胸をさしていった。

「わたしもここの病気よ」

少女はそういって彼女自身の胸に小さな手を当てた。

「あら、そうなの」

「わたしの先生になってくれる」

「先生にはなれないけど、友達になりましょう。場所を教えるからいつでもわたしの部屋に遊びにきていいわ」

その日玲子と別れたあと小児科病棟の担当医に内線電話をかけて、玲子には喘息《ぜんそく》の持病があることを聞きだした。胸に手を当てたのは肺をさしたのだった。小児科病棟は見舞い客が多く、家族が一日中付き添っている患者もめずらしくないが、玲子の両親は共働きであまり見舞いにこられないらしく、玲子が淋しい思いをしていたということもその医師から聞くことができた。

それからふたりが小児科病棟と精神科の真梨子のオフィスのあいだを足しげく往復

する日がはじまったのだった。真梨子が彼女の病室を訪れることもあれば、玲子のほうから遊びにくることもあった。

「看護婦のお姉さんにわたしのところにくるってちゃんといってきた」

抱き上げながら尋ねると、玲子が首を縦にふった。玲子はフリルのついたワンピースの上にニットのカーディガンを着ていた。真梨子はカーディガンのポケットに目をやり、そこにアルブテロールの吸引器が入っていることをたしかめた。アルブテロールは気管支拡張剤で、玲子はどこにいくときでもそれを持ち歩く必要があるのだ。

「お昼ご飯はもう食べたの」

玲子がまたうなずいた。

「そう、わたしはまだなの。じゃあ、いっしょにカフェテリアにいくのはどうかしら。あなたもチョコレートパフェならまだお腹に入るでしょう」

玲子が笑みくずれ、真梨子の首に抱きついてきた。

真梨子たちはエレベーターで二階までおり、そこから手をつないで本館まで歩いた。小児病棟も本館にあるから玲子はきたばかりの道を戻ることになるが、真梨子のオフィスで飲む自動販売機のジュースにくらべればカフェテリアのチョコレートパフエには動物園のパンダなみの吸引力があり、玲子は不平もいわず足取りも軽やかだった。

本館の二階にあるカフェテリアに入り、中央のテーブルに座った。オープンレイアウトのカフェテリアは三面をガラスの外壁でかこまれ、呂太山《ろたやま》のなだらかな稜線と青い空を一望におさめながらの食事が楽しめる。茶屋がガラス張りのレストランと形容した場所だ。

注文したサンドイッチとコーヒー、玲子の前にはチョコレートパフェが置かれ、ふたりは食べはじめたが、玲子がアイスクリームと格闘でもするように不器用にスプーンを使いだすと、真梨子は自分の食事もそっちのけでその様子から目が離せなくなってしまった。

玲子と食事をしたりおしゃべりをしたりするのは抗しがたい魅力があった。玲子を膝にのせて絵本を読んでいるとき彼女が話に夢中になって身をかたくしたり、全身の力をぬいて身をあずけてきたりすると、泣きだしたいくらいの幸福感を感じるのだった。

真梨子が子供を好きになったのは自閉症児の研究を通じてで、それ以前には自分を子供好きな人間だと思ったことなど一度もなかった。真梨子は子供の頃から何事に対しても容易に感情移入することができない性格だった。喜怒哀楽の感情をあらわにすることも苦手だったし、異性に好感を抱くことはあっても決して情熱的な行動に駆り立てられるということはなく、相手がそういう行動をとると心を動かされる先に嫌悪《けんお》を感じた。

自分には人間らしい感情が希薄なのではないかと思い悩んだ時期もあった。だからアメリカで暮らすようになってから、人前で平気で泣いたり笑ったりするようになった自分にだれよりも驚いたのは真梨子自身だった。とくに渡米した直後は重症のホームシックにかかってなにかというと泣いてばかりいて、友人たちから泣き虫という意味の「ウィンピー」というあだ名をつけられたほどで、それまでの彼女には考えられないことだった。

真梨子が臆さず自分の感情をおもてにだすようになったのは、ホームシックのせいばかりでなく、医局制度のような陰湿な人間関係から解放されたことや、ハーバードで友人に恵まれたということもあったが、なによりも大きかったのが子供たちとの出会いだった。

自閉症児の研究グループに加わったばかりの頃、真梨子は子供になじめず、子供たちも彼女が無意識のうちに発している拒絶の気配を敏感に感じたのだろう、真梨子がいくら作り笑いを顔にはりつかせて食事や排泄の世話をしても決してなつこうとしなかった。

彼女はますます子供が嫌いになったが、それでも研究のためだと自分にいい聞かせて嫌悪感と徒労感を抑えこんだ。

半年ほどもそうして汗と汚物まみれの毎日を送るうちに、子供たちがただ純粋なばかりではなく、狡猾《こうかつ》な面や意地の悪さをもちあわせていることも、しだいに見えてくるようになった。彼らは繊細で傷つきやすい反面、信じられないほど生命力が強く、わがままで利己的であった。

それまで真梨子は子供を壊れ物のようにあつかい、彼らをほめあげたりほうびをやったりすることばかりに意をそそいでいたのだが、彼らは持ち前の鋭い直感で大人の打算や思惑を見抜くと、それを利用しようと悪知恵を働かせるのだった。こちらが操っているようで逆に子供たちに操られていることがいかに多いかは、気づいてみて愕《がく》然《ぜん》とするほどだった。

しかし子供たちも自分と同じ人間なのだとわかってみれば、無理をして子供に調子を合わせる必要などないのだと割り切ることができた。真梨子は作り笑いをやめ本音で彼らとつきあうことにした。不快なときは不快な感情をあらわし、悪さを見つけたら遠慮なく怒ることにしたのだ。ところが不思議なことに、一日中不機嫌な顔をして、ときには癇癪《かんしゃく》を起こすことさえある真梨子のまわりには、以前よりずっとたくさんの子供たちが集まってくるようになった。それまでどれほど熱心に話しかけても顔さえ向けようとしなかった子供が向こうから話しかけてくるようにさえなった。

一年も経つと真梨子は子供たちのあいだにまったく違和感なく溶けこんで一緒になって泣いたり笑ったりしていた。もちろん全員とそうしたわけではなかった。彼らの大半は重い情緒障害をかかえていて泣いたり笑ったりすることさえできなかったのだから。

しかし真梨子はその頃になると内面の感情をうまく表情にあらわすことができない子供たちといるときでも、仕草や目の動きで彼らがなにを感じているかがわかるようになっていた。

人間は脳を使って考えたり感じたりするもので、気持ちや感情も脳のはたらきのひとつにすぎないと、それまでの真梨子は考えていた。

「心」は脳の作用にしかすぎないのだから、人間の「心」を知るためには脳という物質を研究する以外ないのだ、と。

しかし子供たちと長い時間過ごしていると脳と心とはやはり別のものなのではないかという気がしてくるのだった。

無心に笑ったり泣いたりしている子供たちを見ているとまるで魂そのものが泣いたり笑ったりしているように思えることがあった。子供たちを眺めているうちにいつのまにか彼らをつつんでいる藁色《わらいろ》の髪や青い目や白いサマードレスが消え、教室を走りまわっている魂や教室の隅に座りこんで何時間も動こうとしない魂が見えてくるのだ。それはあまりにもはっきりとしていて、手をのばせば触れることができそうな気がするほどだった。

口をきかず、唯一の自己表現が金切り声をあげるだけという子供もいたし、何度教えてもアルファベットのたった一文字すら覚えられない子供も、ほかの子供に体を触られると呼吸もできなくなるくらい硬直してしまう子供もいた。彼らの行動はどこかしらいびつなところがあったが、しかしいびつな魂などひとつもなかった。

その美しいものに直接触れてみたい、と真梨子は切実に思った。それがそれまで軽蔑していた心理学を勉強しはじめた理由だった。いや、理由という言い方は正しくない。なぜならそれは体の奥深いところからわきあがってきた生々しい衝動だったから。

空になったグラスをスプーンでかきまわしてグラスの内側に残ったアイスクリームをなんとかすくいとろうとしていた玲子がようやくあきらめて顔を上げた。真梨子はハンカチをだして玲子の口の端についたチョコレートをぬぐった。こんな小さな口で、大人と同じ食物をどうしてこんなに早く食べることができるのだろう。幼い子供と食事をするといつも頭に浮かぶ疑問がまた浮かんだ。

「どう。おいしかった」

真梨子が尋ねると玲子はスプーンを手にもったままこぼれるような笑顔でうなずいた。

10

玲子を小児病棟まで送ったあとオフィスに戻った真梨子は、午後二時にオフィスをでた。今度は事務局に寄って事務員と警備員を引き連れて保護室までいき、そこから鈴木一郎を連れだして隣りの部屋に移る。真梨子と鈴木一郎が向かい合って机に腰かけると、警備員が部屋をでていき事務員が戸口近くに置いた机に座った。それで面接の態勢が整った。

そのときになっても鈴木一郎にどんな質問をするべきか、真梨子の考えはまとまっていなかった。しかし内心の逡巡《しゅんじゅん》を鈴木に気づかれたくなかった。成り行きにまかせることに決めて真梨子は小型テープレコーダーの録音スイッチを押した。

「昨日はよく眠れましたか」

「はい」

刃物類などの備品は保護室には置けないので、朝の洗顔と三日に一度の入浴は警備員の付き添いのもとに行なわれ、髭《ひげ》を剃るときもそのつど警備員から電気剃刀《かみそり》がわたされることになっていたが、鈴木の髭はきちんと剃られ、身につけているトレーナーも清潔に保たれていた。彼のきれいずきで几帳面な性格がうかがえた。

「ここでの生活もきょうで四日目になりますが、なにか不自由なことや不満はありませんか」

「いいえ」

鈴木は達観したような微笑を浮かべながら答えた。

「ほかのことでもかまいません。なにか話したいことがありますか」

「いいえ、とくにはありません」

「そう。それならわたしのやり方で進めさせてもらっていいかしら」

鈴木はうなずいた。

「あなたの経歴については警察でも散々調べてわからなかったみたいだけれど、わたしはそちらのほうにはあまり関心がありません」

これは嘘だった。

「でも医師として知りたいのは、あなたが過去に大きな病気か怪我をしたことがあるかどうかということです。答えてくれますか」

良心のうずきを顔にださないよう注意しながら、鈴木の顔を見た。

「病気や怪我をしたことはありません」

鈴木が答えた。火傷の痕のことが頭をかすめたが、そのことをいま問いつめてもいい結果は得られそうもない気がしたので、あえて触れずに先へ進むことにした。

「赤ん坊のときはどうでした。たとえば早産だったとか未熟児だったとか、そういう話を家族のだれかから聞いたことはありませんか」

「いいえ、ぼくは未熟児ではありませんでした」

「健康な子供でしたか」

「ええ」

真梨子はもう一度鈴木の顔をよく観察した。

患者が分析医に対して示す反応は三つしかない。敵意をむきだしにするか的外れな愛情を向けてくるかそれとも無関心を装うか、だ。しかし、鈴木の場合はそのどれにも当てはまらなかった。彼ははじめからひじょうに協力的だった。しかしその反面どことなくよそよそしく、しかもそのよそよそしさは真梨子に対する警戒心や反感からくるものではなかった。それはもっと本来的なもの、彼の人格に直接起因するもののように思えた。

「いちばん古い記憶でもっとも鮮明に憶えていることはなんですか」

鈴木は質問の意味を推し量るように真梨子の顔を見つめ、それから眉間にしわを寄せて考えこんだ。埋もれた記憶を掘り返そうとしているのか、それとも作り話を捏造《ねつぞう》しようとしているのかは表情からはうかがい知ることができなかった。

「むずかしいですね」

鈴木が真梨子に視線を戻していった。

「どんなことでもいいんです。どんな家に住んでいたか、どんな犬を飼っていたか、天井にどんな形の染みがあったか」

真梨子は鈴木の顔を見ながらいった。鈴木は真梨子の顔を見つめたまま黙っている。

「ご両親にどこかに連れていってもらったときに見た風景とか。いいえ、ご両親じゃなくてもかまわないわ。たとえば学校で遠足にいったときに見た風景で印象に残っているものはありませんか」

鈴木はかぶりを振った。

「これまでも何度もいいましたけれど、これは取り調べではありません。鑑定に必要な質問なんです」

「ええ、わかっています。一生懸命思いだそうとしているんですが、なかなか頭に浮かんでこなくて」

鈴木は申し訳なさそうな顔をした。はたしてこの表情は本心からのものなのだろうか、と真梨子はいぶかった。

「それじゃあ楽しかったことは。クリスマスとかお正月、夏休みの思い出はどうかしら」

鈴木はふたたび弱々しく首を振った。

「小さいときあなたはどんな子供でした」

「普通の子供です。遊んだり、勉強したり、駄々《だだ》をこねたり」

ようやくまともな答えが返ってきた。いや、これはまともな答えといえるだろうか。

「お父さんはどんな方でした」

「どこにでもいるようなごく普通の父親でした。小さい頃はよく遊んでくれましたし、いたずらをすると叱られました」

「きびしい人でしたか。恐いと思ったことはありますか」

「とくべつ恐いと思ったことはありません」

「お母さんはどうです」

「やさしい人でした」

「それだけですか。もっとなにかあるんじゃありません。料理が上手だったとか、きれいな人だったとか。口うるさい人だったとか」

「そうですね、口うるさい人ではありませんでした」

真梨子は口をつぐんで鈴木が先をつづけるのを辛抱強く待ったが、彼はそれ以上なにもいおうとしなかった。あからさまな拒絶ではないが、やはり家族のことは進んで話したがらないようだった。真梨子はいさぎよく撤退し、話題を変えることにした。

「高いところが恐いと思ったことがありますか」

「いいえ」

「せまいところが恐ろしいと思ったことは」

「いいえ」

「恐いもの、苦手なものがなにかありませんか」

鈴木がふたたび考えこむ顔つきになった。

「そうですね、ちょっと思いつきませんね。たぶんないと思います」

「蛇や蜘蛛《くも》はどうかしら。そういうものが嫌いな人は大勢いますよ」

「いいえ。蛇や蜘蛛を恐いと思ったことはありません」

真梨子は内心で吐息をついた。このままでは百年経ってもどこにも行き着けはしないだろう。どうすればいいか考えたが、うまい考えは浮かばなかった。ともかく自分がこのような問答を不毛だと思っていることだけは鈴木に伝えよう、と思った。鈴木には人並みの知能も社会常識もそなわっている。会話の相手がうんざりしていることがわかれば応対の仕方を多少なりとも変えるはずだった。

「そう。それじゃあなたはなにが恐いのかしら。消防車、それともドアの蝶番《ちょうつがい》かしら」

真梨子は故意に皮肉な口調で尋ねた。

「いいえ、消防車もドアの蝶番も恐いと思ったことはありません」

鈴木が答えた。

真梨子は思わず彼の顔を見た。皮肉のつもりで口にしたことに、彼は真面目な顔で答えを返してきたのだ。真梨子はかすかな違和感を感じた。しかしその違和感がなにに由来するのかとっさにはわからなかった。

「前にわたしがカウンセリングしていた人で、ドアの蝶番を見るたびに泣きだして、外を走る消防車のサイレンを聞くたびに笑いが止まらなくなってしまう患者さんがいたわ。あなたはまさかそんなことはないでしょうね」

真梨子は鈴木の顔を見ながらでまかせを口にした。

「ええ。そんなことはないですね」

鈴木が真梨子の質問を面白がっている様子はなかった。かといって腹を立てているというわけでもない。先ほどまでの質問との微妙な差異にまるで気づいていないようだった。それは彼らしくないことだった。それまでの鈴木はたいへん社交的とはいえないまでも少なくともユーモアのセンスは持ち合わせていた。真梨子が冗談をいったときにはそれに反応して笑っていたのだ。

「お父さんのことだけど」

真梨子はいった。

「とくべつ恐いとは思わなかったといいましたね」

「ええ」

「お父さんがどんな容姿の方だったか教えてもらえませんか。体が大きくて立派な体格でしたか。髭を生《は》やしていましたか」

「ごくふつうの体格でした。髭は生やしていませんでした」

「お母さんは。お母さんは髭を生やしていませんでしたか」

「ええ、生やしていませんでした」

鈴木は真顔《まがお》で応えた。冗談をいって真梨子を笑わせようとしているようには見えなかった。

真梨子は息を吸いこみ、そしてゆっくりと吐きだした。鈴木の顔を見た。鈴木は相変わらず無表情な顔で真梨子を見つめ返していた。真梨子は鈴木の顔に視線を据えたまま忙しく頭を回転させた。

しばらくすると真梨子は椅子から立ち上がり、戸口に座っている事務員のところに歩み寄った。

「申し訳ありませんが、少し外にでていてもらえませんか。わたしたちをふたりきりにしてほしいんです」

事務員が不審げな表情で真梨子の顔を見上げた。

「お願いします。ほんのしばらくでいいんです」

事務員はしばらく真梨子の顔と机に座っている鈴木の顔とを交互に見比べていたが、やがて腰を上げると、壁のボタンを押した。警備員がやってきて扉を開けた。

「大声をだすかも知れませんけど気にしないでくださいね」

そういうと事務員はますます疑わしげな表情を浮かべたが、真梨子は笑顔で廊下に押しだし、扉を閉めた。

「わたしがこれからやることをよく見ていてほしいの。いいかしら」

真梨子は鈴木をふり返っていった。

「ええ。もちろん」

真梨子は後ろに向き直り、鈴木に背中を見せるようにして立った。ここが演劇部出身の腕の見せ所だ、と腹に力をこめた。真梨子は中学、高校と六年間演劇部に所属していたのだ。

「いい。よく聞いていてくださいね」

表情筋の準備運動を済ませてから、真梨子はドアに顔を向けたままでいった。

「わかりました」

真梨子は眉をひそめ、泣き顔をつくった。いままで読んだ戯曲でいちばん悲しい場面を思いだして、登場人物のひとりになりきろうとした。気持ちを集中するのは容易だった。真梨子はすぐに頭のなかのドラマに入りこみ、主人公と一体になった。

「馬鹿。間抜け。どうして死んじゃったのよ」

最愛の恋人を失ったヒロインのつもりになって叫んだ。たった一言だけだったが、涙が自然にあふれてきた。

間《ま》を置き、呼吸を整えた。

「わたしはいまどんな気持ちで叫びましたか」

後ろを向いたままで質問した。

「どういうことですか」

鈴木がとまどった声で尋ねた。

「わたしがいま叫んだことはわかったわよね」

「ええ」

「どんな気持ちだったかを推測してほしいの。わたしがどんな気持ちで叫んだかを」

長い間があった。

「怒っていました」

ようやく鈴木が答えた。

答えを聞いた瞬間真梨子の胸ははげしく動悸《どうき》を打った。動揺をしずめるために何度も深呼吸しなければならないほどだった。

「もう一度やります。いいわね。よく聞いて」

動悸がおさまると、今度は別のドラマの設定を思い浮かべようとした。悲劇のヒロインではなくて、冒険活劇の主人公。肉親を殺された男がついに復讐を果たし、仇敵の死骸を見下ろしながら満足気につぶやく場面だ。

真梨子は口の端に冷笑を浮かべて台詞を口にした。

「馬鹿め。とうとう死んじまいやがった」

そしてドアに顔を向けたまま同じ質問をした。

「どう」

「どうしてこんなことをするんです」

「いいから答えて」

「さっきと同じですね。叫んではいませんでしたけど、あなたは怒っていました」

思わず呼吸が止まりそうになった。しかし、深呼吸をして自分を落ち着かせた。

「ごくろうさまでした。きょうはこれでおしまいにしましょう」

真梨子は向き直っていった。戸口のボタンを押すと、廊下でなかの気配をうかがっていたらしい事務員が飛びこんできた。警備員も一緒だった。大丈夫かという顔で真梨子を見る。真梨子は笑顔を返して部屋をでた。

その夜、真梨子は家に帰ってもひどく落ち着かない気分のままだった。なにをやってもうわの空で、空腹を満たすためにつくった料理の味もわからないくらいだった。コーヒーを満たしたカップをテーブルに置き、長椅子に横たわっても午後の面接で見せた鈴木一郎の反応が頭から離れなかった。

真梨子は上半身を起こしてカップをもちあげ、コーヒーを一口すすった。目を丸くして真梨子を見つめている空身《うつみ》の顔が浮かんできた。面接がおわったあと、真梨子は空身の検査室にいき、彼に嘘発見器をつくってくれるよう頼んだのだ。

空身は啞然《あぜん》としたものの、嘘発見器というのは血圧と脈拍と発汗を計る計測機にパソコンをつないでデータを記録すればいいだけだから、つくるのは簡単だと説明してから、そんなものをなにに使うのかと当然の質問をした。真梨子は鈴木一郎の面接に使うつもりだと答えたが、どうして必要なのか、なにをたしかめるために使うのかについてはくわしい説明をしなかった。したくても自分がなにをたしかめようとしているのか自分自身でもよくわからなかったし、本気でそれをやろうとしているのかどうかさえ自信がなかった。

11

鈴木一郎は記憶を再生していた。

エアマットが敷かれた高圧酸素室のベッドに、頭から爪先まで包帯でおおわれて横たわっていた。目を開けると部屋の天井が見えた。手袋をはめマスクをつけた看護婦が、威厳に満ちた足取りでやってきて、点滴のプラスチックバッグに入った透明な黄金色の液体の残量を確認した。それが最初に見た光景だった。

しかし、その光景をたしかに見はしたものの、それを見ている者が自分自身だという認識はなかった。なぜなら視覚上の体験には主体的な身体活動がともなわないからだ。実際には光を受容する網膜、そこに映った光の分布を情報として処理する大脳皮質、それをつなげている視神経などの活動がなければ視覚体験は成立しないが、大脳皮質の視《し》覚野《かくや》は網膜に映った光の位置をそのまま位置情報として処理するから、そこには情報の受容、言語情報への変換、分析という一連の過程が介在しない。視覚は物事を一瞬にして把握するのだ。そのため、見るという行為においては主体の認識が希薄になる。

それに対し聴覚は、いや、「見る」以外のすべての経験は、いったん言語野《げんごや》にとりこまれ、アナロジーとして表出されてはじめて意味のある情報となる。その脳内過程が意識と呼ばれるものだ。

だから、いま見ているものを見ている者は自分であり、そのことを意識しているのもまた自分だということを発見した契機が聴覚上の体験であったことは当然といえば当然のことだった。

痛みで覚醒したとき、最初に耳にしたのは鞴《ふいご》が伸縮する音だった。

怪訝《けげん》に思って耳を澄ますうちに、その正体が呼吸音であることがわかってきた。そうだと気づくまでにはしばらく時間がかかったが、呼吸音だということさえわかれば、それが自分の呼吸であると結論するのは容易だった。脳内の回路が一度通じると、もはや推測は推測ではなくなり、自明の意識となる。

体があるということ、自分という存在が実体をともなっているという認識こそなによりも自明の意識であるはずだが、すべてがはじまったその瞬間においては驚き以外のなにものでもなかった。

はじめは果てしない昏睡と覚醒のくり返しにすぎなかったものが、やがて目覚めにはかならず痛みをともなうようになり、痛みは否応なく意識に肉体の存在を刻印していった。痛みによって目覚めると、エアマットに横たわり病室の天井を見上げている自分をたしかめ、それから痛みに沿って体の輪郭《りんかく》をなぞっていく。痛みだけが、皮膚と外界とを区別する唯一の指標であり限界だった。


「手術はあと三回残っています」

褐色の肌をした男がいった。

「まず豚の皮膚をかぶせます。傷痕から雑菌が侵入するのを防ぎ、細胞を再生させるためです。二週間後にそれを剝《は》がし、新しい皮膚を移植します。移植手術に使う皮膚はできるだけ本人のものが望ましいのですが、あなたの場合は火傷が全身の六十パーセントにおよんでいたのでとても無理です。ですから別のものを使いましょう」

自分の言葉に耳を傾けているとも、まして理解しているなどとは思いもよらなかったに違いない。まるで人形に向かって語りかけるような口調だった。

その男が、たったひとりの人間の手術を行なうためにわざわざブラジルからやってきた医師だということはあとで知ったが、そのときはいったいだれなのかわからなかった。

医師が話していたのはポルトガル語だったが、自分がなぜポルトガル語を理解できるのかはわからなかった。どうしてそれがポルトガル語という言語であるかがわかったのかということも。

いったん意識を獲得した人間はきわめて短時間に思考をはじめる。意識は自己言及という形で意識にもられた内容を検証すると同時に、それが貯えられた経緯を想起しようとするからだ。この想起が思考と呼ばれる活動にほかならない。

しかし思考は記憶があってはじめて実のあるものになるのであり、意識内容があっても記憶がない場合には、思考は回転する独楽《こま》と同じように、神経の単なる純粋な運動でしかない。ポルトガル語を理解し、なおかつそれがポルトガル語であるということを認識していたにもかかわらず、それを学習した経緯も時期も覚えていないというのは、意識内容はあるのに記憶はないということを示唆《しさ》していた。

それだけではない。意識が発生したあと、体、意識、あるいは痛みなどという概念語をだれからも教えられた覚えもないのに使っていたのはなぜか。

もちろんそれらの単語を以前から知っていたからだ。しかし、いつ習い覚えたものなのかについてはまったく記憶がなかった。

意識にデータは蓄えられていたにもかかわらず、その経緯が記憶されていなかった。思考していたにもかかわらず、それをまったく意識していなかった。そのようなことが可能だろうか。いくら考えても結論は得られなかった。

痛みを手放さないこと。分散させず一本の糸のように撚《よ》り合わせること。いまから思えば、痛みを手放さないことは、自己を規定している唯一のしるしを手放さないということに等しかったことがわかる。痛みを手放してしまえば自己を見失ってしまうことになる、という本能的な恐れ。

本能的な恐れ。あるいは自己保存の本能。

本能。

自分にはそのようなものがそなわっているのだろうか。意識が発生し、自己を発見したとたん自己保存の本能に目覚めるというようなことがありえるのだろうか。自分には本能がそなわっているという考えははたして合理的な仮定なのだろうか。

痛みを探索子として体内を探るうちに、最初は無感覚で、どこにあるかすらわからなかった手足の位置もしだいに明確になってきた。

五本の指を動かそうとすると、末梢神経がいたるところで切断されていることがわかった。硬くなった組織におおわれているので身動きひとつすることができなかったが、床《とこ》ずれができないよう、あるいは筋肉が萎縮しないようにするため数時間おきに看護婦の手で体の位置が変えられ、寝返りを打たされた。

皮膚、脂肪、筋肉、内臓などの位置を知り、つぎに血管と神経の位置を正確に測り、最後にそれらを制御している神経回路の位置を把握する試みを執拗《しつよう》につづけた。位置の把握なしにそれらの制御はありえない。しかしいったん位置を正確に把握することさえできれば、それを制御するようになるまでにたいした苦労は要しなかった。

最初は呼吸を浅くしたり深くしたりしながら、酸素と二酸化炭素の供給量を加減するくらいが精一杯だったものが、やがて血液ガスの量を調節したり、電解質濃度を上げたり下げたりすることさえできるようになった。試行錯誤をくり返しているあいだには、赤血球が膨張しすぎて破裂し、血液中に大量のカリウムが流出するというような失敗もあったが、神経細胞を興奮させあるいは抑制する技量は日を追うごとに確実で正確なものになっていった。進歩の速度は牛の歩みのように遅々としたものであったとはいえ。

はじめは分断された神経をつなごうと意識を集中しても、無数の毛細血管と末梢神経が顫《ふる》え、ざわめくだけだったものが、やがて切断された箇所が少しずつ成長しはじめるのがわかった。それがふたたびつながったときに感じたかすかな痛みこそまさに再生の痛みだった。

こうして自我が徐々に組織されていった。

12

鑑定五日目の朝、鈴木一郎を保護室からだして隣りの部屋に移動させたあと、真梨子は彼女のあとについて部屋に入ろうとした事務員をおしとどめ、面接のあいだ廊下で待つよう頼んだ。事務員は二日つづけてしめだしを食わされることに難色をしめしたが、押問答の末、五分間だけという条件でようやく部屋のなかで鈴木とふたりだけになることを承認してもらうことができた。

「時間がないので手短に済ませましょう」

ドアを閉じたあと、椅子に座った鈴木の手首にリストバンドをはめながら真梨子はいった。鈴木はされるがままになっていた。

リストバンドからは細いコードがのびてシガレットケースほどの厚みしかない黒いプラスチックの箱につながっていた。その朝、空身《うつみ》が「これをきみがもっているパソコンに接続するだけでいい」といって渡した嘘発見器はたったそれだけの装置だった。黒い箱からは二本のコードがのび、一本は小型テープレコーダーに、もう一本はノート型パソコンにつながっていた。

「反応速度を見るためのテストです。間を置かずにつづけて質問をしますからあまり深く考えず、思いついたことを答えてください」

白衣のポケットからストップウォッチをだすと真梨子はいった。嘘をつくのはそれが二度目で、またしても良心がうずいたが、疑問を解くにはこれしか方法がないと自分に言い聞かせた。

「質問はすべて単純明快なものです。馬鹿馬鹿しいと思っても笑ったりせず真面目に答えてください。いいですね」

「わかりました」

「ではじめます。まず、あなたの名前は」

「鈴木一郎です」

「何歳ですか」

「二十九歳です」

「わたしがだれかわかりますか」

「わかっていると思いますが」

「だれですか」

「病院の先生です」

「ここがどこかわかりますか」

「愛宕《おたぎ》医療センターの精神科病棟です」

「今日が何日かわかりますか」

「十二月五日です」

「これは何本」

真梨子は右手を挙げ指を三本立てて見せた。

「三本です」

「さて、鈴木一郎さん。あなたは自分が病気だと思いますか」

「さあ」

「答えてください。あなたは自分が病気だと思いますか」

「いいえ」

「夢精はしますか」

「なんですって」

「夢精です。意味はわかりますね」

「はい」

「夢精はしますか」

「いえ」

「新聞社の仕事のことを教えてください。仕事はうまくいっていましたか」

「あの、別の話でしょうか」

「そうです。仕事は好きでしたか」

「ええ」

「社員たちとの関係はどうでしたか。うまくいっていましたか」

「ええ。うまくいっていたと思いますが」

「衝突をしたり喧嘩をしたことは一度もなかったのですか」

「ありませんでした」

「あなたの趣味はなんでしょう」

「とくにありません」

「仕事が終わって家に帰るとふだんはなにをしていたのですか」

「普通の人と変わらないと思いますが」

「たとえばどういうことですか」

「新聞を読んだり、テレビを見たり」

「テレビを見る習慣があったのですか」

「習慣といえるかどうかはわかりませんが」

「とくに気に入っていたテレビ番組はありましたか」

「とくにはありませんでした。チャンネルをつぎつぎに替えて、漠然と画面を眺めているということが多かったですから」

「マスターベーションの習慣はありましたか」

「なんですって」

「マスターベーションの習慣があったかどうか質問したのです」

「さあ、それは」

「マスターベーションをすることがありましたか」

「いいえ」

「テレビでスポーツ番組を見ることはありましたか」

「あの、別の話ですか」

「ええ、別の話です。「スポーツ番組を見ることはありましたか」

「ええ、もちろん。たまには見ることがありました」

「スポーツはあまり好きではないようですね」

「そんなこともないと思いますが」

「では野球は好きですか」

「いえ、とくには」

「サッカーはどうです。ひいきのチームがありますか」

「いえ」

「小説は読みますか」

「あまり読みませんね」

「映画は好きですか。映画館にでかけたり、レンタルビデオを借りたりよくしますか」

「いえ。あまり見るほうではないと思います」

「音楽はどんなものを聞きますか」

「いろいろです」

「いろいろとは」

「さあ。いろいろです」

「女は好きかしら」

「なんですって」

「女は好きかと聞いたの」

「人並みだと思いますが」

「男はどう」

「どうとは」

「男が好きかということ。男が好きな人もいるでしょう」

「いいえ」

「旅行をしたことはありますか」

「なんですって」

「旅行をしたことがあるかと聞いたの」

「また別の話ですか」

「ええ、別の話です。どうです、旅行をしたことは」

「あまり旅行をするほうではありません」

「外国に旅行したことは」

「いいえ」

「国内旅行はあるでしょう」

「ええ。もちろん何度かはありますが。でも、あまりよくおぼえていません」

「京都にいったことは」

「ええ、あります」

「美しい町よね。どんな印象をもちましたか」

「さあ、昔のことですから」

「清水寺へはいったことがありますか」

「いいえ」

「金閣寺は」

「いいえ」

「そう。せっかく京都にいったのにどこにもいかなかったのね」

「はい。まあ、そうですね」

「北海道にはいったことがありますか」

「いえ、ありません」

「わたしとセックスしたい」

「なんですって」

「わたしとセックスしたいか、と聞いたの」

「どういう意味でしょう」

「そのままの意味よ。質問に答えて」

「わかりません」

「どういうこと。わたしとセックスしたいかどうかわからないという意味。それともどう答えていいかわからないという意味」

「多分あとのほうだと思います」

五分間はあっという間だった。目論《もくろ》みが成功したのか失敗したのかは真梨子自身にもわからなかった。判断を下すためにはデータを分析する必要があった。

13

「いったいなにが起こっているんだい」

空身《うつみ》と真梨子はＣＴ検査室のデスクに向かい合って座っていた。真梨子は鈴木一郎の面接のあとすぐに、嘘発見器にテープレコーダーとフロッピーディスクを添えて空身に手渡していたが、一刻も早く分析結果を知りたくて、仕事を終えると着替えするのももどかしい思いでオフィスを飛びだしてきたのだった。

時刻は午後五時を過ぎていて、いつもなら脇目もふらず研究室棟に向かっているはずの空身が、真梨子がくるのを待ちかまえていたらしく詰問するような口調で尋ねた。

「これから話すわ。でもその前に聞かせて。結果はどうだったの。なにか異常な点が見つかった？」

「異常な点だって。ぼくだったらそんな控え目な表現は使わないね」

空身が大げさな身振りで両手を広げながらいった。やはり自分の考えは間違っていなかったのだ、と真梨子は確信した。

「さあ、説明してくれ。鈴木一郎という男の正体はなんだ。いや、その前に、きみはなぜポリグラフテストを思いついた」

「きのうの面接で気になったことがあったのよ。質問の途中で皮肉をいったんだけど、彼にはそれが理解できなかったみたいだったの」

「きみの言葉に本気で腹を立てでもしたのかい」

「いいえ、違うわ。わたしは彼になにか恐いものはないか尋ねていた。でも彼は高いところもせまいところも平気だし、蛇とか蜘蛛とか、たいていの人が嫌うものも恐いと思ったことはないと答えたの。そのこと自体はもちろん問題でもなんでもないわ。でも、彼があれも恐くない、これも恐くないの一点張りだから、わたしはこんな質問はいくらつづけてもナンセンスだと思った。で、話題を変えたんだけど、話題を変える前にちょっと皮肉をいったのよ。ひょっとしてドアの蝶番とか消防車が恐いんじゃないでしょうねって」

「蝶番恐怖症とか消防車恐怖症の患者がいるのかい」

「いやしないわ。いったでしょう、わたしは皮肉のつもりだったのよ。そんなことをいわれたらふつうの人はどう反応すると思う」

「肩をすくめるか、苦笑を浮かべるか。そんなところだろうな」

空身は顎《あご》の先を指で二、三度掻《か》いてからいった。

「わたしも彼がそう反応するものと思っていた。でも違ったの。彼は苦笑を浮かべるどころか真面目に答えを返してきたのよ。いいえ、ドアの蝶番とか消防車を恐いと思ったことはありませんって」

「なるほど」

空身が眉を片方だけ吊りあげ、腕組みをした。

「なにかおかしいと感じたのだけれど、どこがおかしいのかわからなかった。でも考えているうちひとつ思いついたの。その言葉をいったとき下を向いていたので、彼にはわたしの表情が見えていなかったのじゃないかって」

「どういうことだい」

「彼はわたしがどんな顔をしているかわからず、わたしの言葉だけを聞いていたのよ」

空身が怪訝な顔つきをした。

「わたしはこう思ったの。彼が皮肉を皮肉ととらなかったのは、言葉だけを文字通りに聞いて解釈したからじゃないか、わたしの表情を見ていなかったので、その言葉にこめられた感情を見落としてしまったのではないかって」

空身は真梨子を見つめたまま、目を細めた。どうやら真梨子のいわんとしていることがわかりかけてきたらしかった。

「わたしは頭に浮かんだ仮説が正しいかどうかその場で試すことにした。後ろを向いて彼には表情が見えないようにしてお芝居をしたの。台詞はほとんど変わらないけれど、そこにこめられた感情は正反対というふた通りのお芝居をね。ひとつは、恋人に死なれた人間が嘆き悲しむ台詞。もうひとつは憎い仇を討った人間が満足感を独白であらわす台詞よ。そのふたつを聞かせて、わたしがどんな気持ちで台詞をいったかを尋ねたの」

「そして彼は見事に間違えたわけか」

「ええ、彼は両方ともわたしが怒っていたと答えたの。馬鹿とか間抜けのような罵倒語だけに反応していた証拠だわ」

「なんとまあ」

空身は天井を仰ぎ、口笛を吹く仕草をした。

「さあ、今度はあなたの番よ。なにがわかったの」

空身は椅子を半回転させて制御盤に体を向け、パソコンのスイッチを押した。モニターに赤、青、黄色の三本の線があらわれた。

「よく見て」

マウスを操作すると、直線だった三本の線が波形になった。

「いちばん上の赤が血圧、まんなかの青が脈拍数、下の黄色が発汗量をあらわしている。なにかわかるかい」

「さあ、ふつうに見えるけれど」

「じゃあ、今度はこれを見て」

空身がまたマウスを動かすと、画面上の三本の線が合わさって一本になった。真梨子は息をのんだ。

「ぴったり重なったわ」

「つぎはこうしてみる」

空身がリターンキーを押した。波形が一直線に変わった。

「どういうことなの。すごく人工的な感じだわ。あなたがなにか細工《さいく》したの」

「いや。物理量ではないけれど、それぞれの変化を逐一記録していることには変わりない。細工はしていないよ」

「それじゃあ、三本の線がぴったり重なったのはどういう訳」

「一本ずつ見ると脈拍、血圧、発汗のそれぞれが自然に上下しているように見えるけれど、実は総和が一定なんだ。変化が誤差以内だから三本を合わせると、まったくずれのない直線になる」

「こんなことはよくあることなの」

「はじめて見たね」

「なにをあらわしていると思う」

「きみがいった通りさ。人工的な感じがする。それにもうひとつあるんだ」

空身がマウスをクリックすると、モニター上に波線を区切るような縦線が、一定の間隔を置いてあらわれた。縦線はちょうど波線のピークの部分に重なっているように見えた。

「これはなに」

「データをテープレコーダーの音声と同調させたものだ。縦線は彼の動揺をさそうためにきみがショッキングな質問を発した瞬間だよ。マスターベーションはするか、わたしとセックスしたいか」

「このことは内緒よ」

真梨子はモニターに釘づけになったままでいった。

「おいおい。このテープをダビングしたらいったい一本いくらで売れると思うんだい。この病院の男どもだけでもたいへんな稼ぎになるぜ」

「だめ」

「きみがそういうなら仕方がない」

「でもおかしいところはないように思えるけど。キークエスチョンで彼はちゃんと反応しているじゃない」

「もっとよく見て。波形が縦線の後ろに少しずれているだろう」

「ええ、たしかにそうね。でもそのどこがおかしいの。質問と反応が同時のほうが不自然でしょう」

「いや、おかしいね。相手のいったことに対して驚くとき、きみは相手の言葉が全部終わるまで待っているかい。そうじゃないはずだ。そこが人間の脳がコンピュータと違ってとても優秀なところでね。たいていは相手が口を開いたとたんか、言葉の半分くらいのところで相手のいわんとする内容を察してしまう。そうでなくても、マスターベーションとかセックスという単語が使われた場合には、その単語を耳にしたとたん反応するのがふつうだ。文章が全部終わるのを待ってからはじめて驚いてみせるなんてことはあり得ないよ」

「ええ、たぶんあなたのいう通りかも知れない。でも、それにしてもそれほど不自然とは思えないわ」

「いいや、すごく不自然だよ。このグラフは時間の一単位が〇・五秒なんだ。きみのコンピュータの容量が小さいのでそれ以上細かく刻めなかったが、鈴木一郎はそれぞれのキークエスチョンをきみがいい終えてから三目盛、つまり一・五秒後に反応しているんだ。いくらなんでも長すぎる」

「どういうことなの」

空身に顔を向けて真梨子は尋ねた。

「それはきみに聞きたいね」

「わたしはあなたの考えが聞きたいのよ」

「われらが鈴木一郎は、彼自身の自律神経を意識的に操作しているみたいに見える」

一瞬、真梨子の呼吸が止まった。

「きみもそう思っているのかい」

「いいえ、まさかそこまでは考えていなかったわ」

「じゃあどこまで考えていたんだ」

「ひょっとしたら感情が理解できないのかも知れない。それだけよ」

「感情表出障害というやつかい」

「いいえ。わたしたち精神科医がふつう使う意味の感情表出障害なら外見からわかったはずだわ。彼らは日常の態度もぎこちなくて、受け答えもちぐはぐになりがちだから。感情表出障害というのはその人に感情がまったくないということではなく、喜怒哀楽の感情はあってもそれをうまく表現することができないとか、他人の感情表現がうまく読みとれないということなの。それが感情表出障害と呼ばれるのよ。鈴木一郎にはそんな様子は見られない。物腰は落ち着いているし、ユーモアのセンスだってある。少なくとも軽口をたたいたり、相手の軽口に笑ったりすることもできるわ」

「で、感情表出障害でなかったら彼はいったいなんなんだ」

「生まれつき感情が欠落しているのかも知れない」

「感情がまるでない、ということかい」

「ええ」

「でも鈴木一郎はちゃんと受け答えしていたんだろう。ここでぼくが検査したときだって不自然なところはなかった。感情がなかったらそんなことはできないはずだよ」

「学習したのよ。感情表出障害の人は、相手の感情を直接読みとることができないので、相手がどんな感情でいるのかをいろいろな指標から推測することを後天的に学ぶの。一般的にはもちろん顔の表情を見ることよ。だれかがしかめ面をしていたら不機嫌だとわかるし、涙を流していたら悲しんでいるんだとわかるでしょう。仕草や手の動き、声の高低や抑揚も重要なヒントになるわ。まるで感情がないとしたらデータの蓄積がまったくない状態から学習をはじめなければならないし、データも表情や声の調子だけでなくもっとたくさん必要になると思うけれど、それでも不可能ではないはずだわ」

「なるほど、彼には感情がないとしよう。それで、ポリグラフの結果を説明することはできるのかい」

「できないことはないと思う」真梨子は考えながらいった。「でも、あなたの専門の神経化学の立場からはどうなの。なにか考えはないの」

「化学というのは物質の結合と変化以外はあつかわないんだ。どこまでいっても答えは物質の形であらわされる。答えが物質以外のものであれば、われわれには答えはない、と答えるしかないのさ。さあ、きみの考えを聞かせてくれ」

「そうね。まずミュンヒハウゼン症候群が考えられるわ。ミュンヒハウゼン症候群の患者は、危険な症状がなんの前触れもなく劇的に発症したり、複数の症状が同時にあらわれたりするの。不整脈が起こったといって入院した患者を診察してみると心臓はなんともなくて今度は堪え難い腹痛を訴えるという具合にね」

「なるほど、ほら吹き病とはよくも名づけたものだね」

「でもミュンヒハウゼン症候群はただの詐病《さびょう》ではないし、名前ほど牧歌的な病気でもないのよ。痙攣《けいれん》したり意識を失ったりするだけでなく、実際に肺や胃などあらゆる内臓から出血したりもする。内臓系の疾患だけでなく、患者によっては内分泌系や免疫系に致命的な異常を発症することもあるわ。ところが診察してみると症状が嘘のように消えてしまうの」

空身は信じられないというようにかぶりを振った。

「まさかこの世のなかにそんなことが本当にあるとはね。鈴木一郎がそのミュンヒハウゼン症候群かも知れないと疑う理由がほかにもなにかあるのかい」

「ミュンヒハウゼン症候群の患者は、治療のためにはどんな苛酷な医療処置にも従順に耐えることで知られているわ。なによりも痛みに対しては驚くべき忍耐力を発揮するの。医師によっては、ミュンヒハウゼン症候群の患者には痛みに対する特殊な嗜好《しこう》があって、発症の原因は患者の痛みに対する貪欲さそのものに由来しているのではないかと唱える人もいるくらい。彼を逮捕した刑事が、彼は痛みに異常に強いように見えたといっていたわ」

「ぴったりじゃないか。それなのにどうしてきみは自分の考えを疑っているんだ。まるで自信なさそうに見えるけど」

「だって、彼が痛みなどを求めているのではないということだけはたしかだもの。でも、それ以上のことはなにもわからないわ。なにかがほかにあるという気がするだけ。わたしたちが想像もできないようななにかがね」

その夜、真梨子は空身から受けとったMOを自分のパソコンに差しこみ、鈴木一郎の脳の三次元映像を画面に映しだすと、ときどきコーヒーをつくるために台所と居間のあいだを往復したり、意味もなく部屋のなかを見まわしたりしながら、一晩中飽くこともなく眺めた。

しかしいくら画面を眺めても、なにか謎を解く鍵が見つかるかも知れないという淡い期待は満たされなかった。

鈴木一郎の過去を知る必要があった。鈴木一郎の生い立ちの秘密を知ることなしに、彼の異常な特質を説明できるとはどうしても思えなかった。

しかし、本人がひた隠しにしている過去をいったいどうしたら探ることができるだろう。

真梨子は明け方近くまで、なにか手立てはないものかとそのことばかりを考えつづけた。

14

その部屋は円形で、一階と中二階に分かれた吹き抜け構造になっており、一階も二階も革で表装し直された本が隙間《すきま》なく詰まった書架に周囲をかこまれていた。書架は人間の背よりはるかに高く、上段の本をとるためには脚立《きゃたつ》が必要だったが、床には部屋を一周するレールが敷かれ、その上を梯子《はしご》のように長い脚立で移動できるようになっていた。床は磨きこまれて鏡のような光沢を放ち、塵《ちり》ひとつ落ちていなかった。

部屋の中央には大きくて重そうな机が置かれていて、革張りの椅子にひとりの老人が座っていた。

毎日食事が済むとその老人は少年を連れてその部屋にいき、少年を膝の上にのせ、本を読み聞かせるのが日課だった。少年はすでに十代の後半だったにもかかわらず、老人はかならずそうした。

「宇宙の本質はロゴス、すなわち理性であり、万有の本性は論理的に整合である。万物を流転させ、万物を貫いているロゴスはおまえもまた貫いておまえを動かしている。かくして宇宙のロゴスと正義とは同義である。宇宙とおまえの魂は同じ原理で貫かれている。おまえの魂が正しいならおまえは常に宇宙と一体であるのだ」

それはローマの哲人の著書で、老人の愛読書のひとつだった。

「宇宙の目的は完全性の実現である。万物は互いに編み合わされており、なにひとつとして無関係なものはなく、ただひとつだけで独立しているものも存在しない。宇宙には辺縁も中心も存在しない。世界は一にして万物からなり、神は一にしてすべてを貫き、ロゴスは理性的動物すべてに共通であり、真理もまたひとつである。だからおまえにとって本来的な善をひたすら尊重することは、宇宙と一体化し、宇宙の意図を実現することである」

部屋は物音ひとつせず、聞こえるのは本を朗読する老人のやわらかく深い声と、少年の耳元をかすめる規則正しい息遣いだけだった。

「われわれの世界が混沌とし、誤謬《ごびゅう》に満ちているように見えるのはなぜか。世界がかくも陋劣《ろうれつ》で暗黒に見えるのはなぜか。それは人間のなかに万有の本性を見失い、ロゴスから離反した者たちが存在するからである。人間は卑小な肉体と感情とからできているがゆえに、感情に曇らされ欲望に振りまわされて万有の本性を見ようとせず、虚言、ありとあらゆる偽善、軟弱、傲慢《ごうまん》、邪悪に身を任せる仕儀となり、怯懦《きょうだ》、嫉《そね》み、貪欲、猜疑心《さいぎしん》がこの世界に蔓延することを許したのだ。悪の果実は瘤《こぶ》となり、ねじまがり、黒くなって理性の大樹から落ちるだろう。落ちた果実は土を汚し、疫病となって感染し、蔓延し、伝染し、やがて宇宙全体の破滅をもたらすだろう」

老人はラテン語で書かれた本をそのままラテン語で読みあげていたのだが、少年はそれを理解することができた。その言語がラテン語というものであることは知らなかったが。

「不明晰なものに同調しないように、不合理なものを受け入れないようにおまえは常に心がけなければならない。善《よ》き人の特質は、群れなす想念に惑わされず、内なるダイモンに慎み従い、真実に背《そむ》いた言葉を発したり正義に悖《もと》って行動することとなきよう己《おの》れを保つことである。おまえは行動を通して正義を顕現させなければならない」

そして本を閉じると老人は少年に向かってかならずこういうのだった。

「おまえは、人間が溺《おぼ》れ、しばしば罪のもとになる感情と卑近な欲望のふたつから、生まれながらに免れている。だから宇宙の意図を実現するために己れのなすべきことを行なえ。それこそ天から与えられ、おまえに割り当てられた役割なのだ」と。

その少年は、火傷を負い入院する前の自分であり、書斎で本を朗読する老人の姿は自分が見たもっとも古い光景である。なぜなら自分に関するかぎり、それより以前の記憶は存在しないからだ。

15

約束の時間に部長室を訪ねると、苫米地《とまべち》は机に向かってペンを走らせていた。

「すまんね。いくらコンピュータ時代になっても書類仕事だけは減らないものだから」

苫米地がいった。精神科病棟二階の正面奥にあり、手前に秘書のいる受付と応接室がある部長室は、真梨子のオフィスよりさらに広かった。しかし採光がいい点と、家具や調度類が少ない点は真梨子のオフィスと共通していた。

「これでよし、と。待たせたね。さて、話をうかがおうか」

苫米地が顔をあげ、ペンを置くと椅子の上で姿勢を変えた。

ゆたかな白髪と堂々とした体軀の苫米地には独特の風格があった。真梨子は立ったまま用件を話した。鈴木一郎の鑑定経過、とくに三回目の面接でのできごとについてくわしく話し、ポリグラフの分析結果のプリントアウトを白衣のポケットからだして手渡した。苫米地はそれを受けとり、興味深そうに眺めた。

真梨子は自分が嫌悪している医局制度を利用するつもりだった。医局制度というのは大学の主任教授制度と同じ意味であり、医局とは大学の医学部でどの教授の下で学んだかということにほかならない。日本では、どの大学のだれの教室にいたかということが大学をでたあとも最重要事項でありつづけ、系列の大学病院はもちろん、公共の医療施設や私立の総合病院に就職するときでさえ主任教授が強い影響力をもつ。教授が実質上の人事権をにぎっているといってもいいくらいなのだ。医療の世界にいるかぎり、出身大学の医局が一生ついてまわるのである。少なくとも真梨子がインターンだった時代はそうだった。苫米地は日本の精神医学界の重鎮であり、彼なら精神医学の分野で、どの大学のだれがなにを研究しているか、大学をでた学生がどの病院に就職したか、どういう施設で働いているかなどについて知らないことはないはずだった。

真梨子はその朝、出勤するとすぐにオフィスから苫米地に内線電話をかけ、日本で自閉症児の研究や養護にたずさわっている施設に鈴木一郎の記録が残っていないか調べてもらえないかと頼んだ。すると苫米地のほうから、午後に時間をとるからそのときくわしい話を聞かせてほしいといわれたのだった。

「鈴木一郎は自閉症なのかね」

「いいえ。そうではありませんが、症状の外形からその種の施設で診察を受けた可能性があります」

「それにしても自閉症の専門施設ではなく、精神病院かもしれないし、総合病院の精神科かも知れない。もっとも、そうなったらとても調べきれないが」

プリントアウトから顔をあげた苫米地が真梨子に尋ねた。

「感情がまったくないとしたら、大人になってから疾病か事故が原因で突然なくなったのではなく、生まれつきだと考えるべきでしょう。泣くことも笑うこともしない赤ん坊が生まれたら、両親はいろいろな病院に診《み》せるうちに自閉症の可能性を疑って、専門の施設をたよったはずだと思います」

「しかし、それは彼がそういう施設に入っていた場合だ。施設に入ったことが一度もなかったらどうする。彼は自分の経歴を隠して一言も話そうとしないのだろう。彼に親がいたかどうか、なぜわかる。つまり、なんというか、保護者がいなかったことだって十分考えられるのではないかね」

「それはあり得ません。感情がないというのは情動がないということですから」

「それはどういうことかね」

「情動と呼ばれている人間の心の動きのなかには食欲とか性欲とか、一般的に本能と呼ばれているものもふくまれています。情動がないということは、人間として基本的な欲求が欠落しているということです。つまり、もし感情のない赤ん坊がいたとしたら、その赤ん坊は泣いたり笑ったりしないだけでなく、ひとりで座ることもせず、寝返りも打たず、おもちゃであそんだりもしないはずです。食事をとろうとさえしないかも知れません。しかし鈴木一郎はいままで生き延びているばかりか、健康で発達した体をもっています。彼に食事を与え、健康管理に気を配った家庭があった証拠です。それも安定した裕福な家庭だったと考えられます」

真梨子がいうと、苫米地はその妥当性を検討するように腕を組んで考えこむ顔つきになった。

「しかしいくら昔は日本に自閉症児のための施設が少なかったといってもそれだけでは探しようがないな。なにしろもし彼がそういう施設に入っていたことがあったとしても、われわれは彼の本名を知らないのだからね」

苫米地はなお懐疑的な様子だった。

「鈴木一郎は二十九歳と自称していますが、念のために上下五年の幅を設けて二十四から三十四歳までのあいだだとしますと、自閉の症状に両親が気づくのは零歳《ゼロ》のときもありますがふつうは二歳くらい、おそくても四歳です。ですから彼がいま二十四歳だとすれば、四歳で病院に連れていかれたとして、二十年前。これが上限の数字。彼が三十四歳とすれば、零歳で病院に連れていかれたとして三十四年前、これが下限の数字で、六〇年代半ばから七〇年代の後半までということになります」

「しかし、それでもまだ手がかりにはほど遠いよ」

むずかしい顔つきのまま苫米地はいった。

「彼は施設のなかでもひじょうに特殊な子供だったと思います。彼を診た医師はきっと記録を残しているはずです」

それでも苫米地の眉間のしわは消えなかった。

真梨子は切札をだすことにした。

「それに彼の血液型はO型のRhマイナスです。日本ではRhマイナス因子の血液型をもつ人間の割合は全人口の何パーセントですか。一パーセントですか、それとも〇・五パーセント？」

苫米地が顔をあげた。

「それは本当なのかね。彼の血液型がRhマイナスだというのは」

「この病院は血液検査の検査項目が百二十もあるんですよ。間違えるはずがありませんわ」

「わかった」

苫米地の顔にようやく赤みがさした。

「わしの教え子たちに問い合わせてみようじゃないか。だれかがなにかを知っているかも知れん」

16

市街地の東端を抜ける東通りを一台のパトカーが走っていた。

灯火の消えた高層ビルの向こうの空が銀色に白《しら》んで、夜明けが間近であることを告げていた。

パトカーにはふたりの警官が乗っていた。運転しているのは年かさの警官で、助手席に座っているのは新人だった。

ふたりは管轄区域を巡回中に、中学校の塀の暗がりに少年が十数人もたむろしているという市民からの通報があったと署から無線を受けて、現場周辺を見まわってきたところだった。その学校は校舎の窓ガラスが割られたり、教室の机と椅子が校庭にもちだされて燃やされるという事件が頻発していたのだが、着いたときには辺りに人影はなく、塀一面にいたずら描きが残されているだけだった。

若い警官はパトカーの巡回が好きだった。車の窓から街を眺めていると、市民が眠りについている真夜中でも、彼らの安全を守るために夜の街を潜行するヒーローにでもなったような気がしてくるからだ。だから先輩警官が学校のまわりを一周しただけで、車を降りる気配がないことがわかっても不平を唱える気にはならなかった。

「ガキのいたずらだよ」

年配の警官はあくびまじりにいった。若い警官は、三日前には近所の飼い猫が殺されて、死骸が校庭の鉄棒にぶらさげられていたことを念のために年上の相棒に思いださせたほうがいいだろうかと考えたが、思い直してやめた。三日前もふたりはいっしょだったのだから彼が忘れているはずはなかった。古顔の相棒は道路脇で寝ているホームレスを見つけても車を止めたことはない。冷えこみがきつい夜など、寝たまま凍死でもしているのではないかと心配になり、たしかめなくていいのですかと尋ねるのだが、返事はかならず「厄介事《やっかいごと》を背負いこむのはごめんだ」の一言に決まっていた。いまもあと一時間足らずで勤務明けなので、なにも考えずなにも見ていないに違いなかった。

「運転、替わりましょうか」

なんの気なしにいってみたが、先輩は返事のかわりにふたたびあくびをしただけだった。若い警官は肩をすくめ、前に向き直った。

まもなくパトカーは東通りをでて、長者町方向へ曲がった。人の姿も車の影も見えない。市民体育館前の交差点の信号で止まり、がら空きの道路の真ん中で長々と信号待ちをした挙げ句、青に変わったので発車しようとしたときだった。路地からあらわれた大男が歩道を横切って車線まででてくると、パトカーの前に立ちはだかった。

運転席の警官があわててブレーキを踏んだ。

「乗せてくれ」

運転席の窓から顔を突きだしてどなりつける前に、男のほうが車に近づいてきて、車内をのぞきこみながらいった。

「茶屋警部」

警官たちは、男の顔を見て絶句した。

男はふたりの啞然とした顔を尻目に、勝手に後部座席のドアを開けて車に乗りこんできた。車体が揺れ、後輪が沈むのがわかった。

「あの、どちらにいきましょうか」

運転席の警官がまるで別人のような顔つきになって尋ねた。

「白髪町《しらかみ》だ」

緊張しているのは助手席の若い警官も同じだった。なにしろ伝説の人物がとつぜん現われて、一メートルと離れていない場所で呼吸をしているのだ。若い警官は後部座席に座っている茶屋の顔をバックミラー越しにのぞき見たいという誘惑と必死に戦わなければならなかった。

茶屋に関する伝説は数限りなくあったが、若い警官が同僚から聞いたのは、茶屋が前任の署長を署から追いだしたという話だった。

三年前、市内で連続放火事件が起こり、その捜査の指揮を茶屋がとっていたときのことだ。半年以上の捜査の末ようやく容疑者が浮かび、秘密裡に身辺調査が行なわれた。心証としては犯人に間違いないと思われたが、物証があがらなかったので、捜査班が容疑者に張りついて行動を監視することになった。それまでの放火事件の間隔からみて二週間か三週間張りこみをつづければ、かならず容疑者を現行犯逮捕できるという見込みが捜査陣にはあった。

ところが所轄署には市議会から圧力がかかっていた。その事件で一人暮らしの老人が焼け死んでいたのだが、それが市長夫人の実父だったのだ。市議会の議員たちが毎日のように署長室に押しかけて、捜査に進展がないことをなじった。たまりかねた署長が容疑者はすでに絞りこまれて監視もついていると口をすべらせた。捜査情報をもらすつもりはなく、あくまで捜査の進捗《しんちょく》状況を説明したつもりだったのだが、その話がまわりまわって新聞記者の耳に入り、翌日の新聞記事になってしまった。容疑者は定時制高校の教師だったのだが、新聞の見出しは『犯人は教育関係者か』というものだった。捜査陣がそれを見て驚いたのはいうまでもない。彼らがいちばん恐れたのは、容疑者が警戒することだったが、恐れは的中し、容疑者は不審な動きをいっさいやめてしまった。

怒った茶屋は情報をもらした人間を突き止めようと、現場の捜査官を調べたが、その結果情報もれの穴が自分の部下ではなく署長であったことを突き止めた。刑事課の部屋にいた茶屋は無言で部屋を飛びだし署長室に向かった。

制止しようとする者はだれもいなかった。茶屋はノックもせずに署長室に入り、机に向かっていた署長の制服の衿をつかんでもちあげ、顔の間近まで引き寄せると、「おれのでかい靴であんたの股ぐらを蹴りあげたら、あんたは鞠《まり》のように跳ねまわるんだろうな」と告げてから署長を床に降ろし、言葉どおり空母のように馬鹿でかい黒靴で股ぐらを蹴りあげたのだ。署長は両手で股ぐらを押さえた不様な恰好で、十分間以上も広い部屋中を逃げまわっていたという。

その話を最初に聞いたとき若い警官は、あまりに現実離れしているのでとても信じる気になれなかったのだが、さらに驚いたのは、茶屋はなんの処罰も受けなかったと聞かされたときだった。

同僚の話によると、署長は県警本部に茶屋の暴行をくわしく報告し、本庁にも書類を提出して茶屋の処罰を懇願したのだが、茶屋にはなんの処分も下されず、そのため署長は面子を失い、辞職せざるを得なくなってしまったのだという。茶屋は解散させられた捜査本部をもとに戻し、三ヵ月後に容疑者の教員を現行犯逮捕した。

一警部が署長を蹴りつけて、どうして譴責や降格はおろかなんの処分も受けずにいられるのか。その理由はだれにもわからなかった。

　現場の警察官たちのあいだでは、茶屋は市や県の有力者の醜聞や不正の証拠を握っていて、それを取引材料に使って彼らを思うがままに動かしているという噂がまことしやかにささやかれていたが、だれも真相をたしかめた者はなかった。

　パトカーは黄色の信号を強引に通過した。横合いから飛びだしてきたトラックがブレーキを踏み、車体を横滑りさせるのを横目で見ながら急斜面の道路を猛スピードをだして下っていく。馬場町を過ぎ、セメント工場の跡地でパトカーは右折し、白髪町につづく道に入った。

「ここでいい」

泥濘《ぬかるみ》の道を百メートルほど進んだところで茶屋が車を止めさせた。

「お帰りをここでお待ちしましょうか」

　車から降りた茶屋に向かって年かさの警官が尋ねた。

「いや、いい」

茶屋が答えた。白髪町は愛宕《おたぎ》市内でもっとも犯罪発生率が高く、たとえ警察官でもひとりで歩いてはならない地区とされていた。若い警官は茶屋と行動をともにできないことを残念に思ったが、年配の警官はあからさまに安堵《あんど》の表情を浮かべた。茶屋が歩きだすと、パトカーはバックしながら方向を変え、表通りに戻った。

茶屋はパトカーを降りて辺りを見まわした。

この町に住んでいるのは貧しい人間か極貧の人間だけで、正業をもっている者はほとんどいない。安ホテル、何軒かの商店とバー。そのどれもが板を打ちつけてあったり、シャッターが下りたままなので、一見すると打ち捨てられてだれも住んでいないように見えるが、裏道に一歩入れば宿なしの薬物中毒者が大勢たむろし、獲物《えもの》を求めて音もなく徘徊《はいかい》している。

茶屋は焼き討ちにあったらしい商店の残骸の脇の路地に足を踏み入れた。

つきあたりに質屋の看板をだした店があり、その前に泥の飛沫をかぶった小型トラックが一台駐《と》まっていた。店にはシャッターが下りていたが、建物の脇に二階へ通じる外階段があった。

「おっさん、金を貸してくれねえか」

階段をあがろうとしたとき背後で声がしたのでふり向くと、道路脇の草叢《くさむら》にひそんでいたらしい男がふたり、金網のフェンスの破れ目からでてきた。

ひとりは背が高く、もうひとりは横幅が広かったが、どちらもまだ十七、八歳の少年だった。シンナーかなにかを吸っていたらしく、足元がおぼつかなかった。

「聞こえなかったのかよ、おっさん」

茶屋が首をひねった恰好で少年たちを見つめていると、ふたりは同時にジャンパーのポケットから飛び出しナイフをとりだし、唇をゆがめてみせた。凄味《すごみ》をきかせて笑ったつもりなのだろう。

茶屋は苦笑いをしてかぶりを振った。すると、その表情を誤解したらしいふたりが、ナイフを突きあげながら茶屋の胸元に飛びこんできた。茶屋は丸二日間というもの、個人的な調べもののために町中を歩きまわり、ろくに眠っていなかったので反射神経がにぶっていた。とっさに体をかわすことができず、突進してきた少年の頭を両手で押し止めた。

茶屋はそのままふたりの頭を軽く打ち合わせた。硬球をバットで思い切りひっぱたいた音がしてふたりは道路にひっくり返った。

「すまんな」

白目を剝《む》き、泡を吹いている少年たちに向かっていうと、茶屋は向き直って階段をのぼりはじめた。

二階のドアには鍵がかかっていなかった。ドアを開けてなかに入った。部屋は畳敷きになっており、奥に男が一人座っていた。

「ひさしぶりだな」

男がゆっくりと顔をあげた。

男の眼窩《がんか》は洞窟のようにうつろで、両手は手首から先がなかった。

「茶屋警部さんか」

男がいった。

男は水島という名だった。一年前まで覚醒剤の密売グループでボスの護衛役をつとめていたが、護衛中に目の前でボスを殺され、仲間から制裁を加えられたうえグループを放りだされた。腕力もあり頭も切れたが、当時の水島は薬に溺れていて、ボスを守れなかったのも護衛中に薬を打っていたためと思われたのだった。

殺されたボスは暴力団の系列に入らず、独力で商売をしていたこともあってきわめて用心深く、移動するにもかならず専用の車を使っていた。ところがある日、走行中に信号無視の車に側面から衝突された。車は大破し、運転手は衝撃で内側に折れ曲がったドアに体をはさまれ、身動きがとれなくなった。

脳震盪《のうしんとう》を起こしたボスを抱きかかえて水島が車からでようとしたとき、衝突してきた車から男がでてきて、後部座席のドアを開けたかと思うと片手でボスの首を絞めはじめた。水島はそのときになってようやく、それが事故をよそおった襲撃であることに気づき、ナイフをだすとボスの首を絞めつづける男の体に夢中で突き立てた。

肩、腕、脇腹と手当たり次第だった。しかし男はナイフを避けようともしないばかりか、水島のほうを見向きもしなかった。ボスが絶息したのを見届けると、男は血を流しながら自分の車に戻った。そのあいだ男はひとことも声を発しなかったという。水島は恐ろしさですくんでしまい、座席で顫《ふる》えたまま男を追いかけることもできなかった。

それが事件直後に、水島が警察に対して行なった供述だった。

「酒をもってきてやったぞ」

茶屋は背広のポケットからウィスキーのボトルをとりだし、キャップをひねって開けてから水島の顔の前に突きだした。水島は手首から先のない両手でそれをはさんで受けとった。

「なんの用だ」

「おまえに聞きたいことがあってな」

「なんの話だい」

「一年前おまえのボスを殺した男のことだ」

水島は顔をあげ、うつろな眼窩を茶屋に向けた。

「そのことはもう話したはずだぜ。しかし、あんたたちは信じなかった」

「あのときのおまえは薬漬けだったからな」

「それじゃあ、なんでいまになってそんな話を蒸し返すんだ」

「さあな。たぶんおれも年で、昔話をしたい年頃になったんだろうよ」

17

真梨子は品川駅で京浜東北線を降り、冷たい風のなかを徒歩で駅の裏手に広がる住宅地に向かった。その一角に、三十五年前に開設されたという自閉症児専門のクリニックがあるはずだった。

愛宕《おたぎ》医療センターの精神科の部長苫米地《とまべち》の人脈を利用すれば、鈴木一郎の記録を見つけることができるかも知れないと考え、手助けを頼んでから十日が経過していた。

その十日間というもの真梨子は苫米地からの知らせを心待ちにするあまり、ほかのことはなにも手につかず、気がつくと鈴木の鑑定入院の期限も残りわずか二週間足らずになっていた。

やはり、三十年近くも前の記録を患者の名前さえわからずに探しだすということ自体はじめから無理があったのかと思いはじめたとき、それらしい記録が東京で見つかったと、苫米地が電話で知らせてきた。それが前日のことだった。

苫米地から話を聞いた真梨子は、彼が期待していたよりはるかに多くの人間に働きかけてくれていたことを知って内心驚いた。彼は、大学の付属病院や関連病院にいる後輩や教え子たちに電話で協力を求めただけではなく、研究室や児童精神医学の教室、さらには発達心理学や自閉症をテーマとしてあつかっていたゼミや私的な研究会までを過去三十年前までさかのぼって調べあげ、そこで講師役をつとめた教授をはじめ助教授から助手にいたるまでに、Ｒｈマイナス因子をもった重篤の患者をあつかったことがないか、あるいはあつかった医師に心当たりがないかを直接問い合わせるというようなことまでしてくれていた。

東京の自閉症児専門クリニックでそれらしい患者の入院記録が見つかったと苫米地

に連絡してきたのは、彼のインターン時代の同僚で、やはり東京で総合病院の院長をつとめている人物だった。その人物は、日本での自閉症研究がまだ端緒《たんちょ》についたばかりだった六〇年代にいくつかの自閉症児のための専門施設の開設にかかわったことがあり、その方面の友人や知人に古いカルテの山をひっくり返すよう声をかけてみると苫米地に約束していたのだが、言葉通り何軒かの病院や施設に電話をかけて苫米地の依頼を伝えたところ、十日経ってそのうちの一軒からそれらしいカルテが見つかったという報告を受けたということだった。

真梨子は駅前の大きなホテルの脇の坂道をしばらく歩き、今度は小さなホテルの先を左に曲がった。真梨子は東京で数年間暮らした経験があったものの大学の周辺以外は知らず、品川という土地にも馴染みが薄かったが、辺りは閑静な屋敷町で、歩きながら都心にこんな場所があったのかと目を見張る思いだった。五分ほど歩くと、三階建の小ぢんまりした建物の前にでた。煉瓦塀《れんがべい》の邸宅がならんでいるなかで、その建物だけが粗末なブロック塀だった。『橡木《とちのき》クリニック』と書かれた看板がでている門をくぐるとすぐに玄関だった。

ドアを開けると受付窓口があり、待合室にはビニールシートの長椅子が置いてあった。人の気配はなかった。真梨子は三和土《たたき》で靴を脱ぎ、廊下にあがってスリッパに履きかえ、『診察室』の表札がかかった目の前の部屋をノックした。

「どうぞ」

男の声がした。真梨子はドアを開けた。

せまい部屋の窓際に机がひとつ置かれ、若い男が椅子に座ったまま真梨子に体を向けていた。男は長い髪を後ろに撫《な》でつけ、白衣の下にネイビー・ブルーのピンストライプのワイシャツを着こみ、えんじ色のネクタイを締めていた。

「愛宕医療センターからドクターがみえると聞いて少々緊張していたんですが、まさかあなたみたいな美人がくるとはね」

男は真梨子に向かっていった。

「はじめまして、鷲谷真梨子と申します。このたびは面倒なお願いを聞いていただきまして、どうもありがとうございました」

「別宮《べつく》先生の頼みじゃ断れませんからね」

別宮というのは、苫米地の元同僚の院長の名だった。

「それにぼくはどうせ暇をもてあましていますから。ぼくは青木といいます。どうぞよろしく」

「こちらこそ」

真梨子は会釈を返した。

「それにしても先生に連絡したのは昨日のことなのに、もうここまでいらっしゃるなんて、ずいぶんお急ぎのようですね」

「ええ。少し事情があって。あの、カルテをさっそく見せていただけないでしょうか」

真梨子は部屋に入ったとたん、青木の机の上に一枚のカルテが載っているのに目を留めていた。

「まあ、そうあわてずに。わざわざ愛宕市からいらっしゃったんだ。まずお茶でもどうです。いま看護婦にもってこさせます」

「いえ、どうかおかまいなく」

内線電話をとりあげようとした青木に向かって真梨子はいった。

「そうだ。食事にいきませんか」

青木はとりあげかけた受話器を戻した。

「いいえ、本当にけっこうです。カルテを見せてもらえませんか」

「これを探しだすのはひと苦労でしたよ」

青木はカルテに手を這わせ、指先でたたいた。

「当院の患者にしては特異なケースを開院当時までさかのぼって探しだせというので
すからね。しかも患者の名前はわからず、手がかりは血液型が、Ｏ型のＲｈマイナス
というだけだ。ぼくが思うに」
「見せていただけませんか」
真梨子はいった。青木は言葉を途中でさえぎられて一瞬気分を害したような顔をし
たが、すぐに不敵な笑みを浮かべてカルテを手にとった。そして焦《じ》らすように指先で
もてあそびはじめた。
「鷲谷先生。カルテをお見せするのはかまいませんが、医師の守秘義務はどうなりま
す」
「守秘義務」
真梨子は思わず青木の顔を見返した。
「ええ。ぼくも医者のはしくれですからね、見ず知らずの方に患者のカルテを見せて
くれといわれて、右から左にさしだす訳にはいきませんよ」
「見つかったカルテはずいぶん古いものだとうかがっていましたが」
「ええ。おっしゃるとおりずいぶん昔のものです。しかし昔のものだからお見せして
いいということにもならないでしょう」

「それについては別宮先生からご了解をいただいたものと理解していましたが」

「ああ、それです。別宮先生。それこそが問題だ」

苦いものでも口にふくんだように唇をゆがめて青木がいった。

「このカルテを探しだしたのもほかならぬ別宮先生に命じられたからです。しかし、ぼくにとってはその別宮先生こそ問題でしてね」

青木は芝居がかった表情で真梨子の顔をのぞきこむように見上げた。真梨子には青木がなにをいいだすつもりなのか見当もつかなかった。

「別宮先生はぼくにとっては恩人だが、現在はたいへん良好な関係とはいいかねるのですよ。つまり、彼がぼくをいつまでも子分扱いして顎でこき使うことにいい加減うんざりしているんです。あなたもこの世界の人間関係がどんなものかはおわかりのはずでしょう」

「ええ、わかると思います。でも、そのこととカルテとどう関係があるのでしょうか」

「あなたにこのカルテをお見せする代わりに、ぼくの願いもきいていただきたいのです」

「どんなことでしょう」

「ぼくを愛宕医療センターに紹介してほしいのです。愛宕医療センターといえば、全国の医者のあこがれの的だ。待遇も破格なうえにあそこでキャリアを積めば経歴にハクがつく。あなたから苫米地先生にぼくのことを推薦していただけませんか。別宮先生と医療センターの苫米地先生とは友人同士だ。苫米地先生もきっとぼくには興味をしめしてくれると思うのですよ。こういってはなんですが、ぼくはとても優秀な男ですからね」

なんという駆け引きだろう。頭痛がしてくるようだった。

青木に対する返事は「ええ、わかりました。きっと苫米地先生にはあなたのことをお話ししておきます」に決まっていた。しかし、即答しては真実味がない。真梨子は青木の申し出をいかにも慎重に検討するような表情をつくり、しばらく考えるふりをしてから答えた。

「わかりました。きっと苫米地先生にはあなたのことをお話ししておくと約束します」

「よかった。これでおたがいの利害が一致したわけだ」

青木はだらしなく口元をゆるめて、カルテを真梨子に差しだした。真梨子は青木に歩み寄ると、最大限の自制心を働かせて笑顔で受けとった。

カルテは原本ではなくコピーだった。患者の氏名を記入する欄は、原本のその部分だけに小さな紙を貼ってコピーしたらしく、空白になっていた。なぜ名前を隠すようなことをしたのかわからなかった。担当医の氏名を見ると、『藍澤《あいざわ》』と書いてあった。

「これはコピーですね。原本はどこにあるんです」

「さあね。ここにあったのはそれだけです」

「これは初診のカルテですよね。ほかのカルテはどこでしょう」

「その藍澤という医者がもっていったのでしょう」

「この先生はこのクリニックにいらっしゃらないのですか」

「もちろんいませんよ。なにしろ二十七年も前の話ですからね」

「二十七年前」

真梨子は思わずつぶやいた。

「いまどこにいらっしゃるかおわかりになります」

「食事でもしながらゆっくり説明しますよ」

「ありがたいのですが、時間がないんです。教えてもらえませんか」

「本当に食事をどうです。いい店を知っているんですよ」

「お願いします。教えてください」

青木がため息をつきながら白衣のポケットからメモをとりだし、真梨子に手渡した。メモには都内の住所と電話番号が書かれていた。

「どこかの製薬会社の研究施設らしいですが、研究員は藍澤さんひとりだけらしい」

「わたし、これからうかがってみます。ありがとうございました」

「鷲谷さん」

きびすを返して部屋をでようとした真梨子を青木が呼び止めた。真梨子は戸口のところでふり返った。

「ぼくはこんなところでくすぶっているような人間じゃない。それはあなたにもわかるでしょう」

「ええ。わたしもあなたはこういう場所にいる方じゃないと思いますわ」

真梨子はいった。

「それはどうも」

青木が口を開けて笑うと、紫色の歯茎《はぐき》がのぞいた。真梨子は嫌悪感で首筋が粟立ったが、笑顔で辞去の言葉を述べると部屋をでた。

クリニックをでてタクシーを拾った。行く先を告げると紙袋からカルテをとりだして、あらためて読み返した。

〈入院記録〉

発達段階の遅れを主訴とした二歳児の初診結果。

妊娠九ヵ月において誘発分娩により正常に出産。なんら合併症はともなわず、分娩時体重は三千七百グラム。

発達段階の過程に関しては、出産直後から母乳の吸引力がきわめて弱いため、授乳は哺乳瓶《ほにゅうびん》で行なった。八ヵ月を過ぎても一人座りができず、十八ヵ月を過ぎても這うようにもならなかったことから診察を受けた（本院以前に小児科、内科など数科目の診療を受けている）。明らかに運動能力の発達の遅延がうかがわれる。排便のしつけもできていない。

〈血液型〉Ｏ型（Ｒｈマイナス）

〈既往症および全身所見〉

一歳時に耳下腺炎にかかった以外は特記すべきことなし。

〈理学的検査〉

頭囲は四十六・六センチで後頭部はやや突出している。頭蓋《ずがい》内雑音なし。歩行状態に異常はなく、バビンスキー反射もその他の病的反射も認められなかった。知覚検査に関してはすべて正常の範囲。脳神経検査および眼底所見も正常。

〈印象〉

この小児は目的のある行動を示さず、かつその運動機能はしばしば方向性をともなわず受動的である。たとえば、手をとってもちあげると、いつまでもそのままの姿勢を保っている。腰を支えて立たせると直立し、背中を押すと歩行するが、手を放すと立ち止まってしまう。

行動面では活発さに欠け、欲求不満をあらわすことも癇癪を起こすこともない。乳幼児としてはきわめて不自然といえる。

言語面でも、まとまったセンテンスはおろか、意味のない言葉を発することもない。脳神経系の変性疾患の可能性は除外できるが、単純に自閉症と診断することにためらいをおぼえる。既往歴はかなり特異なパターンを示しており、きわめて慎重な対応が必要と思われる。

藍澤という担当医が初診のカルテだけを残してほかのカルテをすべて持ち去ったのはなぜか。カルテから患者の名前を消したのはなぜか。そして、この患者の両親はいまどこにいるのか。

さまざまな疑問がつぎからつぎへと浮かんできて、頭のなかで渦を巻いた。真梨子はカルテから顔をあげ、見るともなく窓外の景色を眺めた。街路には冷たい風が吹き荒れ、並木の枯れ枝を揺らしていた。

18

タクシーが山手線の巣鴨駅前に着いた。

山手線の巣鴨駅と品川駅とはちょうど正反対の位置にあるので、一時間近くかけて都心をほぼ横断したことになる。

タクシーを降りた真梨子は地蔵通りで公衆電話を探した。その辺りは大学時代に何度かきたことがあったので、右も左もまったく見当がつかないというほどではなかった。雑貨屋、もんぺやジャンパーを軒先《のきさき》に吊るした洋品店、ガラスケースに手作りの家庭料理をならべた惣菜《そうざい》屋などの様子は記憶にある通りだったが、冷たい風が吹いて寒いせいなのか、商店街に買い物客の姿はまばらだった。

クリーニング店の前で公衆電話を見つけ、そこから電話をかけた。回線がつながり、ベルがなっている気配が伝わってきた。しかし、だれも受話器をとろうとしない。五回、十回、十五回。だれもいないのだろうか、とあきらめて切ろうとしたとき、受話器がはずれる音がしてようやく相手が電話口にでた。

「はい」

しわがれた男の声だった。

「そちらは、山篠《やましの》総研でしょうか」

真梨子はメモに書かれている研究所の名前を読みあげた。

「そうですが」

「わたくし、鷲谷真梨子と申します。そちらに藍澤さんはいらっしゃるでしょうか」

男がいきなり沈黙した。不可解な沈黙だった。真梨子は答えを待ったが、いつまで経っても男は返事をしようとしない。

「もしもし、藍澤さんをお願いしたいのですが」

「藍澤はわたしだが」

男がつぶやくような声でいった。真梨子は驚いた。まさか本人が電話口にでるとは思ってもいなかったのだ。青木は研究員がひとりきりの研究所だといっていたが、ひょっとしたら藍澤以外には職員がいないのではないか。

「はじめてお電話をさしあげます。わたしは愛宕《おたぎ》市の愛宕医療センターで精神科の医師をしている者です。じつは橡木《とちのき》クリニックで先生が診察された患者さんのことでお話をうかがいたいのですが」

男は答えなかった。

「もしもし」

「きのう、青木という男から電話があったが」

ようやく男がいった。とうぜんそのあとになにか言葉がつづくものと思ったが、男はそれきり黙りこんでしまった。電話でこれほど居心地が悪い思いをするのははじめてだった。

「ええ、青木さんにはついさきほどお目にかかりました。あの、お話をうかがえるでしょうか。とても大事なことなんです」

男は無言のままだった。

「お願いします。お時間はとらせません」

電話口に向かって懇願しながらも、男がことわりの言葉を告げ、一方的に電話を切ってしまうような気がした。しかし、真梨子はわざわざ東京までできてなんの収穫もなしに引きあげるつもりはなく、ことわられても強引に押しかけるつもりだった。

長い沈黙のあとで男が口にしたのは意外な言葉だった。

「いいだろう。この場所はわかるかね」

商店街を抜け、乗用車がやっと通れるほどのせまい路地に入り、メモを見ながら右往左往した末に、ようやくめざす建物の前にでた。大谷石《おおやいし》の門に『山篠薬科総合研究所』の表札がかかったビルは、三階建てで灰色にくすんだ壁一面に蔦《つた》が這《は》っていた。門をくぐり、芝生の枯れた庭を横切って、玄関脇のブザーを押した。

「ドアは開いているよ。右側にエレベーターがあるからそれで三階まであがってき給え。わたしの部屋は廊下の奥だ」

電話と同じ声が聞こえてきた。やはりこの研究所には藍澤ひとりしかいないのだろうか。真梨子はドアを開けて、いわれた通りにエレベーターに乗り三階のボタンを押した。二重格子の引き戸を手動で閉める旧式なエレベーターは、動力が乾電池なのかと疑いたくなるほどゆっくりとしか上昇していかず、階段を使うべきだったと後悔しはじめた頃にようやく三階のフロアに着いた。

エレベーターを降りて、廊下を奥に向かって歩いた。建物のなかの空気は冷たくよどんでいた。どこからも人の声は聞こえてこず、無人のビルのようだった。長いあいだ掃除もされていないらしく窓は汚れ放題で、壁は雨染《あまじ》みと結露で濡れていた。真梨子はいちばん奥の部屋の前で立ち止まり、ドアをノックした。

「どうぞ」

真梨子はドアを開けた。広い部屋だった。正面の、西日が入る腰高窓が開いている壁以外は、床から天井まで資料ファイルや書類が詰めこまれたスチール棚で占拠されていた。正面の壁の隅に流し台があり、試験管やフラスコなど実験室の備品のようなものが乱雑に置かれている。その脇には小さな冷蔵庫があり、部屋の中央には来客用のソファが置かれていた。一見しただけでは、そこがなんのための部屋か判別するのはむずかしかった。腰高窓に面した机に藍澤とおぼしき男が入口を背にして座っていた。小柄な男らしく、椅子の背から頭の先がわずかにのぞいているだけだった。

「おじゃまします。電話をさしあげた鷲谷です」

真梨子は男の背に声をかけた。声がとどいたらしく、耳障りな音を立てて回転椅子がゆっくりとまわり、戸口のほうを向いた。椅子に座った男を見て真梨子は思わず身を固くした。

七歳の子供の骨格に脂肪をつけ足したような体つきで、その上にほぼ完璧な円形をした顔がのっていた。度の強い眼鏡をかけているために、ふたつの目はひどく小さく見えた。

「わたしが藍澤だ。驚いたかね」

意地の悪い笑みを浮かべながら男が尋ねた。

「いいえ、驚くだなんて。とんでもありません」

童顔なのだが額や目尻のしわは深く、腹の前で組まれた手はきわだって小さいのに丸々と肥っている。三十年前から医師をつづけているのだから五十歳は過ぎているはずだが、とてもそのようには見えなかった。

「隠すことはない。わたしのこの体をはじめて見た人間はだれでも驚く。で、ご用件はなんだったかな」

「電話で申し上げたように、先生が橡木クリニックにいらしたころに診察された患者のことでうかがいたいことがあるのです」

「わたしがあそこで働いていたのは四半世紀も前のことだ」

「ええ。わかっています」

「きみが、わたしが診た患者のことを聞きたがる理由はなんだ」

真梨子は、刑事事件の被告の精神鑑定をしていることをやたらに他言するべきではないとは思ったが、藍澤に対して、どの程度まで事実を打ち明けていいものかわからなかった。

「先生が診察された患者が、いまわたしが担当している患者かも知れないのです」

「患者かもしれないというのはずいぶんあいまいな表現だな」

「わたしがいま診ている患者は、経歴がまったく不明なのです」

真梨子は答えた。藍澤が眉をひそめて真梨子を見返した。

「名前もわからないのか」

「名前は名乗っていますが、偽名だということがわかりました」

「年齢は」

「正確な年齢はわかりません。自身では二十九歳だと」

「患者のことはなにひとつわからないのかね。家族の有無や仕事はなにをしているか、さえも」

「家族はいません。少なくともわたしが知るかぎりでは。仕事は小さな新聞社を経営していました。しかしそれもここ三年間のことで、それ以前のことはなにもわかりません」

真梨子はそこで言葉を区切って藍澤の顔を見た。

「これは失礼した。お客さまを戸口に立たせたままだったな。そこへ座り給え」

真梨子の視線を誤解したらしく、藍澤がソファをさしていった。真梨子はあえて反論はせず、いわれた通り部屋の中央まで進んだ。

「それで」

真梨子がソファに腰をかけると、藍澤が話の先をうながした。

「患者自身がいっさい話そうとしないので、症状から過去の記録を探れないかと思ったのです。めずらしい症状なものですから」

「めずらしいというのは端的にいってどういう症状なのだね」

真梨子は、なにも聞かないうちに藍澤にすべてを聞きだされてしまいそうな気がしてきた。しかし、自分の考えを話さないことには、鈴木一郎が藍澤が二十七年前に診た患者だったかどうかたしかめようがなかった。

「患者は幼少年期に重篤な自閉症を疑われたと思われます。重篤というのは、彼が通常の情緒障害ではなく、感情そのものがないように思えるからです」

無意識にだろう、藍澤が足首のところで交差させた両足を前後に振りはじめた。靴と床のあいだはかなり開いていた。真梨子はその様子をしばらく黙って見つめていた。

「その患者は現在はどんな症状をしめしているのだ。たとえば自閉症様の症状なのか」

真梨子に視線を向けて藍澤が尋ねた。

「いいえ。外見や日常行動は健常者とまったく変わりありません。感情が欠落しているように思えることから、当時の状況を考えあわせて、自閉症を疑われて診察を受けた可能性があると思っただけです」

「つまり、その患者はごくふつうに日常生活が営めるのか」

「ええ」

「しゃべることは」

「ええ、もちろんしゃべることもできます」

「しゃべれるのか」

真梨子には藍澤が驚いた理由がわからなかった。

「すると、感情がない人間が支障なく日常生活を営み、ましてや普通人のようにしゃべっていることになるな。きみはどう考えているのだ。そんなことが可能だと思うかね」

「学習したのだと思います」

「学習した、か。なるほど、たいへん興味深い」

「先生。先生が診た患者のことを教えてくださいませんか」

　藍澤は足を前後に揺らすのを止め、真梨子の顔を見つめた。

「よかろう。いまとなっては隠す必要もないし、わたしに話すなという者もおらんかな。その前にひとつ聞かせてくれ。その患者の知能指数はいくつかね」

「百二十くらいだったと思いますが」

　藍澤の唐突な質問に面食らいながら真梨子は答えた。

「ふん。百二十か。なにか特別な能力はあるかね」

「特別な能力、とおっしゃいますと」

「記憶力がいいとか、五感が人並みはずれて敏感であるとか、だ」

「いいえ。そんなことはないと思います。あの、隠す必要がなくなったというのはどういうことですか。それにあなたに話すなという人間がいなくなったというのは」

「話せばきみにもわかる。しかし、いっておくが、きみの患者はわたしが二十七年前に診た患者ではないと思う」

「なぜそう思われるのです」

「最初から話そう。いいかね」

　真梨子はうなずいた。

19

「きみに話をするのは、きみの患者がわたしの昔の患者だと思うからではない。こんなところまでわざわざわたしを訪ねてきてくれた人間に、たまたま思い出話をしてみたくなっただけだ。いまのわたしは現場からも学界からも忘れられた存在で、訪ねてくる者など滅多にいないからな。だからきみがだれであるか、なぜわたしの患者のことを知りたがるのかもこれ以上は詮索《せんさく》しないことにするよ。きみにはいろいろと隠し事があるらしいがね」

真梨子はソファの上で身じろぎした。

「三十年前、わたしは自閉症の研究をしていた。当時は自閉症の形態、原因、治療法のすべてが深い謎だった。専門の診療所もむろん数えるほどしかなく、患者はさらに少なかった。というのも一般の人間はほとんど自閉症などという病気は知らなかったからな。われわれの診療所にくるのはたいてい小児科や精神科をたらい回しにされた挙げ句、どこにも行き場がなくなった患者と相場が決まっていた」

椅子に座った藍澤が、ソファに座っている真梨子を見下ろすような恰好で話しはじめた。

「そこにあの子がやってきたのだ。ほかの子供たちと違うのは一目でわかった。診療所には、壁や床に頭を打ちつける子や、大便で積み木をする子供ならいたが、まったく動かない子供はいなかったからな。部屋の隅でじっとしているなどというのではない。文字通り微動だにしないのだ。瞬《まばた》きもしなければ、指をほんの一ミリ動かすこともな。だれかが手を添えて腕をあげさせるとそのまま腕をあげたままの姿勢でおり、直立させて背中を押すと壁に当たるまで真っすぐ歩きつづける。あれで呼吸をしていなかったら、だれでも人形だと思ったに違いない。そういう子を診療所であずかることになったわれわれはみな頭を抱えたものだ」

「クリニックでその子をあずかったのですか」

真梨子は驚いて尋ねた。

「もちろんだ。椽木クリニックは、精神的遅滞や発達障害の児童のための教育プロジェクトを親とともに考えるという趣旨で発足した施設だからな。知らなかったかね」

「申し訳ありません、知りませんでした。先生はその子を何年間にわたって診られたのですか」

「二歳から十五歳までだ」

十四年間。真梨子は心のなかで嘆息した。探している患者が十四年間にわたって同じ医師の診療を受けていたというのは想像もしていなかったことだった。

「しかし十四年間という年月も過ぎてしまえばあっけないものだ。たとえば最初の六年間にわれわれがしたことといえば、トイレトレーニングだけだといってもよかったからな。毎日決まった時間に彼を抱えてトイレにいき、水を流したり、紙をひっぱりだしたりしながらどういうふうに使うかを示すことを六年間一日も欠かさずくり返したのだ。あれはそうしろといってできるものではない。便器に座らせ、でるまでしゃがんでいなさいというとあの子はしゃがんだままだった。待つのにくたびれて個室の外にでるのだが、ときどき忘れることがあって、何時間もしてからあわてて見にいくと、座らせたときとまったく同じ姿勢で座っていたということもあった。忘れるのも無理はないのだ。なにしろ、彼は教室にいてもどうせじっと座ったままだったのだからな。三十分か一時間後にのぞきにいって、排泄を済ませていれば紙で拭き、下着とズボンをあげてやる。彼がその一連の動作を自分の手でやるようになるまで六年かかった」

藍澤は、いつのまにか足をふたたび前後に振りはじめていた。

「自閉症児はおうおうにして呼びかけに無反応であるために、耳が聞こえないのではないかと間違えられることが多いが、トイレトレーニングを通じて彼は正常な聴力をもっており、言語もある程度理解していることはわかっていた。彼が八歳になると、わたしは彼の活動範囲をトイレから日常生活全般へ広げていこうと考えた。指示を与えることでな。最初に与えたのは簡単なものだった。

『椅子に座りなさい』とか『ヌイグルミを机の上に置きなさい』という具合にな。そして日を追うごとに内容を複雑にしていったのだ。

『床に転がっている積み木を拾って、箱のなかに戻しなさい』『本棚から絵本をもってきて十ページを開きなさい』というふうに。一年ほどで彼はたいていのことならわたしの指示通りにやるようになった。それで、わたしは成功に気をよくしたと思うかね。とんでもない。ますます気が重くなるばかりだった。なぜなら彼は指示すればその通りに動くが、指示を与えなければまったく動こうとしなかったからだ。食事さえ、食べなさいといわないかぎり食べようとしなかった。指示を与えなかったら、彼は餓死するまでなにも食べずにいただろう。それは不可解なことだった。わたしには肉体や心のどこが故障すればそんなことが起こるのかまったくわからなかった。いまになってみれば、彼に生まれつき感情というものがそなわっていないことが原因だとわかるのだが、当時のわたしはそのことに気づかなかった。わたしのいうことはわかるだろうな」

「ええ、わかると思います」

真梨子は答えた。喜怒哀楽の感情などをふくめて、人間の情動というものに精神科医の注目が集まりだしたのはここ十年ほどの出来事といってもよかった。

「わたしは途方に暮れ、さまざまなテストをくり返した。彼の異常な能力に気がついたのはその偶然の産物だった。彼は言葉を理解していたが、まるで言葉をもたない人間のように一言もしゃべらなかった。しかし、たとえば5と3の数字を書いたカードを見せて、足すといくつになるか、答えのカードをとりあげるように指示すると8のカードをとりあげることができた。ある日彼にジグソーパズルを与えて、それを完成させるようにいうと、彼は一瞥しただけで完全な形に組みあげた。別のジグソーパズルでも試してみた。サイズも大きく、何百ピースもある複雑なものだ。彼はこれも簡単に完成させた。絵が印刷してあるほうを全部裏側にしてもう一度やってみるよういったが、結果は同じだった。きみにこのことの意味がわかるかね。彼は絵の図柄を記憶していたのではなく、個々のピースの形と組み合わせをすべて記憶していたのだ」

「その患者はサバン症候群だったのですか」

真梨子はいった。

「その一種といってよかろう。しかし彼の能力はサバン症候群の概念を大幅に超えていた。写真のような記憶力の持ち主や暗算の天才は、精神遅滞者に特有の現象だと思われていたからこそ、昔はサバン症候群はイディオ・サバンとも呼ばれていた。ところが彼は学習能力のいくつかの面はまったく障害の影響を受けていなかった。それどころか、成長するに連れてますます明らかになったのだが、彼は人間離れした知能をもっていた。わたしはその日から彼に付きっきりになった。サバン症候群でさえ書物のなかでしか読んだことがないのに、それがすばらしい頭脳の持ち主ときているのだ。彼の隠された能力は無尽蔵で、テストをするたびにさまざまな能力を発見することができた。わたしが彼を徹底的に研究し、その成果をいつか自分の名で発表することを夢見るようになったのも当然だろう。たとえば彼はどんな本でもたった一度最初から最後までページをめくってみせただけで、内容をすべて記憶することができた。わたしは動物図鑑から高等数学の教科書、果ては実用書でも試してみた。航空機の操縦免許をとるための教則本のようなものさえ一瞥しただけで、文章はもちろん、図解や写真も細部にいたるまで完璧に記憶してしまった。しかしその反面、彼は他人から指示されなければ指一本動かそうとしない。毎日決まった時間に『トイレにいきなさい』といわなければ彼は垂れ流してしまう。それだけは何年経ってもどうしても変えることができなかった」

話すうちに藍澤の顔がうつむきがちになり、いまや床に向かって話しかけているかのようだった。

「わたしは彼のもつ矛盾を説明する方法がないかと頭を悩ませたが、あるテストで彼には因果関係が理解できないのだということを突き止めた。因果関係というのはつまり原因と結果のことだ。テストは簡単なものだった。たとえば、クッキーの容器に手をのばす子供の絵と、空の容器の絵。部屋の窓の絵と割れた窓ガラスと部屋の床に転がっているボールの絵というような『その前』と『その後』を示した二枚一組のカードを用意して、どちらが先にくるかを答えさせるだけだった。ところが彼はそんなに簡単なテストがまるでできなかったのだ。ものごとを原因と結果に分けて考えるのは、論理的な思考というより人間の脳の癖のようなもので、生まれつきそなわった情緒的な感覚に近い。現代の精神科医なら人間のこのような心の働きを情動と呼ぶのではないかね。簡単にいえばこういうことだ。凶暴な野獣が自分に向かって突進してきたときに、人間が回避行動をとるのは論理的な思考の結果ではなく、このパターン認識が生まれつきそなわっているせいであるとな。ところが、それが欠落している彼の場合、野獣が向かってくるのを見ても、その認識をその場から逃げるという行動に瞬間的に結びつけることができないということになるのだ」

「しかし、先生はその患者が人間離れした知能をもっていたと」

「まさしくそこが彼の知性が人間離れしていた所以《ゆえん》だよ。きみは暗記が得意かね」

「ええ。得意なほうだと思います」

「すべてを一字一句たがわず暗記している本が一冊でもあるかね」

「いいえ。ありません」

「なぜかね」

「たぶんその必要がないからだと思いますが」

「それが正解だな。人間はなぜ学習する」

「必要からですか」

「そうだ。人間はつねに必要という文脈で判断し行動する。われわれの認識や行動基準など、せまい基準の範囲内で行なわれるにすぎないということだ。たとえばきみが知らない土地をドライブしていて二股に分かれた道にでたとき、どちらに曲がるかを決めるのにきみは環境問題やアイルランドの自治権を判断の材料にするかね」

「いいえ」

「その日の温度や湿度を考慮に入れるかね」

「いいえ、入れません」

「すると、いったいなにが判断の基準になる」

「もちろん、どちらの道を行けば目的地にはやく着くことができるか、です」

「そう。それが必要という文脈だ」

「よくわかりませんが」

「人間はいろいろな経験をし、さまざまなことを学んでいるつもりになっているが、実は必要という文脈で取捨選択をしているだけだということだ」

「人間は必要なだけ利口《りこう》になれるということでしょうか」

「正反対だ。ある人間がどんなに優秀な頭脳をもっているといったとしても、それはその人間が必要とする範囲の優秀さをでることはないということだよ。たとえばきみはきのう町を歩いているときにすれ違った車のナンバーを全部いえるかね。すれ違った人間の服装をすべて記憶しているかね」

「いいえ」

「そう、なぜならきみにはその必要がなかったからだ。しかし、生まれつき脳にこの簡単な認識のパターンがそなわっていないせいで、日常生活においてさえなにが必要でなにが必要でないかがわからない人間がいたとしたらどうなると思うかね」

「先生は、その患者がそうだったとお考えなのですね」

真梨子は藍澤の話の内容の現実離れしたすさまじさをようやく理解しはじめた。

「その通りだ。コンピュータは外部の対象の主要な特質といくつかの基本的関係を取りこみ、それをもとに対象を内部に再構築する。これがコンピュータの認識の仕方だ。インクの点の集まりが写真になり、電子の集まりが画像になるのと同じ原理だ。しかし、人間の認識はもっと情緒的であり直観的なものだ。われわれはある対象を見ると、それが他者とどういう関係にあるかを一瞬にして見抜いて解答をだすことができる。だからこそ認識と行動が緊密に結びつくのだ。その能力が欠落していたらどうなる。ほんの少し指先を動かすためにあらゆるデータを脳にインプットしなければならなくなるだろう」

「つまり、その患者の頭脳はコンピュータのようなものだったと」

「まさしくな。彼は周囲のあらゆるデータを瞬時にとりこみ、記憶することができた。しかし、インプットされたデータは脈絡もなければ前後の区別さえなく、索引《さくいん》も分類基準もつけずに何万冊もの書物が放りこまれた巨大な図書館か、さもなければ途方もない演算能力をもっているにもかかわらず演算の目的がプログラムされていないコンピュータのように、頭脳のなかを膨大《ぼうだい》なデータが休みなくフローしていくだけで、それを一定の基準に基づいて分類し、行動に結びつけることができなかった。それがおそらく世界中のどの人間よりも豊富なデータバンクをもちながら、他人から指示されなければ排泄も食事もできなかったことの唯一の説明だ。彼はいわば脳だけの存在で、手足がないのも同然だったのだ」

「先生はその研究を発表されたのですか」

「いや」

「なぜです」

「彼は十五歳になった年にクリニックからでていった」

「両親が家に連れ帰ったのですか」

「連れ帰ったのは両親ではなく彼の祖父にあたる男だった。両親は交通事故に遭《あ》ってふたりとも亡くなってしまったのだ。その事故のあとすぐにその男がクリニックにきて彼を引きとっていったのだ。わたしはその男に研究をつづけさせてくれるよう頼んだ。男の家で育てるにしても、週に何度か家に通わせてくれとな。しかし断られた。それだけではなく今後二度と彼には近づくな、研究を発表することもならんと命じられた」

「命じられたですって。いったいその人は何者なのです。あなたは命じられて黙って従ったのですか」

「その男は大富豪で、金の力でなんでも思うがままにできた。わたしはそのことがあってからすぐに海外視察という名目でフランスにいかされることになった。一年という短期間だったし、極東の精神科医としては破格の待遇だったから、反対する理由はなかった。まだ若かったわたしは、それがその男の策略だとは思ってもいなかったのだ。一年後に帰国してみると、クリニックにわたしの居場所はなくなっており、彼のカルテもほかの記録もきれいに消えていたという訳だ」

「いったいその人はだれなんです」

「きみは本当になにも知らないらしいな」

藍澤が真梨子に顔を向けていった。

「愛宕《おたぎ》市からきたと聞いて、わたしはてっきりきみがなにもかも事情を知った上で訪ねてきたのだと思ったのだが。きみも愛宕市の人間なら入陶《いりす》倫行《のりゆき》の名は知っているはずだ」

入陶財閥の当主で、地元にテレビ局と新聞社をもち、世界中にいくつものリゾート施設やホテルを所有している富豪だ。しかし地元を長く離れていたせいで、真梨子にはそれ以上のくわしい知識がなかった。

「その人はいまもご健在なのでしょうか」

「きみは本当に愛宕市からきたのかね」

　藍澤が怪訝そうな表情で尋ねた。

「実は今年の春までアメリカで暮らしていたものですから」

「入陶は十一年前に死んだよ」

「死んだ。ではそのあと先生の患者はどうしたのです」

「入陶が死んだのは彼の屋敷の火事が原因だった。わたしも新聞で読んだだけだが、その火事で当主の倫行は死亡し、一緒に暮らしていた孫は重度の火傷を負って入院したとあった。記事を読んだかぎりでは孫のほうも瀕死の重傷で、助かる見込みはほとんどなかったらしい。十一年前にはわたしはここですでに働いていて、論文を書く野心などすっかりなくしていたからな。わざわざ確認するようなことはしなかったが」

「入陶倫行の孫、先生の患者はなんという名前なのですか」

「入陶大威《たけきみ》。これが彼の名だ」

20

真梨子は『山篠総研』をでると東京駅に向かい、東海道新幹線で愛宕市に戻った。愛宕市に着いたのは午後四時過ぎで、そこから市立図書館にいくために駅前でタクシーを拾った。朝から食事もとっていなかったが、一刻も早く入陶の家族のことや十一年前の火事のことが知りたくて、コーヒーを飲むための時間さえ惜しかった。

図書館に着くとホールを一直線に横切り、新聞の閲覧室に飛びこんだ。部屋のなかにはテーブルが十脚ほど置かれ、それぞれにパソコンとモニターが載っていた。真梨子は空いているテーブルに座ると、マフラーもとらずにパソコンのキーボードを操作しはじめた。

日付、人名、事件の種類などで検索することができたが、真梨子は人名で検索することにした。入陶の家族にかかわることで新聞の記事になった事件や事故にはすべて目を通しておきたいと思ったからだ。『イリス』と入力して実行キーを押すと、スクリーンの升目につぎつぎに項目と日付がならびはじめた。項目は二十個以上あり、いちばん古い日付は昭和二十九年、一九五四年のものだった。真梨子はキーをたたき、記事を呼びだした。

モニターにあらわれたのは地元の有名人を紹介する記事で、入陶倫行《のりゆき》のインタビューが新聞の二面にわたって掲載されていた。写真で見る入陶倫行はキャプションによると四十四歳という年齢だったが、恰幅《かっぷく》もよく、いかにも大財閥の当主らしい人物だった。真梨子はインタビュー記事の中身を読みはじめた。

記者の質問はほとんどが倫行の支配下にある企業の現在の活動や将来の展望などに集中しており、企業広告と変わらない提灯《ちょうちん》記事であることが見え透いていたが、入陶財閥の成り立ちに触れた部分のなかには真梨子がはじめて知る歴史的事実もあった。

記事によれば、倫行は、一九五四年当時すでに新聞社と民放ラジオ局とテレビ局の社主であり、そのほかにも十社にある会社の取締役に名を連ねていた。そもそも入陶財閥が基礎を築いたのは明治時代のことで、愛宕市という日本のほぼ中央に位置し、主要な街道が縦横に交差する地の利を生かして輸送産業を興したことにはじまっていた。その財力は第二次世界大戦直前に頂点を迎えたが、敗戦によって全国の財閥、地主層が解体されるとともに入陶家も凋落《ちょうらく》した。しかし、戦後の入陶家は土地は手放したものの、豊富な人材と人脈を生かして地元最大手の新聞社を支配下におさめ、さらにはラジオ、テレビなど最先端の通信事業の経営にも乗りだした。

入陶一族が新しい体質の財閥として生まれ変わろうとする矢先であり、日本が高度成長時代に突入する時期のインタビューということもあって、四十四歳の当主の発言は気宇壮大《きうそうだい》で希望にあふれたものばかりだった。しかし、高邁《こうまい》な理想を述べているくだりでも倫行の発言は率直で飾り気がなく、並々ならぬ知性を感じさせる点が真梨子の注意を引いた。

インタビューを読みおわるとキーをたたいて別の項目に移ったが、それにつづく記事はほとんどが新会社の設立とか株式の公開などの事件性のない記事ばかりだった。

十五件目でようやく入陶大威《たけきみ》の両親の交通事故の記事があらわれた。事件の日付は最初のインタビュー記事の三十年後になっていた。真梨子は内容を読みはじめた。

当時入陶夫妻はふたりとも三十代半ばの年齢だった。事故に遭った場所は東京の品川とあったので、息子をあずけていた橡木《とちのき》クリニックに向かう途中だったに違いないと真梨子は思った。

事故は単なる事故ではなくひき逃げ事件だった。白昼に起こったために大勢の人間が事故を目撃していて、ふたりを轢《ひ》いた乗用車は何百メートルにもわたって蛇行運転をくり返した末に信号無視をして交差点に突っこんだことから運転手が酔っていたことは明らかだと記事にはあり、現在現場から逃走した犯人を警察が捜索中であると書かれていた。亡くなった両親のうち母親のほうが倫行の血縁であり、彼の一人娘だった。

画面をスクロールしていくと、地元で開かれたふたりの葬儀の模様を伝える記事があらわれた。入陶財閥の当主の一人娘と証券会社の社長をつとめていたその夫の葬儀とあって、総帥《そうすい》である倫行をはじめ錚々《そうそう》たる顔ぶれがそろい、列席者も二千人を超えたが、葬儀の当日に倫行は会社の経営から引退することを表明し、会葬者は一様に深甚な驚きを隠せなかったとあった。

つぎの項目が三年後の日付で、倫行の邸宅の火事の記事だった。

夜空に噴きあがる炎、数十台の消防車であふれかえる路地、その翌朝と思われる全焼した邸宅の全景とそれをとりかこむ野次馬たちの写真が大きく掲げられ、それを見るだけでも火事がいかに大きなものだったかがわかった。

記事には大邸宅に住んでいたのは倫行と孫のふたりだけだったことがまず書かれており、大威のことは、「現当主の十八歳の孫」とだけ表現され、名前は明かされていなかった。ふたりは火災現場から消防隊員の手で救出され病院に運ばれたが、倫行は搬送前にすでに死亡しており、孫も重度の火傷を負っており安否が気遣われていると書かれていた。読み進んでいくと、出火原因は不明で、老人と障害のある孫のふたりだけの暮らしであることから、火の不始末が原因だろうという推測が述べてあった。

大威についてはそれ以上言及している箇所はなく、その記事から大威の生死をたしかめることはできなかった。項目の最後は倫行の葬儀の記事だったが、そこにも大威の名前は見つからなかった。壁にかかった時計を見ると六時十分前だった。真梨子はパソコンのスイッチを切ると、閲覧室をでて階段をおり、ホールの公衆電話から大威が搬送された病院に電話をかけた。すぐに相手がでた。

「はい。坂本形成外科」

女の声だった。

「そちらの患者さんのことでうかがいたいことがあるのですが」

「なんでしょう」

「十一年前にそちらに入院した患者さんのことなのですが」

「十一年前ではお答えのしようがありませんね。記録が残っていませんから」

「残っていない」

「ええ。この病院は十一年前とは経営母体が違っていまして、五年前に現在の医療法人が経営を引き継いだときにカルテをコンピュータに移し替える作業をして、十年以上前のものは廃棄処分にしたのです」

「ほかに調べようはありませんか」

「ありませんね」

真梨子は礼をいって電話を切った。これからどうしたらいいだろうかと考えた。時計を見るとすでに六時を過ぎていた。真梨子は焼けた入陶倫行の家があった場所までいってみることにした。なにかが見つかるかもしれないと期待した訳ではない。このまま家に帰る気分になれなかったのだ。

図書館をでてタクシーを拾うと、入陶邸があった住所を告げた。車の窓の外はすでに日が暮れて真っ暗だった。タクシーは図書館のある路地を離れて繁華街にでた。駅の周辺は勤め帰りの人間であふれていた。だれもが寒そうに衿を立てながら歩いていた。

タクシーは町の反対側にある目的地に二十分ほどで着いた。真梨子はタクシーをおりて、住宅地のなかを歩いた。広い庭のある大きな屋敷が道の両側にならんでいるが、人通りは少なく、すれ違う人間もいなかった。五分も歩かないうちに広い公園の前にでた。住所をたしかめるとそこがめざしている場所だった。どうやら火事のあと入陶邸の跡地は市に寄付され、そこに公園がつくられたものらしかった。

真梨子は火事があった当時の話をどこかで聞けないものかと辺りを見まわした。しかし、どこの家もかたく門を閉ざしていて、気軽にドアを開けて、知らない人間に十年以上も前の昔話をしてくれるとはとても思えなかった。公園沿いに歩いていくと、路地にでたところに酒屋があったので、真梨子は店番をしていた老人に尋ねてみようと思い、店に足を踏み入れた。

老人が読んでいた新聞から顔をあげた。

「すいません。入陶さんのお宅があったのはこのあたりでしょうか」

「入陶さんというと、あの入陶さん」

「はい。ご存知でしょうか」

「もちろんですよ。このあたりで入陶さんの名前を知らない人間はいません」

「十一年前にあった火事のこともご存知ですか」

「ええ、よく覚えていますよ。それはものすごい火事で、ここいらの人間はみな避難する騒ぎでしたからね」

「実は入陶さんと一緒に住んでいたお孫さんのことでうかがったのです。入陶さんはお孫さんとふたりきりで暮らしていたそうですが、火事のあとお孫さんがどうなったかご存じないでしょうか」

「お孫さんねえ。ええ、たしかになにか障害をもったお孫さんと暮らしているという話は聞きましたがね、昔はそんなことはなかったんだが、ご当主は娘さん夫婦が亡くなってからは人が変わったようになりましてね。広い屋敷にこもりっぱなしになって、外出したところなどついぞ見かけませんでしたからね。お孫さんについても火傷で入院したという話を聞いたのが最後で、そのあとはまったく噂を聞きませんねえ。もともとつきあいはないし、なにしろ雲の上の人たちのことですからね。どこかに親戚がいてその人があずかったとしても、わたしらの耳には入ってこないし」

「入院したものの助からなかったということはあるでしょうか」

「いや、それはないと思いますねえ。死んだとしたら葬式があるはずですからね。火事のあとご当主以外の葬式があったという話は聞きませんから」

なるほど老人のいう通りだった。入陶家の血縁者が死んだとしたらかならず盛大な葬儀が行なわれているはずで、地元の人間がそれに気づかないはずはない、と真梨子は思った。

「家にはふたりのほかにだれもいなかったのでしょうか。家に出入りされていた方とか、どなたでもかまわないのですが」

「そうですねえ」

老人が額に手をやった。

「ああ、そうだ。思いだした。火事になるずいぶん前ですがね、ご当主がお孫さんと暮らすようになったばかりのころには若い男がひとりいましたよ」

「若い男、ですか」

「ええ、そうです。なんでもお孫さんの教育係というのか、運動相手というのかそんなものだったらしいが」

「その方に会えないでしょうか」

「それなら赤岩さんに聞いてみるといい。この近くのスポーツ用具店のおやじで、アマチュア登山家なんですがね、赤岩さんの店にその男がよく顔をだしていたらしいから。なんだったらわたしがいま電話をしてさしあげましょう」

「そうしていただけると助かります」

真梨子が思いがけない親切に対して礼をいうあいだに、老人は傍《かたわ》らの電話をとりあげて番号を押しはじめていた。

「もしもし、赤岩さんかね。ああ、わたしだ。いまここに入陶さんのところにいた男に会いたいという人がいるんだが。いいや、違う。十二、三年前の話だよ。ほら、体格のいい男で、あんたの店にもよく出入りしていた男がいるだろう。そう、それそれ」

老人はひとしきりうなずいていたが、やがて、「はい、知っているそうですよ」といって受話器を真梨子のほうにさしだした。真梨子はそれを受けとって耳に当てた。

「伊能《いのう》さんのことが聞きたいんですって」

入陶の屋敷にいた男は伊能というらしかった。

「じつは入陶さんのお孫さんのことを知っている方にお話をうかがいたいのです。その伊能さんという方はお孫さんの教育係をしていたというお話でしたが」

「ええ、そうです。ご当主にお孫さんのトレーナーとして雇われたんだといっていましたよ。伊能さんは若いが、当時からすでに名の知られた登山家でね。その伊能さんがなんだってトレーナーなんかしているのかわたしは不思議に思ってましたがね」

「その方がいまどこにいらっしゃるかおわかりになりますか」

「さあねえ。伊能さんが入陶さんの家にいたのは一年だけでしたからね。たぶんだれかから聞いたんでしょう、火事のあと一年くらいしてから山から下りてきて、うちにも様子を聞きにきましたが、そのあとは一度も顔を見ていませんからねえ。もう十年も前ですよ」

「山から下りてきたというのはどういうことでしょう」

「伊能さんは一年中どこかの山に登っているんですよ。あの人には山登りのシーズンなんてものはなくてね。真冬に単独で屏風岩《びょうぶいわ》に登ったりもするんです。山裾に小屋を建ててそこにひとりで住んでいるんですがね。ふつうはそんなことはできないんだが、救助隊のアドバイザーだか協力者だかの資格でね。そもそも、ほんの一年とはいえおつきあいさせていただいたのもわたしが山登りをするせいでね」

「その人に会ってどうしてもお話がうかがいたいのです。どこにいけば会えるか教えていただけませんか」

真梨子は自分でも思ってもいなかったことを口にしていた。横に立って話を聞いていた老人が目を丸くしたのがわかった。

21

翌朝、真梨子は松本行きの特急電車の座席におさまり北アルプスへ向かっていた。

真梨子は電話での会話のあと酒屋の老人に場所を教えてもらって赤岩の店へいき、彼から直接話を聞いた。それによると伊能《いのう》という男の山小屋は北アルプスの上高地にあるということだった。赤岩は真冬に山を歩きまわるのは危険だといったんは思い止まらせようとした。しかし真梨子の決心がかたいことがわかると、同じ山岳会の仲間だという人間に電話をかけて伊能の山小屋の正確な所在をたしかめてくれた上に、冬山に必要な用具をそろえる手伝いまでしてくれた。

小屋は山裾にあり、山登りをする訳ではないからピッケルなどはいらないが靴だけは上等なものがいいと、真梨子は軽登山靴というものをすすめられた。それと防寒具と雨具、救急医療品や携帯食料などを入れたザックも買い入れた。

用具をそろえおわると、松本に着いたらそこでレンタカーを借りるようにいわれ、住所を書いたメモをわたされた。山岳会の仲間が経営している店で、伊能の小屋の場所もくわしく知っているから、そこで車を借り、地図を書いてもらうといいという助言ももらった。小屋の近くまではバスでいけないことはないが、伊能は真冬でも山に登ることがあるので、彼がもし小屋にいなかった場合バスでは待ち時間などの都合で戻るに戻れなくなるという配慮だった。

入陶《いりす》の孫についてなにか話が聞けないかと思い、倫行《のりゆき》の邸宅跡まででかけた真梨子だったが、それからあとの展開はまるで目隠しをされてジェットコースターに乗せられているようだった。真梨子にとって救いだったのは、酒屋の老人といい赤岩といい彼らが最後まで真梨子の職業や目的を聞こうともしなかったことだった。赤岩には別れ際、それにしても物好きな人だねえ、とあきれ顔をされはしたが。

ジェットコースターに乗せられているといえば、前日からの出来事すべてがそうだともいえた。朝方東京に行って夕方にはとんぼ返りしたかと思うと、今朝は今朝で朝の五時に起きだして名古屋までタクシーを飛ばし、こうして松本行きの電車に乗っているのだ。われながらいったいなにをやっているのだろうと、真梨子は自分自身に対して半ばあきれる思いだった。病院での診療は、部長の苫米地《とまべち》に電話で欠勤を届けると同時に頼んであった。欠勤の理由を尋ねられたので、鈴木一郎のことで調べたいことがあると答えると、苫米地はそれ以上なにも聞いてこなかった。

真梨子に、入陶倫行の孫が鈴木一郎だという確信がある訳ではなかった。藍澤《あいざわ》の話では、入陶の孫大威《たけきみ》は人から指示されなければ排泄も食事もしなかったし、言葉は理解していたがまったくしゃべらなかったという。それはあまりにも現在の鈴木一郎の姿とはかけ離れていた。情動が欠落しているという共通点はあるものの、鈴木一郎はまがりなりにも新聞社を経営していたのだし、共犯だと思われている男の耳を引きちぎり、さらにはあの巨体の茶屋警部を突き飛ばしたくらいの強い肉体と運動能力をもっているのだ。いくら十年以上のへだたりがあるとはいえ、排泄や食事さえ満足にできなかった少年が鈴木一郎のような人間に成長するとは考えにくかった。

しかし真梨子は伊能という男から入陶大威の話を聞くために北アルプスまでいこうとしていた。

確信もないのになぜわたしはそんなところまでいこうとしているのだろう、と真梨子は自問自答した。真梨子は、自身でもさだかではない内部の声に語りかけられ、うながされているような気がした。その声が、単に鈴木一郎の鑑定書を書けばそれで務めは果たしたことになるという気にどうしてもさせてくれないのだった。

真梨子は車内を見まわした。名古屋をでてからすでにだいぶ経っていたが乗客はだれも乗りこんでこず、車輛には真梨子ひとりだけだった。四人がけの座席も真梨子がひとりで座っていた。

真梨子は窓に目を向けた。窓の外を冬枯れの風景が流れていく。ところどころに藁《わら》が積んである涸《か》れた田が広がっていた。小川沿いの疎林に冷たい風が吹きつけていた。

あてどもなく窓の外の風景を眺めているうちに、真梨子の脳裏にある苦い思い出がよみがえってきた。

メイングローブからボストンに戻る列車だった。

それはケブ・クローグという少年の処遇が最終的に決まった日、真梨子がアメリカでの生活に終止符を打つ決心をした日だった。あのときも座席にひとりきりだった。車内が空っぽだったことを鮮明に覚えている。無性《むしよう》にひとりきりになりたくて、車で一緒にいった仲間と別れて列車に乗って家まで帰ったのだ。真梨子は吐息をつき、目を閉じた。

イバリュエーション・センターは、犯罪者の精神鑑定を行なうことを目的とした施設で、武装強盗や連続殺人などの重罪犯はセンターの医師が収監先に出向くが、比較的軽い罪の犯罪者や少年は刑務所の職員に連れられて向こうからやってきた。ケブ・クローグもそのひとりで、ふたりの年上の仲間とともにイバリュエーション・センターに連れてこられたのだった。年齢は十一歳、ほかのふたりは十六歳と十七歳だった。家族をもたず、つねに三人で州内を移動しながら不法侵入、暴行、故意による器物損壊などをくり返していた彼らには、見ず知らずの他人の家から赤ん坊を連れだして射殺したという容疑がかかっていた。

その事件は一年前に起こり、犯人は特定されていなかったのだが、公務執行妨害の罪でたまたま三人を捕まえた地元警察が、赤ん坊がさらわれた家が彼らの放浪経路にあたっていたことから追及したところ、少年たちが凶行を自白したのだった。

銃社会のアメリカでは年少者が殺人罪に問われること自体めずらしいことではないが、それでもさすがに十一歳の少年が面白半分に赤ん坊を射殺したなどという事件はまれで、真梨子にとっても彼らと顔を合わせる前から気が重いばかりでなく、とても平静ではいられないような事件だった。

金持ちと学生があふれる洗練された街ボストンにも、貧しい人たちばかりが住んでいる荒廃した地域があり、ケブはそういう地区のひとつである季節労働者のキャンプで生まれた。

生まれるとすぐ母親を亡くし父親の手で育てられたが、薬物依存症でアルコール中毒者でもあった父親も二年後に死亡。まだ赤ん坊だったケブは児童福祉局の手で施設に入れられた。それからは施設と里親のあいだの往復で、十歳になったときに施設の仲間ふたりと逃亡したのだった。

彼らは墓地や森で野宿し、食物がなくなると住宅地にでて盗みをはたらくという生活を一年近くもつづけていた。現金が手に入るとその金で酒やドラッグを買っていたが、たまたま入った家で拳銃と弾薬を見つけ、それをもちだしたのだった。

彼らはしばらくのあいだは森のなかで間欠的に発砲することで満足していたが、ある日コカインで興奮状態になった年長のジミーという少年が人間を撃ってみようといいだし、ふたりの仲間も賛成した。彼らは近くの住宅地で自分たちが自由にできる子供を物色した末に、ベビーシッターの目を盗んでその子を連れだした。彼らは森にもどると、湖のそばの木の幹に赤ん坊の背中をもたせかけ、それを標的にして代わる代わる射ったのだった。赤ん坊の遺体からは十七発の弾丸が摘出された。

診察室ではじめて会ったケブは、生気がなく表情もうつろで、ひとことも口をきかず、真梨子の言葉もまるで聞こえていないかのようだった。職員に尋ねると、逮捕したときからそういう状態だということだった。はじめは薬物中毒の後遺症かと思ったのだが、診察をつづけるうちにそれが深刻な情緒障害もしくは精神分裂病の徴候だということがわかってきた。

ケブはふたりの年長の仲間とはあきらかに違っていた。ほかのふたりが社会病質的な逸脱を示していたのに対して、彼は体も小さく、生気がなく、集中力に欠け、暴力犯罪を犯すことができる人間には見えなかった。仮に罪を犯したとしてもそれはふたりの年長者に強引に誘われるか脅されたからに違いないと真梨子は思ったが、しかし赤ん坊殺しについても年長の少年ふたりの証言は一致していたし、ケブは反論はおろかまったくしゃべろうとしなかったので、事実関係を争うことは不可能だった。裁判は間近に迫っており、もし有罪になれば三人が少年刑務所行きになることは間違いなかった。ケブの精神鑑定は半年間つづいた。真梨子は口をきこうとしないケブに根気よくつきあった。そして、ともに過ごせば過ごすほどケブの行き先は刑務所ではなく孤児や非行少年少女などを収容する養護施設がふさわしいと真梨子は考えるようになった。彼には処罰ではなく、治療こそが必要なのだと思えた。

ようやく三ヵ月を過ぎた頃からケブは少しずつ快方の兆《きざ》しを見せはじめた。まずしゃべるようになった。それでもときどき錯乱や見当識障害を起こしたが、その症状も徐々に消えていった。そして、真梨子が分析医の立場を超えてでも、ケブを刑務所に入れないための行動を起こすべきだと決心したある事件が起こった。それまであまりしゃべらず、感情をあらわにすることもなかったケブがとつぜん涙を流しながら事件のことを話しだしたのだ。それは思わず耳をおおいたくなるような内容だった。

事件の日、酒と薬で泥酔したジミーが拳銃をかかげながらこれで人間を撃とうといいだしたとき、ケブは反対した。ジミー以外のふたりも賛成したというのは事実ではなかったのだ。ケブと年長のふたりのあいだで口論になり、最後にはふたりはケブを置いて町にでかけてしまった。ケブは森の隠れ家で寝ていたが、ふたりは夕方になると戻ってきて、仲直りを申し出た。もちろんケブは快く応じた。ふたりが湖までいって拳銃を撃とうといったので、ケブは気が進まなかったが、また反対すれば機嫌をそこなうと考え、したがうことにした。ケブはそれまでも拳銃がこわくて触れたことすらなかった。

湖にいくと水際の木の根元に大きな段ボール箱が置いてあった。ジミーがそれを狙ってだれが何発当てられるか競争しようといい、三人が交互に撃つことになった。ケブの番になり、思い切って引き金を引くと反動でひっくり返りそうになった。しかし弾は見事に箱に命中した。それを見て年長のふたりはケブを射撃の名人だなどとはやしたてた。

弾を撃ち尽くすとジミーが箱に歩み寄った。ケブもそのあとについていき、三人で穴だらけになった箱を見下ろした。箱は穴だらけになっていた。年長のふたりは顔を見合わせては笑いあい、ケブに向かってさかんに、おまえはすごいぜ、これでおまえも男になったななどと声をかけた。ケブはふたりに誉められて誇らしい気分になったが、銃を撃ったくらいで大げさだといい返した。それを聞くとふたりはいっそう大きな声で笑ったが、ケブにはその理由がわからなかった。

ジミーが段ボールを地面からもちあげた。地面に赤ん坊が倒れていたが、ケブには最初それがなんなのかわからなかった。人形が入っていたのだと思った。しかし地面に血が流れているのに気づくとショック状態におちいり、全身がふるえだした。ケブの記憶はその直後に途絶えていた。

ケブの告白を聞いた日から、真梨子の孤独な戦いがはじまった。ケブの処遇の決定に影響力をもつ人間に電話をかけ、手紙を書き、面会を申し込んだ。判事にも法廷精神科医にも会った。地区のソーシャル・ワーカーを集めて説明会も開いた。センターの同僚や友人たちも真梨子に協力してくれた。しかしどれも市民運動のような大きな潮流をつくるまでにはいたらなかった。真梨子は講演会や説明会を仕事の合間を縫って半年以上もつづけた。しかし、期待するような結果は得られぬばかりか、会を開くごとに聴衆の数はしだいに減っていく一方だった。

真梨子は最後の手段として殺された赤ん坊の両親に会いにいくことを決意した。彼らから裁判所にケブの免責を訴えてくれるなら、ケブを救う方法としてそれにまさるものはなかった。真梨子は友人たちと車でメイングローブの赤ん坊の両親の家にいった。若い両親たちは真梨子がケブの鑑定医だと知ると、話し合いを拒否したが、真梨子の友人たちがなんとか説得して家のなかに入れてもらうことができた。真梨子は心苦しかった。子供を亡くした両親の気持ちは痛いほどわかった。しかし、真梨子にとってケブは救うべき患者であり、ただの犯罪者ではなかった。真梨子は自分自身を鼓舞しながら彼らにケブの精神状態と告白した内容を話し、彼の境遇に同情を示してくれるよう懇願した。母親は真梨子が話しているあいだハンカチを握りしめてうつむいたままだった。

「その少年の命を救うことができたらあんたたちはさぞやいい気分になれるのでしょうね」

真梨子の話を終始無言で聞いていた若い父親が、真梨子に向かっていった。

「悪魔たちが糞を垂れ流し、あんたたちがその尻を拭いてまわるというわけだ。あいつらは好き勝手に人を傷つけ、老人からなけなしの年金を奪い、赤ん坊を射撃練習の的にしている。それなのに、あなたはそういう少年たちにもいいところがあるから罰するのは非人間的な行為だという。非人間的なのは彼らではなく息子を殺されたわたしたちのほうだと責めるのだ」

結局話し合いは物別れにおわった。真梨子は絶望して家を出た。

そのときまで真梨子は自分のことを善悪の区別を常にはっきりと持っている人間だと考えていた。犯罪の犠牲になった人たちの精神を診ることによって彼らの傷を癒《いや》そうとしたのも、イバリュエーション・センターで犯罪者を分析しているのも、だれよりも人間の悪と犯罪を憎むからこそだと。

依頼人が有罪だと知っていても、金のため名声のために無罪を勝ちとろうとする法廷弁護士たちは、犯罪の被害者たちのおぞましい体験を聞いても、恐怖も憐《あわ》れみもおぼえない。彼らのモットーが被害者の経験には感情的に関わらず、常習的犯罪者である依頼人に嫌悪や恐怖を抱かないということなら、真梨子のモットーは、犯罪の被害者に感情的に関わり、犯罪者に対して嫌悪感と恐怖感を抱きつづけることだった。しかしその家をでたとき、真梨子にはなにが善でなにが悪であるかがわからなくなっていた。

「あなたはいったいどちらの側に立っているの」

別れ際に真梨子の背中に向かって、殺された赤ん坊の母親が投げつけた言葉が、いまも頭のなかで反響しつづけているような気がした。

22

松本駅に着いたのは定刻の九時三十一分だった。ホームは閑散としていたが、登山姿の人間を数人見かけた。みな重装備で、寝袋を結《ゆ》わえつけた大型ザックを背負い、山靴を履いてピッケルを突いていた。真梨子は、松本電鉄の乗り場へと向かう彼らとは反対の方向に進んで駅舎をでた。外は快晴だったが、風が冷たかった。遠くに山影が見え、雪をかぶった稜線が白く輝いていた。

レンタカー店は駅の目の前にあった。店に入ると、真梨子の到着を待っていたらしい主人が応対してくれ、書類の手配をしてくれた。

「道がわからなくなったらすぐに戻ってくださいよ」

小太りの主人は、真梨子に車のキーと伊能の小屋までの道順を書いた地図をわたしながら何度も念を押した。真梨子は、かならずそうしますと約束し、主人の親切に礼をいって車に乗りこんだ。

町並みをでると道の両側に冬枯れの田畑が広がっていた。田圃《たんぼ》のなかに小さな駅があり、その周囲にだけ十数軒の人家が寄り添うようにかたまっていた。小川が流れ、畑で積み上げた枯草を焼く人の姿があった。リンゴ園の脇の細道を走り、自転車に乗った中学生とならんで踏切の遮断機があがるのを待ったりするうちに、真梨子は束の間の旅情に浸っていた。

島々《しましま》で国道一五八号線を右折すると、にわかに山に入ったという実感がわきあがってきた。道路の傍を川が流れ、どちらを向いても山塊の連なりが見えるのはそれまでと同じだったが、川面《かわも》や山肌の表情が微妙に異なっていた。川は田圃をぬって流れる小川ではなく、清冽《せいれつ》な谷川であり、山は町中から遠望する地面の隆起ではなく、人が気軽に足を踏み入れることを拒絶するような峻険な岩の屹立《きつりつ》だった。心なしか車の外の空気も急に引き締まったような気がした。

島々谷を抜け、二俣で左折し、南沢へ向かった。岩魚《いわな》留《どめ》小屋、徳本《とくごう》峠展望台と、レンタカー店の主人が書いてくれた地図の通りに車を走らせて、真梨子は梓川にでた。川の対岸に遊歩道が見え、さらにその背後にカラマツの暗い林が広がっていた。右手に明神岳《みょうじん》と前穂高岳、左手に長い吊橋が見えた。吊橋の向こうは山裾《やますそ》の樹海に呑みこまれ、端まで見通すことができなかった。

真梨子の目はそれよりさらに奥にあるダケカンバの疎林から直立している大岩壁に釘づけになった。岩肌は朝露に濡れ、陽射しを受けて青みがかった光芒《こうぼう》を放っていた。岩壁の向こうには穂高連峰が見えた。真梨子は車を路肩に寄せると、ハンドルを握ったまま金縛りにあったように動けなくなってしまった。視線だけが空中を飛び、岩壁の頂上に立ってはるか彼方を見渡しているような気分だった。そうしてしばらく眺めているうちに、真梨子はいつのまにか鈴木一郎のことを考えていた。

感情がないということはただ、笑ったり泣いたりすることができないということではない。笑ったり泣いたりする人間的な感情のすべてが理解できないということだ。ふつうの人間は、顔の表情や仕草や声の調子といったものの意味を読みとることで自然な交流を成立させているが、感情のない人間からふつうの人間の身振りや仕草を見れば、奇妙な暗号にしか見えない。そのような奇妙で不可解な仕草や表情にかこまれて暮らさなければならない人間の孤立感は、まったく言葉が通じない国でひとりで暮らす孤独などというものではないはずだった。

身振りや仕草の意味をひとつひとつ記憶し、それを模倣することで感情があるかのようによそおったとしても、感情を理解したことにはならない。他人と言葉をかわしたり、相手の言葉に反応して笑ったりしても、彼がまったく次元の異なる、ほかの人間たちとは決して交わることのない世界に住んでいることには変わりがないのだ。

たとえば鈴木一郎は、異性を愛したことなど一度もないに違いなかった。好きな人が傍にきただけで胸がときめくということも、手に手を重ねられただけで胸のつかえがおり疲れが吹き飛ぶような経験をしたこともないだろう。人間はたえず感情の吐露をしあい、感情を共有しようとする。人生の大部分はそのことだけについやされるといってもいいくらいだ。それができないとしたら、気分転換もできなければ疲れを癒すこともできず、一瞬たりとも自我から解放されることがない。それは等身大の檻《おり》に一生閉じこめられているようなものだ。

しかしそれだけではない。感情がなければ、なにかを美しいと感じたり、神秘的な感情を抱いたりすることもできない。美しさや神秘感は、抽象的な思考ではなく肉感的な感情であるからだ。人間は世界を概念としてとらえている訳ではない。世界は美しいもの、神秘的なもの、荘厳《そうごん》なもの、あるいは卑俗なもの、喜劇的なものに対する感覚で充満している。だからこそ人間は世界に触れることができ、世界のなかに同胞たちと存在していると実感することができるのだ。抽象的な概念や数式では、世界を説明することはできても、世界を実感することはできない。

ふつうの人間が住んでいる世界が緑なす野原だとしたら、世界をデータでしか理解できない人間が住んでいるのは鉄とコンクリートでできた灰色の世界だといってもよかった。彼らには、美しい夕焼けや水平線の広がりや空に向かって屹立する大岩壁もただの書き割りにしか映らないだろう。そこに生本来の輝きや豊かさはない。生の豊《ほう》饒《じょう》さは五感によってもたらされるが、感情が介在しなければそれらはただの色彩のデータ、音波のデータの集積にしかすぎないからだ。人間はそのような世界に住むことに耐えられるようにはつくられていない。

「だれであれそんな世界に耐えられないわ」

真梨子はつぶやいた。

腕時計を見た。レンタカー店の主人の話では、梓川の吊橋まで一時間半程度の道のりという話だったが、二時間半かかっていた。真梨子はふたたび車を発進させ、橋の手前を左折した。伊能の小屋はもう間近のはずだった。

夏のシーズンには登山者やハイカーがまるで行進をしているようだが、この時期にはだれもいないと赤岩から聞かされていた通り、沿道には人影はなかった。砂利道《じゃりみち》が黒っぽい泥に変わり、地面がぬかるんできた。真梨子はレンタカー店の主人に教えられた目印を見逃さないよう左右に視線を配りながら低速で車を走らせた。やがて木立が途切れ、ちょうど車が一台駐車できるほどの広さの空き地の前にでた。そこがレンタカー店の主人に教えられた場所で、伊能の小屋はそこから森へ入り三キロほどまっすぐに歩いたところだということだった。真梨子は空き地に車を入れ、エンジンを切り、車をおりた。

ブナやコメツガなどの木立を抜けると雪原が広がっていた。足跡ひとつついていない雪原の向こうには、銀色にかがやく山脈がそびえ、雪をいただいた峰々の頂は、雲に隠れていた。真梨子はどこまでも澄み切った眺めに畏怖《いふ》さえ覚えて思わず身顫《みぶる》いした。

『行き止まり』という標識の脇を通りすぎると、雪におおわれた土手のあいだを小さな川が泡立ちながら流れていた。丸太の橋を渡ると背の低い灌木《かんぼく》帯がしばらくつづいた。進むにつれて道はしだいに登り坂になった。十分ほどで坂を越えると日当たりのいい空き地にでた。真梨子は汗ばみはじめていた。行く手にはテーブルのうえに広げた布巾のように、なだらかな起伏がいくつも波打ちながらつづいている。見渡すかぎり真っ白で、数キロ先までどこにも小屋らしい影は見えなかった。

右手に丘陵があり、そのふもとに鬱蒼《うっそう》とした樹林帯があった。そこが唯一真梨子が立っている場所から見通しがきかない地点で、伊能の小屋はその森のなかにある可能性が高かった。真梨子は森に向かって歩きだした。

二十分ほど歩いたところで急に雪が深くなった。雪が靴のなかまで侵入してきた。倒木の幹が折り重なっているなだらかな斜面から森に入った。やぶの枝をはらいのけながら歩いた。ときおり吹きつける風で灌木の茂みの雪が降り注ぎ、うなじに落ちた雪が解けて背筋をつたい落ちた。真梨子は何度も足を滑らせた。そのたびに灌木の枝先が頬を引っかいた。

腕時計を見ると車をおりてから五十分が経過していた。歩きながら、山道で三キロ進むのに五十分という時間が長いものか短いものかと考えたが結局わからなかった。

息切れがしてきて、呼吸を整えるために何度も立ち止まらなければならなかった。

風で雪がきれいに吹き飛ばされた小山の前にでた。真梨子は一歩ずつ踏みしめるようにして傾斜を登った。ようやく頂上にたどりついたとき、真梨子は凍りついた赤土の上で足を滑らせ、尻餅をついたまま灌木でおおわれた水の干上がった川の川床まで滑り落ちた。川床は灌木で一面おおわれていた。立ち上がろうとすると刺《とげ》が防寒着に引っかかった。強引に立ち上がろうとすると雪に隠れていた木の根が足首にぶつかった。真梨子はあまりの痛みに小さな悲鳴をあげて倒れこんだ。

物音ひとつしなかった。心臓がやみくもに肋骨《ろっこつ》にぶつかる音だけが聞こえた。頭上で雲に切れ目ができて、不気味な青空がのぞいていた。静寂が真梨子めがけて襲いかかってくるようだった。立ちあがろうにも膝が萎《な》えていうことをきかなかった。

体の芯まで冷え切ってきて、凍死などという状況がとつぜん現実的なものになった。立ち上がらなければと頭では考えるのだが体はいっこうに動こうとしない。真梨子は自分がこの世で最低の愚か者に思えてきた。肉体というものがどれほど脆弱《ぜいじゃく》かをまるで忘れていたのだ。

真梨子は目をつぶり、数を数えはじめた。百まで数えたら立ち上がろうと決めた。車が走れる道路から数キロと離れていない場所で凍死などしたくはなかった。

九十九、百。そこまで数えたとき真梨子は目を開け、ゆっくりと上半身を起こした。泣いたあとの子供のように気持ちが澄み、自分のおちいっている状況を客観視することができた。真梨子は立ち上がって、もう一度丘を登りはじめた。冷静になり、体を効率よく動かすことにだけ意識を集中させることができた。

小山の頂上から辺りを見まわした。川岸の手前にある平地に探していたものが見つかった。山小屋は予想以上に近くにあった。小屋はわずか五、六メートル四方の大きさしかなく、さまざまな木を寄せ集めてつくられていた。真梨子は小屋に向かって歩きだした。

23

荒縄の輪の把手《とって》を手前に引っ張ると木の扉が開いた。

室内はせまく、奥に置かれただるまストーブの前に男がひとり座っているのが見えた。真梨子はそのまま土間に倒れこんだ。太腿が痙攣して、肉離れを起こしかけていた。

「あんただれだ」

男が座ったまま、真梨子に顔だけ向けていった。

「すいません、なにか温かい飲み物をもらえませんか」

真梨子はいった。骨まで冷え切っていまにも凍え死にそうだった。膝が痛んで泣きたくなるほどだった。

男はしばらく真梨子を見つめていたが、やがて傍らのコッヘルになにかを入れ、ストーブのヤカンの湯を注ぎ足すと、湯気が立っているコッヘルをさしだした。真梨子はそれを両手で受けとった。強烈なアルコールの臭いがした。目をつぶってコッヘルをかたむけた。一口ふくんだとたん真梨子は中身を吐きだした。

「なんですか、これは」

「固形アルコール燃料を湯で溶かしたものだ。あったまる」

ストーブの前に戻ってふたたび座りこんだ男を真梨子はにらみつけた。しかし、冗談のつもりではないらしかった。男は分厚いフリース地のパーカの衿に顎をうずめていた。脂じみたかたい髪は頭にはりつき、顎ひげからはかさぶたがのぞいている。顔は真っ黒に日焼けして、目の周辺だけがゴーグルの形に白く残っていた。

「あんただれだ」

男がふたたび尋ねた。

「鷲谷真梨子といいます。愛宕《おたぎ》市で精神科医をしています。実は入陶《いりす》大威《たけきみ》さんのことでお話をうかがいにきたんです。あの、伊能さん、ですよね」

「大威とどんな関係なんだ、あんたは」

「わたしが診ている患者が入陶大威さんかも知れないんです」

「どういうことだ」

伊能が尋ねた。真梨子は藍澤にしたのと同じ説明を伊能にした。

「あんたの患者というのはいくつなんだ」

真梨子の長い話に無言で耳をかたむけていた伊能が、真梨子が話しおわると尋ねた。

「二十九歳だと自分ではいっています」

「なるほど、大威が生きているとしたらそれくらいの年齢だ」

「伊能さんは大威さんとは何年会っていないのですか」

「十二年だ。大威は十七歳だった」

「あの、わたしもそっちへいっていいですか」

だるまストーブを指差しながら真梨子は尋ねた。伊能がうなずいたので立ち上がって板の間にあがった。座ろうとすると伊能がウレタンフォームが詰まったマットを板の上に敷いてくれた。マットの上に座ると凍った関節が溶けていくようで思わず吐息がでた。薪《まき》の燃えるストーブがまるで溶鉱炉のように感じられる。伊能の背後の壁に食器棚がしつらえてあり、棚の上に野外炊事用具と缶詰がならんでいた。板壁にはタール紙が張ってあり、梁《はり》からキャンプ用のランタンがぶらさがっていた。

「入陶家とは長年のお知り合いなのですか」

「いいや。大威のトレーナーとして雇われたんだ。引き受けてくれればスポンサーになってやると倫行《のりゆき》老人にいわれてね。一も二もなく承知したよ。おれは二十五、大威が十六歳のときだった」

「入陶倫行はそのとき七十四、五歳ですよね」

「ああ、そうだ。ふたりは実に変わった祖父と孫だったよ。図書館みたいに大きな書斎があって、倫行老人はそこで毎日大威に本を読んで聞かせるんだが、それがすべて原語でね。大威は英語フランス語はもちろんのことラテン語もギリシア語もすべて理解できたらしい。口をきいたことは一度もなかったのに」

「大威さんになにを教えるよう頼まれたのですか」

「とにかく大威の体を鍛えてくれといわれた。ところで、おれのことはだれから聞いたんだ」

「赤岩さんです。登山用具店の」

「ああ、なるほど」

「最初に会ったとき、大威さんはどんな様子だったのですか」

「てっきりロボットかなにかだと思ったよ。立ったり座ったりするたびに体中の関節がきしむ音が聞こえるみたいだった」

「大威さんは動いていたんですね」

おかしな言い方だとは思ったが、ほかの表現を思いつかなかった。

「家中に貼り紙がしてあった。ドアにも机の上にも冷蔵庫やトースターやありとあらゆる電気製品にもね。貼り紙には時刻と指示が書いてあって、大威はその通りに行動するんだ。廊下を歩く道筋も決まっていて、たまたま行き合ったりすると、進路を妨害しないようこっちが道を避《よ》けなきゃならなかった。それがおれをからかうための悪ふざけじゃないとわかるまで一ヵ月かかったよ」

一年中山で暮らしていると聞いて、真梨子は人嫌いで偏屈な男を想像していたのだが、伊能は想像とはまるで違っていた。ぶっきらぼうな語り口から人の良さがにじみでてくるようだった。

「それであなたは大威さんにどんなトレーニングをしたんですか」

「ランニング、ピンポン、テニス、なんでもやった。水泳とボクシングはおれのほかに専用のコーチがいたよ」

「ボクシング」

真梨子は驚いた。

「そんなことができたんですか、大威さんに」

「いいや、あまりうまくはできなかったな。毎日何時間も練習し、一年かかって同じ動きを反復するような運動ならなんとかできるようになったんだが、相手が必要なスポーツとなるとからきしだめだった。ボクシングもスパーリングをやらせると打たれっぱなしになる。テニスやピンポンも同じでね。壁打ちはできるんだが試合形式になると相手のボールを一本も打ち返すことができなかった」

「体力はどうだったのでしょう」

「それは一年で別人みたいになったよ。毎日、水泳とランニングを欠かさなかったからね。最初にあったときは骸骨みたいに痩《や》せて肌も真っ白だったがね。これ食うか」

伊能が差し出したのはなにかの肉の干物だった。真梨子は受けとり口に入れた。肉の甘い薫りが口のなかに広がった。

「車できたのか」

「ええ」

「ここはすぐにわかったか」

「ええ」

「それにしちゃひどい恰好をしているな」

伊能がいった。真梨子は赤くなり、顔を伏せた。

「ロボットみたいに見えたのはなにも動きがぎくしゃくしていたばかりじゃない。一言も口をきかないし、一年三百六十五日まったく同じ顔だ。最初のうちは機械を相手にしているようなものだった。だが、しだいにこいつもおれと同じ人間だと思うことができるようになった。情が移るというやつさ。そう思って見ると無表情な顔の奥になにかがあるような気がしてきてね。動かない瞳にときどきなにかがひらめくんだ。おれには、あいつのなかでなにかが眠っていて、それが外にでようと懸命にもがいているように見えた」

真梨子は顔をあげて伊能を見た。伊能は真梨子を見ておらず、ストーブの炎を見つめながら話していた。

「それに倫行老人は、大威を猫可愛がりしてはいたが、その可愛がり方が少しばかり異常でね。もともと正義感が人一倍強い人だったらしいが、娘夫婦を殺したひき逃げ犯人が結局捕まらなかったのが原因なのかどうか、厭世的というのかなんというのかわからんが、道徳は地に墜《お》ち、この世は悪であふれているというような話ばかりを大威に聞かせるんだ。道徳の荒廃を嘆く気持ちはわかるが、おれは世の中や人間に対する憎悪ばかりを吹きこむ教育には反対だった。ふたりを見ているうちに、なんとかできないか、とおれは毎日それればかりを考えるようになった。ただ体を鍛えるだけではなく、あいつのなかで眠っているものを目覚めさせ、外に引きだす手助けができないものかとね。それであいつを山に連れだすことにしたんだ。山は水泳やランニングと同じで、ひとりでやるスポーツだ。ハーケンやカラビナの使い方さえおぼえれば岩登りは可能だ。しかし、山登りはそれだけじゃない。ふたりでチームを組めば、ひとりの失敗は確実にもうひとりの死を意味する。あいつに必要なものはこれだ、とおれは考えたんだ。言葉でわからせることができないのなら体に直接教えるしかない。それには山登りがいちばんだとね。それも尾根歩き程度じゃ意味がない。プロでも二の足を踏むような危険な登攀《とうはん》をもっとも厳しい条件の下でやる必要があった」

伊能は淡々と話しつづけた。

「おれはあいつに岩登りの基本を教えこむために三ヵ月の準備期間をもうけた。そのあいだに倫行老人の許可をとって丹沢にもいったし、鹿島にもでかけた。思った通り、岩登りは大威の性《しょう》にあっていた。あいつは水泳でもなんでも、一度やりだすとだれかが止めるまでいつまでもやりつづける習性があるんだ。プールに入れて『泳げ』といえば十キロでも二十キロでも泳ぎつづけるんだよ。だからおれはあいつを岩壁の前に立たせて『登れ』というだけでよかった。もちろん最初はすぐに落ちてきたが、落ちるたびにおれは岩のつかみ方、足場の確保の仕方、ハーケンの打ち込み方、コースの読み方をひとつずつ教えていくだけでよかったんだ。あんなに教え甲斐のある生徒はほかにはいなかった。あいつは一度おぼえたらどんなことがあっても忘れない。それこそ機械のようにね」

伊能が言葉を切って真梨子を見た。真梨子は伊能の話に引きこまれ、相づちを打つのも忘れていた。

「冬になって、おれはいよいよあいつと谷川岳の未踏《みとう》ルートをやることにした。おれもはじめてのところだった。倫行老人にはいつものように、ちょっと山に行ってきます、といっただけだった。本当のことをいえば止めるに決まっていたからな。なにしろ生きて帰ってこられる確率はどう考えても半分以下だった。その年の谷川は雪が深かった。スラブを目の前にして何度も引き返そうと思ったくらいだったよ。登りはじめてから一時間くらいまでは順調だったが、二時間ほどで難所にぶつかった。岩棚が張りだしていて、そいつを迂回しなければならなかった。おれはそこで大威にトップをとらせることにした。あいつにルートをつくらせて、おれはそのあとをついていくことにしたんだ。おれと大威は垂直の岩壁にへばりついてザイルで体を結んでいた。あいつが足をすべらせるか、つかんだ岩が剥がれ落ちるかしたらふたりとも谷底に真《ま》っ逆様《さかさま》という訳だ。下から見ていると大威はやるべきことを確実に消化していくのがわかった。あいつについて岩場を迂回し、雪溜まりにとりついた。おれは、やった、と歓声をあげたよ。そのとたん足を滑らせてしまったんだ」

伊能は低い声で話しつづけた。

「真下に岩の出っ張りがあって、体の右半分をそこに思い切りぶつけてしまった。あとでわかったことだが、右腕の上腕と肋骨が三本、それに右足の大腿骨も骨折していた。蓑虫《みのむし》みたいにぶらさがっているおれを大威がザイル一本で支えていた。おれのすぐ近くにテラスがあって、そこまでたどりつくことさえできれば足場ができるんだが、手をのばすこともできない有様だった。唯一助かる方法は迂回した岩棚に大威がとりついて、そこに二本の足で立ちおれを引き上げることだったが、おれという錘《おもり》をつけている状態では、岩壁にへばりついているのが精一杯に見えた。このままでは立往生するしかないと思ったおれは、左手と左足だけで少しでも上に登ろうと試みた。いくらかでもザイルにスラックができればその分だけ大威は自由に動けるようになるからな。ハーケンを岩の割れ目にねじこんでから、左手でハンマーをもって打ちこむというやり方で少しずつ登っていった。ザイルにたるみができると、大威に岩棚に登れと声をかけた。大威は岩棚に向かって移動しはじめた。結局成功したよ。大威は岩棚の上に立っておれを引き上げてくれた。おれは岩棚にとりつき、左手一本でよじ登った。しかし、なんとか登り切ってやれやれと思ったときまた足を滑らせてしまったんだ」

真梨子は息を殺して伊能の話に聞き入っていた。

「今度はふたりとも助からないと瞬間的に考えたよ。おれが落ちればその勢いで大威も引っ張られるが、あいつは雪の上に立っているだけでハーケンで体を確保しているわけではなかったからな。おれは落下した。そのあとから大威がつづけて落ちてくるはずだった。しかし、ザイルがのび切る一瞬前に大威が雪の上に腹ばいになって両手でザイルを握ったんだ。おれはとつぜん空中に停止した。なにが起こったのかわからなかった。上を見上げると手の届く距離に大威の顔があった。おれは信じられなかった。あいつのそんなに素早い動きを見たことはなかったし、おれはあいつには反射神経というものがないものとばかり思いこんでいたからな。しかしおれの体重を支え切れずに徐々に雪の上を滑っていることがわかった。最初は頭だけ見えていたのが、みるみる上半身の大半が岩棚の外にでてきた。大威は真っすぐにおれを見つめていた。おれはナイフをだしてザイルを切るようにいった。ザイルを切れ、そうしないとおまえまで落ちるぞ、と何度も叫んだ。そのあいだもあいつの体はどんどん岩の外に張りだしてくる。大威がザイルを切ろうとしないので、おれは左手でナイフをとりだし、自分でザイルを切りはじめた。そのとき大威は雪の上で岩の出っ張りかなにかを探し当てたらしく、それを片手でつかみ、もう片方の手でザイルを引き上げはじめた。おれの体重で、つかんでいる岩を支点にしてあいつの体が百八十度回転して岩場から頭が引っこみ、代わりに足のほうが飛びだした。そんなに不自然な体勢でおれを引きあげられる訳がないとおれは思った。おれはナイフを動かす手を止めなかった。しかしおれの体は確実に上昇していたんだ。ザイルが糸みたいになってもう少しで切れるという瞬間、おれは岩棚の上に引っ張りあげられた」

伊能が話すのをやめ、小屋に静寂がもどった。小屋の外から、枝に積もった雪が落ちる音がかすかに伝わってきた。

「どうしてトレーナーをやめたんですか」

真梨子は尋ねた。

「やめたんじゃない。谷川から帰ったおれは倫行老人に、大威の潜在的な力を引き出すためには山を登らせるしかないといった。大威は町中で暮らすべき人間じゃない、山でおれとともに暮らしたほうがいまより何倍も人間らしい生活ができるともね。しかし、許してもらえなかった。おれはおれで、山でなければ暮らせない」

伊能が太い息をついた。

「山に戻って一年後に、倫行老人の屋敷が燃えたと愛宕市からやってきた登山仲間に聞かされて、大威が入院した病院までいってみたが、そのとき大威はもうだれかに引き取られたあとで、行方を探すことはできなかった」

伊能が真梨子に顔を向けた。

「そろそろ日が暮れる。いつまでもしゃべっていると帰れなくなるぞ」

真梨子は腕時計を見た。すでに四時近い時刻になっていた。

「ひとつだけ教えてください。大威さんが大人になったとしたら人とふつうに会話をしたり、会社を経営したりすることができるようになったと思いますか」

「会社の経営。あんたの患者がそうなのか」

真梨子はうなずいた。

「たしかめるなら簡単だよ」

伊能はそういうと、傍らにあったザックを探り、数葉の写真をとりだし、真梨子に手渡した。真梨子は古ぼけた写真を手にとった。どれにも美しい顔をした十代の少年が写っていた。

「これが大威さんなのですか」

真梨子が尋ねると伊能はうなずいた。写真の少年の顔は鈴木一郎にまったく似ていなかった。

24

真梨子は、大威《たけきみ》の写真を借りて愛宕《おたぎ》市に戻った。そして翌日病院に出勤するとすぐにCT検査室の空身《うつみ》を訪れた。空身は大阪で開かれる学会に出席するため翌日から病院を休む予定になっていた。

「今度はいったいなんだい」

真梨子から三枚の写真を手渡された空身がいった。正面から撮ったものと、横顔を微妙に角度を変えて撮ったものが二枚あった。

「その写真から頭蓋骨の形を割りだせないかしら」

「これはだれなの」

「頭蓋骨の形がわかったら教えてあげるわ」

「この写真に写っている少年が鈴木一郎かも知れないのか」

頭の回転の速い空身が正解をいい当てた。

「頭蓋骨の形を比較すれば、同一人物かどうかわかるでしょう」

「ロンドンの中央王立病院を知ってるかい」

「いいえ」

「その病院の生命科学局というところにメディカル・アーティストという資格をもった人間が何人かいるんだ」

「いったいなんの話」

「彼らは頭蓋骨からの復顔を専門にしてるんだよ。なぜその人たちに頼まないんだ」

「その答えをたぶんあなたは聞きたくないと思うわ」

「いや、聞きたいね」

「どうしても」

「ああ、どうしても」

「それはね、今日の午後五時までに結果が知りたいからよ」

診療時間がおわると、真梨子はふたたび検査室を訪れた。

「どうだった」

ＣＴスキャンのコントロールパネルの前に座ってコーヒーを飲んでいる空身の隣りに腰をかけて真梨子は尋ねた。

「技術的な説明は？」

「抜きにして」

「じゃあ、これを見て」

空身がパネルのボタンを押した。モニターに垂直の線と水平の線とで網の目状に描きだされた頭蓋骨の立体図があらわれた。

「歯列が露出している写真があればもっと正確だったんだけど。まあ、これでも用が足りないことはない。頭部の左側面の一部と下顎骨の先端の線が切れているのは写真にその部分が写っていなかったからだ。計算すれば描き足せないこともないけど、ぼくも明日の準備があるからね。この立体図を見てきみはどう感じる」

「どうって。わからないわ」

「精神科医というのは頭蓋骨の勉強はしないのかい。これはすばらしく美しい頭蓋骨だよ。美少年は頭蓋骨も美しいということだ」

空身がパネルの別のボタンを押した。二台目のモニターに頭蓋骨の青白いレントゲン写真が映しだされた。

「これは鈴木一郎の頭蓋骨ね」

真梨子はふたつならんだ映像を交互に見比べたが、一方は線描のデジタル映像、一方は実物のレントゲン写真なので、ふたつが同じものなのかそれとも別のものなのかはっきりとしなかった。

「スーパーインポーズ法というのを知ってるかい」

「聞いたことがあるような気がするけど。よく知らないわ」

真梨子が答えると空身がまたボタンを押した。映像が重なりあい、ふたつのモニターにまったく同じ映像がならんだ。

「これがスーパーインポーズ法。白骨死体の頭蓋骨と生前の写真を重ね焼きして同一人物であるかどうかをたしかめる方法のことだよ」

しかし真梨子はその説明を聞いていなかった。コンピュータグラフィックの頭蓋骨とレントゲン写真は隙間なく重なっていた。

「ぴったりだわ」

真梨子は思わずつぶやいた。

顛末《てんまつ》を最後まで見届けないうちに大阪へいかなければならないのが残念だという空身に、結末はあとでかならず教えると約束してから真梨子が自分のオフィスに戻ると、ちょうど電話が鳴りだした。茶屋だった。鈴木一郎のことで話したいことがあるということだった。先日のハンバーガー屋で七時に待ちあわせることにした。病院をでてタクシーを拾い、ハンバーガー屋に着いたのは七時二十分前だった。茶屋は七時十五分過ぎに店にやってきた。

「鈴木一郎の鑑定は進んでいるかね」

「まだわからないことが多すぎるわ。今日はあなたに聞きたいこともあるのよ。電話をかけてくださってちょうどよかったわ。で、話ってなに。鈴木一郎について新事実でも発見されたのかしら」

「その前にビールだ」

茶屋は奥の調理場に向かってビールを注文した。

「新事実かどうかわからない。ずっと気になっていることがあってな。単なる思いつきなんだが、この二週間というものそれが正しいものかどうかたしかめるために、あちこち歩きまわっていたんだ」

茶屋の口ぶりで、真梨子は茶屋が重大なことを告げようとしていることにとつぜん気がついた。

「いったいなんなの」

「それが少し現実離れした思いつきでな、先生、あんたに話そうと思ったのは、おれの思いつきが医学的にみてどうなのかを聞きたいと思ったからなんだ。つまりそんなことがあり得るのかどうかをな」

「いやにまわりくどいのね。いったいどんな思いつきなの」

茶屋は無言で真梨子の顔を見つめていたが、やがて踏ん切りをつけるように小さく吐息をもらすとようやく口を開いた。

「いまからおれが話すことはここだけの話だ。いいな」

真梨子はうなずいた。

「実は愛宕市ではここ三年のうちに大物の悪党が三人殺されている。ひとりは、故買《こばい》品の仲介業者で、市内に大きな倉庫を三つももっていて、そこを盗品でいっぱいにしていた男だ。こいつは直接盗みには手を染めない代わりに、盗品を買い取るだけでなく、窃盗犯たちに金目のものがある場所の情報を流したり、盗みの計画を立てて腕の立つ窃盗犯を集めたりといろいろ忙しい男でな、愛宕市の裏社会の大立者だった。警察はこいつの悪事の大部分をつかんでいたが、十年以上も逮捕もせず泳がせてきた。小悪党や常習の窃盗犯の行方を探さなければならなくなったときに便利な存在だったからだ。それにこの男は自分の商売敵《がたき》になりそうな人間を片っ端から警察に売るので、愛宕市では故買屋の数が決して増えないという利点があった。ふたりめは外国人だ。パチンコ屋の景品買いからはじめた男だったが、一年で女がらみの商売に転向した。パチンコの景品より女を扱うほうが何倍も儲《もう》かることに気がついたんだろう。最初は合法的な風俗店を経営していただけだが、そのうち裏で売春組織を動かしはじめた。それも不法入国の外国人や未成年者を使ってな。女たちの大半は盛り場で遊んでいるところを誘拐され監禁され、薬漬けにされたうえで売春を強要されていた。三人目はヤクのディーラーだ。まだ若かったが、覚醒剤からヘロインまで手広く商っていて愛宕市では非合法薬物のもっとも大きな供給源のひとつだった」

茶屋はそこで言葉を切ったが、真梨子が口をはさもうとしないのを見てふたたび話しはじめた。

「三人が死んだのはほぼ一年置きだったが、いずれも犯人は捕まらなかった。まず故買屋が死んだのは自分の別荘に家族と滞在しているときだった。朝まだ早い時刻に湖の真ん中にボートをだして釣り糸を垂れていたんだが、そのボートが転覆したんだ。ところがその現場を妻と娘が二階のテラスから双眼鏡でのぞいていてな、一一九番通報で駆けつけた救急隊員に、ボートがとつぜん揺れだして夫が湖に投げだされたのだと訴えたんだ。人間の姿を見たのかと聞くとそれは見ていないという。とにかく故買屋の救出が先決だと、潜水具をつけた隊員たちが湖に潜《もぐ》り、故買屋を引き上げたが、零下の水温のため心臓マヒを起こしてすでに死んでいた。死体が引き上げられたあとも妻と娘はだれかが水のなかからボートを揺らしたのだとしつこく訴えた。この水温では水のなかには十秒といられないと隊員がいうと、その人間は隊員たちと同じように潜水具をつけていたに違いないという。では酸素ボンベの気泡が湖面に浮かぶのが見えたかと隊員が尋ねると、ふたりは言葉に詰まった。つまりボンベをつけた人間などボートの近くにはいなかったということだ。ボンベをつけていなかったとすれば、素潜《すもぐ》りしか考えられないが、零下の水温で、しかもボートは岸から五十メートルも離れたところに浮いていたから、酸素ボンベをつけずにその距離を往復できる人間がいるとはとても思えなかった。結局ボートが揺れたのは故買屋が不意に腰を浮かすか立ち上がるかしたためにバランスを崩したものと結論され、事件は事故死として処理された。ふたりめの外国人は事務所の金庫のなかに閉じこめられて窒息死した。こちらは明らかに殺人だった。この男は仕事が生きがいでな、毎晩事務所にひとり残っておそくまで金の勘定をしたり帳簿をつけたりしていたんだ。翌日事務所にでてきた店の人間がいつまで経っても社長が顔を見せないので不審に思って探しはじめた。それでもまさか金庫のなかに社長がいるとは思わなかったので、警察に捜索願いをだしたのは一週間も経ってからだった。交番の巡査がいってみると金庫のなかから腐敗臭がしたので本署に連絡し、大勢の刑事や警官の前で金庫が開けられ、死体が発見されたという訳だ。店の人間が片っ端から訊問されたが、結局事件があった夜に犯人の姿を見た人間はいなかった」

茶屋はビールで喉をうるおした。

「三人目のヤクのディーラーは車で移動中に襲撃を受けて殺された。走行中に横合いから飛びだしてきた車にぶつけられたんだ。この事件は目撃者があった。殺された男のボディーガードだ。そのボディーガードの話によると、ぶつけた車のなかから若い男がでてきて後部座席に座っていたディーラーの首を片手でいきなり絞めはじめた。ボディーガードはナイフをとりだしてめった刺しにしたが、男は声を立てるどころか顔色ひとつ変えなかったそうだ」

茶屋は話し終えて真梨子の顔を見た。

「わからないわ。それと鈴木一郎とどういう関係があるというの」

「殺されたのは悪党ばかりで、一件目と三件目の犯行は人間離れしている。しかも三つの事件はこの三年のあいだに起こっている」

「まさか、あなたはその犯人が鈴木一郎だとでもいうつもり」

「もしそうならあの男が倉庫にいた説明がつく」

「どういう説明がつくというの」

「鈴木は緑川を殺すためにあそこにいたのかも知れん」

「三人目のときは目撃者がいたんでしょう。そのボディーガードとやらに鈴木一郎の写真を見せれば簡単に確認できることじゃないの」

「そいつはできない相談でね。その男は不始末の責任をとらされて仲間に目を潰《つぶ》されてしまったんだ。しかし、おれの思いつきを裏づける根拠はまだある。鈴木から取材を受けたことがあるという刑事を見つけた。三年前から定期的に鈴木と会っていて、鈴木は愛宕市の犯罪社会の実態について熱心に話を聞きたがったそうだ。その刑事は取材には応じたが捜査機密に触れるようなことは話さなかったといっているが、おれはあやしいとにらんでいる。たぶん金をつかまされて、知っていることを洗い浚《ざら》いしゃべったに違いない」

「それだけじゃ証拠にはならないわ。だいたい鈴木一郎にその悪党たちを殺すどんな理由があるというの」

「どんな理由があったかはわからん。しかし、もし事実だとしたらどうだ。心理学的になにか説明がつけられるかね」

真梨子はなんといっていいかわからなかった。あまりに意外な話を聞いたせいで混乱していた。

ふたりは長いあいだ無言だった。

「おれに聞きたいことってなんだね」

不意に茶屋が尋ねた。その声で真梨子は我にかえった。

「おれに聞きたいことがあるといったろう」

「ええ、そうだったわ。入陶《いりす》家のことを聞こうと思ったの」

「またなんだってそんなことが急に知りたくなったんだ」

「死んだ入陶倫行《のりゆき》には孫がひとりいて、それが鈴木一郎かも知れないの」

「入陶大威のことか」

「あなた入陶大威を知っているの」

「ああ、たった一度だが会ったことがある。大威が鈴木かも知れないというのはなんのことだ。鈴木が先生にそういったのか」

「いいえ、違うわ」

真梨子はそれまでの二日間の出来事を語って聞かせた。入陶大威の写真から割りだした頭蓋骨の形が鈴木一郎の頭蓋骨のレントゲン写真と一致したことも話した。茶屋は一言も聞き逃すまいとするかのように真剣な表情で真梨子の話に耳をかたむけていた。

「ふたりの頭蓋骨が一致したというが、確実に同一人物だと言い切れるのか」

「頭蓋骨は年をとるにつれて縫合部がゆっくりと融合し、かたくなって弾力性のないものになっていくけど、形態そのものはほとんど変化しないの。ふたつの頭蓋骨は上眼窩縁という部分の形状に特徴があって、それが一致したわ。調べてくれた人によるとまず間違いないそうよ」

真梨子はそういって茶屋の顔を見た。茶屋はそれまで一度も見たことのないような深刻な表情をして考えこんでいた。

25

真梨子が自宅に戻ったのは十時過ぎだった。ハンバーガー屋で茶屋と別れる前に、真梨子は茶屋がどういう状況で入陶《いりす》大威《たけきみ》と会ったのか、そのとき大威はどんな様子だったのか問い詰めたが、茶屋はかたくなに答えようとしなかった。それでも真梨子がしつこく食い下がると、明日鈴木一郎とふたりだけで話をさせてくれれば教えると取引をもちかけた。真梨子は仕方なく承諾した。

シャワーを浴びたあとコーヒーをいれ、カップをもって居間に戻ると、長椅子に体を横たえた。大威が殺人犯であるということが頭から離れず、真梨子は波立った気持ちがなかなかおさまらないでいた。店にいるときも、タクシーに乗っているときも、真梨子は藍澤や伊能から聞いた話のなかに、大威が殺人を犯すような人格であることを示唆する事実があったかどうか考えつづけたが、該当することはなかった。殺人はおろか、伊能の場合などは彼の命を救ってさえいるのだ。

では現在の入陶大威、つまり鈴木一郎のほうはどうか。真梨子は、彼を犯罪者かもしれないと考えたことはあっても、殺人者だと考えたことは一度もなかった。真梨子の印象では鈴木一郎は過去も現在もまったく殺人者らしくない人物だということになる。それにもかかわらず彼が三人の人間を殺し、そして警察に逮捕されたのは四人目を殺そうとしていたまさにその瞬間だったかも知れないという茶屋の考えには否定しがたい真実味があるような気がした。真梨子には茶屋の思いつきがなぜ真実らしく思えるのか、その理由が自分でもわからなかった。

鈴木一郎が殺人者だとして、その心理的背景を説明することができるだろうか、と真梨子は考えた。真梨子の印象では鈴木一郎は三人もの人間を殺した犯人ではない。仮にそうだとした場合、真梨子の印象と三人の人間を殺したという事実のあいだを埋めるような仮説を組み立てることが可能だろうか、と。真梨子はコーヒーを一口すすると、精神を集中し、内なる演繹《えんえき》能力を全開にした。

真梨子の集中力と論理的思考は一時間とつづかなかった。真梨子は思考の堂々巡りに疲れ果て、長椅子の上でため息をついた。

真梨子の頭にキャサリン・ブライマーの名前が浮かんできたのはそのときだった。キャサリンはハーバード大学時代からの親友で、真梨子に「ウィンピー」というあだ名をつけた張本人だったが、ケンブリッジ・グレーター・ボストン地区でもっとも大きな個人診療所を経営している開業医であると同時に、研究室時代に診療した感情表出障害をもつ人たちの追跡調査のために、仕事の合間を縫ってアメリカ全土を飛びまわっている感情表出障害研究の第一人者でもあった。入陶大威について質問をするのに彼女ほどふさわしい人物はいなかった。真梨子は壁の時計を見た。針は十一時半を指していた。アメリカとの時差は何時間だったろうと考えたが、結局わからなかったので、心のなかで謝罪の言葉をいってからテーブルの上の電話の受話器をとりあげ、国際電話の番号を押した。

「はい。キャサリン・ブライマー」

「キャサリン、わたしよ」

「まあ、ウィンピーなの。いったいどうしたの。あんたいったいどこからかけてるの」

「日本からよ。あなたに聞きたいことがあるの。いま、いいかしら」

「もちろん駄目よ」

キャサリンが明るい声で答え、真梨子はそれまでの経緯をすべて話した。

「あなたがわたしに聞きたいというのは、感情表出障害をもつ人間はみな人殺しかということなの」

真梨子の話がおわるとキャサリンが尋ねた。

「違うわ。感情障害をもった人にそんなことができるかどうかが知りたいの」

「そんなことはたとえ話だとしても考えられない。彼らは人殺しはおろか、信号無視すらできないわ」

「なぜそういえるの」

「彼らのほとんどは一般人と変わりなく仕事もできるし、ごくふつうに社会生活もいとなめるばかりか、わたしたち一般人より格段にすぐれた能力を発揮する場合も多いの。わたしもそういう人たちを何人か知っているわ。大学教授もいれば医者もいる。

でもそういう人たちは堅物で融通が利かないという共通点があるの。すべてにおいて、情緒ではなく論理でことを運ぼうとするせいね。だからどうしても過剰に堅苦しく、言動がぎこちなくなってしまう。機械的な生活習慣をもつ人が多いし、なんでも杓子定規《しゃくしじょうぎ》に物事を進める。だから仕事やアカデミックな研究ではずば抜けていても、交遊関係は限定されるわ。世間が息抜きと呼んでいるような習慣、つまりお酒を飲んだり無意味なおしゃべりをしたりすることは彼らにとってただの負担でしかないから。彼らがリラックスするときは、多分コンピュータ相手にチェスをやっているときじゃないかしら。彼らは曖昧なものを受け入れることができず、つねにはっきりとした基準を求める。彼らにとってはルールがすべてなの。彼らは例外なく、時間に正確だわ。約束した時刻にはたとえ一秒でも遅れることはないし、もしも相手が遅れたらそれだけで約束が反故《ほご》にされたと思いこんでしまうようなところがあるの。たとえば感情表出障害をもつ人が砂漠のなかを車で走っていて、信号に行き当たったとする。砂漠のど真ん中だろうと、その人は絶対に信号を無視したりしないわ。それが故障していて、何時間も赤信号のままだとしてもいつまでも止まっている。辺りに人間の姿がまったく見えなくてもね。極端なたとえかもしれないけれど、わたしのいうことがわかるかしら」

「ええ、わかるわ」

　真梨子はいった。

「もうひとつだけ教えてちょうだい。人間にとって感情というのはなんなのかしら」

「むずかしい質問ね。いいわ、こう考えてみて。物質が小さな原子から成り立っていることは知っているでしょう。机も椅子も水やわたしたちの体ももとをただせばみな原子から成り立っているのよ。でも、原子というのは独立した微粒子でしょう。それが集まっていてどうしてばらばらにならないのか不思議に思ったことはない。椅子や机は叩いたり蹴ったりしたくらいではびくともしないし、鉄やダイヤモンドのように、それよりもっと固いものがある。こんなに固く原子を結びつけている力はなんだった？」

「ちょっと待ってよ。わたしは物理学は弱いの。小さな力、それとも大きな力だったかしら。核磁気力、重力。わからないわ」

「そうね、名前はどうでもいいわ。どうせ人間がつけたものですもの。要は、原子がばらばらにならないためにはつねにある力が働いている必要があるということよ。人間の場合なら、わたしという自我をひとつにまとめている力が感情だといえるわ。大半の人間が、おれがおれでありつづけているのは感情などという低級なもののせいではなく、難解な思想や気高い信念をもつからこそだと思いたがるけれど、思想も信念もただの言葉よ。言葉というのは他人のもので、わたしたちはそれを勝手気儘《きまま》に剽窃《ひょうせつ》してきてそれを組み立てたり壊したりしているにすぎない。いくらでも更新できるし、消去することもできるわ。その証拠に、思想や信念を変更しても自己はもとの自己でありつづける。それに反して感情は、気分や気持ちといったものだけど、途切れることがない。そうでしょう。わたしはこう考えているの。感情表出障害の人たちが約束やルールというものを過度に偏重するのは、彼らには自我をまとめあげるはずの感情の力が弱いための補償作用ではないか、と。つまり、彼らは社会が決めた法律や自分が決めた約束事や規則からはずれると、自分を見失ってしまうような気がするんじゃないかしら」

26

その夜、真梨子はベッドに入ってからも何度もキャサリンの言葉を反芻《はんすう》した。夜明け近くになって、真梨子はようやく考え方の糸口をつかんだような気がした。

茶屋は午前九時ちょうどに愛宕《おたぎ》医療センターの地下駐車場に車を入れ、五分後には真梨子と警備員とともに保護棟へ向かっていた。部屋の前までくると、警備員が暗号錠を解除した。

「面会は十分間ということにしてください。いいですね」

真梨子がいった。茶屋はうなずき、真梨子と警備員を廊下に残して部屋に足を踏み入れた。背後でドアが閉じ、施錠される音が聞こえた。鈴木一郎は目の前の机に戸口を向いて座っていた。

十年前、茶屋は制服警官が運転するパトカーで氷室《ひむろ》屋敷に向かっていた。邸内で事故が起きたので警官を寄越してほしいという要請があったからだ。電話をかけてきたのは屋敷の主《あるじ》である氷室本人だった。氷室は数年前に財界を引退していたが、入陶《いりす》家の当主である倫行が生前もっとも信頼を寄せていた人物で、倫行なきあとは彼が入陶財閥を陰からささえているといわれていた。茶屋がわざわざでかける気になったのは、どんな事故があったにせよ、それを迅速に処理して氷室に貸しをつくろうという思惑があってのことだった。何年も現場で働くうちに、捜査の仕事には、推理や勘も必要だが、それ以上に重要なのは政財界に顔のきく人間だということが骨身に沁《し》みこんでいたのだ。

「ここです」

運転している警官の声で顔をあげた茶屋は、はじめて見る屋敷の大きさに啞然とした。屋敷は森のなかにあった。唐草の透《す》かし柄《がら》の黒い鋳鉄《ちゅうてつ》の門扉《もんぴ》が目の前にあり、運転していた警官がいったん車をおりて車が通れるよう押し開けると蝶番《ちょうつがい》がきしんで音を立てた。

門をくぐると、熊手でならした真っ白な砂利道が屋敷につづいていた。正面の建物が本館らしく、その左右に急勾配《きゅうこうばい》のスレート屋根の翼棟が建っていた。壁はいうに及ばず、窓の鉛の枠や戸口にまで密生した蔓《つる》が絡みついていた。邸宅の脇の煉瓦造りの納屋《なや》も池の傍の離れ屋もなにもかもが書き割りじみて見えた。

車をおりて玄関の前に立つとドアが内側から開いて、執事らしき男が茶屋をなかに招じ入れた。ロビーに足を踏み入れた茶屋は、西洋の甲冑《かっちゅう》がどこかに置いてあるのではないかと思わず辺りを見まわしたほどだった。しばらく所在なく立っていると、やがてガウン姿の背の高い男があらわれた。茶屋は一目でその男が屋敷の主の氷室だということがわかった。氷室が登場したとたん、芝居の書き割りのようだった建物全体が生気を帯びたような気がした。すでに八十を過ぎているはずだったが、彫りの深い貴族的な風貌には老醜の翳《かげ》りなどみじんもなかった。

「こんな夜中にお呼びたてして申し訳ない。あなたの名前は」

「茶屋といいます。階級は警部です。事情をうかがえますか」

「こちらへどうぞ」

　氷室は先に立って歩きはじめた。ロビーをでると墓場のようにほの暗い廊下がのびていた。真鍮《しんちゅう》の掛け式の照明と、見るからに分厚い一枚板の樫《かし》材のドアがつづくなかを行って、突き当たりの広い部屋に入った。二階へ通じる階段の下に男がひとり横たわっていた。うつぶせに倒れているので顔は見えなかったが、奇妙な恰好にねじれている脚を見ただけで、すでに息絶えていることは明らかだった。二階の廊下から転落したものらしかった。茶屋は男に歩み寄って、傍らにひざまずき、男の顎をつかんで顔を上向かせた。六十代の男だった。占部《うらべ》という、前科十数犯の窃盗常習犯で、金持ちの邸宅の空き巣狙いが専門だった。死体の傍に点灯したままの懐中電灯が転がっていた。

「なにがあったのです」

　茶屋は戸口に立ってこちらを見下ろしている氷室に尋ねた。いつのまにきたのか、氷室の背後にさきほどの執事が控えていた。

「その男はどうやらこの屋敷に盗みに入ったらしい。しかし侵入したものの邸内があまりに広いので迷ってしまったのでしょう。懐中電灯の明かりひとつであちこちさまよい歩いているうちに、足を踏み外してあそこから落ちてしまった」

茶屋は上を見あげた。二階の廊下には腰の高さの手摺りがついていた。そこから落ちるためには手摺りを跨《また》ぎ越えなければならない。

「足を踏み外して落ちたというのは、あなたがその目で目撃したことですか。それとも推測ですか」

「わたしは自分の部屋で眠っていました。夜中の二時ごろにこの部屋で大きな音がしたような気がしたのでベッドをおりてきてみると、死体が転がっていたのです」

「あなたがいちばん先にこの部屋に入ったのですか」

「そうです。老人は耳ざといですからね」

「この屋敷には何人の人間がいるんです」

「わたしとここにいる袋田《ふくろだ》、それにもうひとりだけです」

「もうひとりというのは」

「友人から預かっている子供です」

「その子はいまどこにいます」

「自分の部屋で寝ていると思いますが」

「部屋はどこですか」

「その二階の廊下の奥の部屋ですが」

「ここからいちばん近いですね。その子は起きてこなかったんですか。その子は何歳です」

「十九歳です」

「子供と呼ぶような年齢じゃありませんね。その人にも話を聞きたい。ここに連れてきてもらえませんか」

「茶屋警部。実はその子供には事情がありましてね、お会いになってもなにも聞くことはできないと思いますよ」

「申し訳ありませんが、その判断はわたしにさせてください。死亡者がある以上、報告書は完全を期さなければなりませんから」

「もっともですな。袋田、大威《たけきみ》をここに連れてきなさい」

氷室は拍子抜けするくらい簡単に折れた。氷室の背後に立っていた執事が、一礼すると階段を音もなくのぼっていった。

執事が手を引いて連れてきた人物を見て、茶屋は息を呑んだ。その人物はガウンを羽織っていたが、着衣から外にでている部分は、顔にも、首にも、両手にも包帯が巻かれていた。さらに不気味なことに、その人物は背丈はふつうであるにもかかわらず、頭だけが異様に大きく、常人の二倍ほどもあった。

「頭に鳥籠のようなものをかぶせて、その上に包帯を巻いてあるのですよ。実は重い火傷を負いましてね、形成手術を受けたばかりなのです。鳥籠は包帯が手術したばかりの皮膚に直接触れないようにするため、包帯は雑菌の侵入を防ぐためです」

目を丸くしている茶屋に、氷室が諭《さと》すように説明した。

「名前を教えてもらえますか」

茶屋は気をとり直して、目の前に立った人物に質問した。

「その子は口がきけません」

氷室が横合いからいった。

「火傷の後遺症ですか」

氷室のほうに顔を向けて茶屋は尋ねた。

「その子は特殊な病気で、生まれつき言葉を話さないのです」

「ご友人からお預かりになったとおっしゃっていましたが、その方のお名前をうかがえますか」

「入陶倫行《のりゆき》です」

茶屋は目を見張って氷室を見返した。倫行は一年前に自宅の火事で焼死していた。一緒に暮らしていた孫も重度の火傷を負って病院に運ばれたという話は聞いていたが、そのまま死んだものとばかり思っていたのだった。

「この子を部屋に戻してもいいでしょうか」

氷室が尋ねた。

「ええ、けっこうです」

茶屋が答えると、執事が大威の手をとって二階へ連れていった。

「茶屋警部。座って話しませんか」

部屋の一方の壁に大きな暖炉があり、その前にソファが置いてあった。ふたりはそこに向かい合って座った。

「なぜあの子を屋敷に預かっているのかとお思いでしょうな」

氷室の問いに茶屋はうなずいた。

「入陶倫行は去年亡くなりましたが、倫行の娘夫婦、つまりあの子の両親も四年前に交通事故にあってふたりとも亡くなっているのです。倫行になにかあったら、わたしが彼の孫を預かるというのは生前からの約束でした。茶屋警部。この屋敷に泥棒が入ったことも、その泥棒が自らの不注意で命を落としたことともに不幸な事故というしかない。そのことが氷室の名とともに報道されること自体は災難だと思ってあきらめましょう。しかし、大威がこの屋敷にいることだけは新聞などに漏れないようにしてくれませんか。倫行との約束も、わたしが入陶家の唯一の相続人と暮らしていることも世間には公表していないし、これからもするつもりはないのです。それに大威は大手術を受けたばかりで、いまとても不安定な状態です。新聞やテレビ局に押しかけられたら、彼の精神状態がどうなるか予測もつきません。茶屋警部。あなたの力でなんとかなりますか」

氷室はテーブルの上のシガーケースから細巻きの葉巻を一本とりだして、茶屋にすすめた。茶屋は受けとると口にくわえた。

「結局おれは、窃盗に入った屋敷内で金品を物色中に占部があやまって二階から転落し死亡したという報告を書いた」

茶屋は無表情な顔をこちらに向けている鈴木一郎にいった。

「その後の検死でも、死因は転落死に間違いないということだったから、足を滑らせたのではないにしても、二階から落ちたことは間違いなかったし、どちらにしても窃盗の常習犯が盗みに入った家で死んだのは自業自得というものだとおれは思っていた。氷室のいう通りにあの事件を処理したことにはなんのやましさも感じなかった。氷室に恩を売り、彼にとりいることは当時のおれにとってはずっと重要なことだったからな。その氷室も三年前に死んでしまったがな。しかしおれはいまあの晩まったく別のことが起こったのではないかと考えているんだ」

茶屋は鈴木が座っている机に、ゆっくりと歩み寄った。

「そして、おまえならきっとあの晩起こったことをおれに教えられるはずだとな」

鈴木はまったく表情を動かさず、茶屋を見つめているだけだった。

「貴様、なんとかいったらどうなんだ」

茶屋が鈴木の胸ぐらをつかもうとしたときだった。どこからか爆発音が聞こえてきた。

27

爆発音を聞いたとたん茶屋はドアに駆け寄ってノブに手をのばそうとしたが、本来ならノブのあるべき位置にそれがないのを見て、そのドアが外からしか開けられないことを思いだした。

ドア脇の壁にあるボタンを押そうとしたとき、鈴木が立ち上がってこちらに向かってくるのが目に入った。茶屋は反射的に向き直り、腰に食らいついてきた鈴木を正面から受けとめた。ふたりはしばらくもつれあったが、もみあいは長くはつづかず、茶屋は鈴木の両手をつかんで強引に体から引きはがした。しかし、押し返したとき金属がこすれ合う音がして、手首に軽い衝撃を感じた。

視線を落とすと、驚いたことに自分の手首と鈴木の手首が手錠でつながれていた。茶屋は思わず腰を手で探った。手錠を入れておく革製のホルダーはつねにズボンのベルトに通してあったが、その蓋が開いて手錠がなくなっていた。組みついたときに鈴木が抜きとったに違いなかった。茶屋は鈴木の手の速さに愕然とした。

「貴様」

茶屋は悪態をつきながら手錠の鍵をだそうと自由なほうの手をズボンのポケットにのばしかけたが、とっさに考え直し、その手を止めた。鍵をだして手錠をはずした瞬間に鈴木に奪われるかも知れないと思ったのだ。鍵はズボンの尻ポケットに入っていたが、そこに手をのばさないかぎり鈴木にはどこに鍵があるかわからない。茶屋はその場で手錠を外すことはやめ、鈴木を事務室に連れていくことにした。そこで何人かの人間に鈴木を押さえさせ、動きを封じた上で手錠を外すのが、いちばん確実で安全な方法だと思ったのだ。

「いっしょにこい」

茶屋はそういうと、鈴木の顔を自分の顔の近くまで引き寄せた。

「うまくしてやったなんて考えるなよ。おかしな真似をしたらすぐにおまえの腕をへし折ってやるからな」

壁のボタンを押すとすぐに警備員が駆けつけてきてドアを開けた。茶屋と鈴木は廊下にでた。警備員が茶屋の手首に手錠がはめられていることに気づき、怪訝な顔つきで茶屋の顔を見た。茶屋はそれにはかまわず、鈴木を引きずるようにして大股で歩きだした。

事務局のドアをノックもせずに開けると、部屋にいた十数人の人間が一斉にふり返った。そのなかには鈴木を病院に移送してきた日に顔をあわせた白石という事務局長や真梨子もいた。真梨子は、保護室の茶屋と鈴木のふたりが気にかかって、自分のオフィスには帰らずに事務室で面会が終わるのを待っていたらしかった。

部屋中の電話が鳴っていた。職員たちのほとんどは手に受話器を握ったままだったが、全員が手錠でつながった茶屋と鈴木を見て驚きに目を丸くした。

「なにがあったんだ」

「爆弾が爆発したの」

答えたのは真梨子だった。

「病院のなかか」

真梨子がうなずいた。

「どこだ」

「本館六階のリネン室です。職員から連絡がありました。さいわい怪我人はなかったようですが、六階の病棟はたいへんな騒ぎになっているそうです。それに、これを見てください」

戸口近くの机に座っていた事務員が答え、机の上のパソコンの画面を指差した。茶屋は手錠でつながれていることを忘れ、机に歩み寄ろうとして腕を引っ張られた。舌打ちをすると腕を一振りして鈴木の体を乱暴に自分のほうに引き寄せ、画面をのぞきこんだ。

『病院に爆弾を仕掛けた。病院内の人間を外にだすな。入院患者は病室に戻し、外来にいる患者はそのまま待合室に釘づけにしておけ。もし患者を避難させたり、待合室にいる人間がひとりでも外にでるようなことがあればまたどこかを爆破する。最初の爆発は単なる警告だ。つぎはかならず怪我人がでる』

「いったいこれはなんなんだ」

「なんだといわれましても。Eメールですよ」

茶屋の問いに事務員が戸惑いながら答えた。

「爆弾を仕掛けた犯人が病院のパソコン宛てに送ってきたんです」

「この男はどうして病院のパスワードを知っているんだ。コンピュータにはかならずパスワードというものがあるんじゃないのか。それを知らなければコンピュータには侵入できないはずだ。この病院の保安はいったいどうなっているんだ」

茶屋が事務員をにらみつけながらいった。事務員は茶屋の言葉の意味がわからず、助けを求めるかのように周囲を見まわした。

「茶屋警部。Eメールと保安とはなんの関係もないわ。電話や手紙と同じで、アドレスさえ知っていればだれでも送ってこられるの」

真梨子が部屋にいる全員を代表していった。茶屋はいい返そうとしたが、真梨子が指摘したのは自分の無知にほかならないことに気づいて言葉を呑みこんだ。咳払いをして事務員に顔を向けた。

「発信先はどこだ。どこから発信されたものかわかるはずだ」

「送信者が発信場所を隠しているのでわかりません」

事務員が答えた。

「わからないだと。電話だって逆探知できるんだぞ」

「ええ、特別なツールがあればできないこともありませんが、いまここにはありませんし」

「なにがコンピュータだ。なんの役にも立たんじゃないか」

腕をふりあげたとたん、短い鎖に引っ張られてよろけた鈴木とまた体がぶつかった。

「くそ。いつまでくっついている気だ。だれか手を貸してくれ」

茶屋は邪険に鈴木を突き放すと、近くの机に座っていた事務員を手招きし、鈴木の体を押さえさせた。

「あんたはこっちの腕をつかまえて動かないようにしてくれ。あんたは後ろから胴に手をまわして。違う、両手を使うんだ」

茶屋は二人が力をこめて鈴木の体を押さえているのをたしかめると、鍵をとりだして自分の手首にかかった手錠をはずした。

「そのままじっとしていろよ」

茶屋は手錠の一方を握りしめながら室内を見まわし、部屋の隅の重量のありそうな大きな机に目を留めた。茶屋は鈴木をそこまで引っ張っていくと、机の脚に手錠の片方をかけた。

「机の脚に手錠でつなぐなんて人権侵害だわ」

真梨子が茶屋に向って抗議した。

「すぐに保護室に戻す。しかしいまはその暇はない。建物に爆弾が仕掛けられ、それがいつ爆発するかわからないんだ」

「それならなぜその人をここに連れてきたの」

「おれが連れてきた訳じゃない。この男が手錠を勝手にはめたんだ」

真梨子が茶屋の言葉に目を丸くして鈴木に視線を向けた。鈴木は机の脚につながれたまま、顔にはなんの表情もあらわさずに立っていた。

「消防署には電話しましたか」

茶屋が窓際の机に座っている事務局長の白石に尋ねた。白石は爆発の被害について報告らしい電話を受けていたが、ちょうど受話器を戻したところだった。

「いいえ、まだしていません」

「消防車の出動を要請してください」

「しかし、このメッセージには」

白石は自分の机の上のパソコンの画面を指した。

「外にだすなとは書いてあるが、なかに入れるなとは書いていない」

茶屋がいうと、白石が疑わしげに眉をひそめた。

「しかし、とりあえず知らせるだけは知らせて外に待機させておきましょう。なにかあったときにすぐに対応できるように」

茶屋がつけ加えた。白石はしばらく躊躇《ちゅうちょ》していたが、やがて意を決したように電話をかけはじめた。そのあいだも部屋中の電話が鳴りつづけていた。

「新聞社からです。そちらでガス爆発事故があったと通報があったが、くわしい話を聞かせてくれ、といっています」

受話器をかかげた事務員が悲痛な顔を茶屋に向けてきた。茶屋は手近の電話をとった。署の電話番号を押すとすぐに部下がでた。茶屋は自分の名を告げて状況を簡潔に説明した。

「愛宕《おたぎ》医療センターで爆弾によると思われる爆発があった。爆弾は複数個仕掛けられている模様。おれはいま病院の事務局から電話をかけている。手が空いている人間を全員病院に寄越してくれ。ただし私服でだ。鑑識の黒田さんもいっしょに連れてくるんだ。パトカーはサイレンを鳴らさず、病院の敷地内にも入るな。別命があるまで病院の近くで待機すること。爆弾を仕掛けた犯人は病院の人間を外にだすなと要求している。また連絡が入ると思われる。それからマスコミを病院に近づけるな。間違ってもテレビ局のヘリコプターなどに、病院の上空を飛んでもらいたくない。状況がくわしくわかりしだいこちらからまた電話をする」

白石が不安げな表情で茶屋を見ていた。

「いま現在、病院の待合室に外来患者が何人いるか知りたい。こちらでその数を把握していますか」

「ええ、いま確認したところです。本館メインフロア、つまり病院の玄関ホールですが、そこに約三十人。外来診察室に三十人、薬局待合に二十人の患者さんがいるそうです」

合計八十人か。茶屋はその数を心のなかで反芻した。外来患者は入院患者のように病院で生活している人間ではなく、外から診察にくる人間だ。彼らは自分たちの都合のいい時間に病院を訪れ、診察が済めば家に帰っていく。この人間たちを病院内に足止めしたまま、しかも安全を確保することなど不可能に近い。しかし、なんとかその方法を考えださねばならなかった。

「爆発は本館の六階だったそうですが、メインフロアで騒ぎになっているような様子はありますか」

「ホールで爆発音を聞きつけた人が何人かいました。職員が単なる設営工事だと説明したそうです。爆発直後に病院からでていった人が何人かいますが、以後は診察をのばしたり、薬をだすのを遅らせたりして患者さんを帰さないようにしているとのことです」

どこから手をつけるべきか。茶屋はいそがしく頭を働かせた。まず、爆発した爆弾が時限式かリモコン式かをたしかめたかった。それによって犯人が建物のなかにいるのかそれとも外にいるのか、ある程度見当がつけられるだろう。しかしそのためには建物のどこになにがあるのかを知っておく必要があった。

「病院の設計図が見たいのですが」

「それならすぐにお見せできます」

白石は端末に向き直ると、キーをたたいた。スクリーンにいくつかの記号があらわれ、白石がその中のひとつを選んだ。画面に『愛和《めいわ》会愛宕医療センター、設計建築アルマート・アンド・ゲージ・アソシエーツ、請け負い業者木田総合エンジニアリング』と文字があらわれた。白石がキーをたたくと、スクリーンに平面図、立体図、電気回路の設計図などがつぎつぎに呼びだされた。一度眺めたくらいではとても頭に入れられそうもなかった。

「できれば紙に書いてあるものが見たいんですがね。それと建物の内部をよく知っている人間にここにきてもらいたい」

「それなら施設課の課長を呼びましょう」

白石は電話をとって内線番号を押した。

すぐに浅黄《あさぎ》という名の背の高い男がやってきた。表情には緊張感がみなぎっているが、動転している様子はない。この男なら信頼できそうだ、と茶屋は思った。なにより好ましかったのは、浅黄が茶屋の巨体を見ても表情ひとつ変えなかったことだった。

「状況はわかっていますね」

茶屋の問いに浅黄はうなずいた。

「犯人がつぎの行動にでるまでに、建物のなかのことをできるだけくわしく知っておきたい。協力してもらえますか」

浅黄がふたたびうなずいた。事務局の金庫室から白石が設計図の束を抱えて戻ってくると机の上に広げた。

「どの図面が必要かはこれを見てください」

そういって白石が茶屋に手渡した本は、図面を縮小コピーして簡易製本したもので、電話帳ほどの厚さがあった。茶屋は本を開き一ページずつ丹念に見ていった。計画概要書から平面、立面などの図面が順序よくならんでいた。

「この図面がいい」

茶屋は建物内部の様子が一目でわかる平面図を選んで指差した。白石が設計図の分厚い束をめくって茶屋が選んだ図面を抜きとり、机の上に広げる。茶屋、浅黄、白石の三人が図面の上におおいかぶさった。いつのまにか傍にきていた真梨子が、白石の脇に立っていっしょにのぞきこんでいた。

「最初に聞いておきたいんですが」

茶屋が浅黄に尋ねた。

「犯人は爆弾を仕掛けたといっている。現に本館のリネン室が爆破された。外から入ってきた人間が病院の建物のなかに爆弾を仕掛けるなどということがどうして可能なんです」

「複雑な装置を仕掛けるのはむずかしいと思いますが、たとえば見舞い客などを装って爆弾が入った紙袋などを置き忘れたふりをして人目につかない場所に置いてくるこならできると思います」

浅黄がいった。落ち着いた、隙《すき》を感じさせない声だった。

「爆弾は病院のどこにあってもおかしくはないという訳ですか」

「いいえ、そうともいえません。病院の中には警備が厳重で部外者が入れない施設がたくさんあるし、一般の人が出入りする場所でもわたしたちが毎日どこかしらで作業していますから、不審な人物がいればかならずわかったはずです」

「なるほど。部外者が入れない施設というのはどこです」

「まずボイラーや冷暖房空調設備、医療用ガス設備がある地下施設があります。地下には製剤室もありますがそこも警戒が厳重ですから部外者は立ち入れません。それから発電所や構内の特高変電所などの重要施設には監視カメラが備えつけられています」

「ここはなんです。ずいぶん広いようですが」

「そこはカルテ保管室ですね」

「部外者が入れますか」

「むずかしいと思います。十名の職員が常時詰めていますから」

「電話をして、各々の部署に不審物がないか捜索させてください」

茶屋が白石に向かっていった。白石は電話をとりあげた。

「もし爆破されるようなことがあったら、いちばん被害が大きいのはどこだと思います」

白石が電話で話しているあいだに茶屋が浅黄に質問した。

「手術棟でしょう。それと救命救急センター。救命救急センターは四つのセクションに分かれていて、図面でいうと、ここが救急外来、ここがＩＣＵとＩＣＵ病棟、ここが熱傷ユニット、ここが救急病棟になっています。医師や看護婦、救急隊員などが二十四時間ひっきりなしに出入りしているので、廊下の隅やソファの陰などに紙袋のようなものが置いてあってもだれも気に留めないでしょう」

「なるほど。それでは医師と看護婦を総動員して、まず医師自身のオフィスやナースステーションなどを徹底的に調べさせてください。つぎに入院している患者の身の回りに不審物がないかどうかをたしかめさせる。それが終わったら、手分けして手術室、救命救急センターの順で捜索させてください。不審物を見つけたら触らずにすぐこちらに連絡するように。患者に不安を与えないように、あまり騒ぎ立てずにできるだけさりげなく、落ち着いて。いいですね。パニックになったらおしまいです」

「まだあるわ」

真梨子の声がした。三人の男は同時に真梨子に顔を向けた。

「食堂よ。食堂はだれが出入りしてもおかしくないでしょう」

「彼女のいう通りです」

浅黄が同意を示した。

「食堂はいくつあります」

「外来用が三ヵ所、職員用が三ヵ所あります。ここと、ここと、それとここです」

「それに備品室やリネン室もあるわ」

「とても人手が足りんな」

「看護補佐の人たちにも協力してもらったらどうでしょう」

白石がいった。

「彼らは患者さんや検体やいろいろなものを搬送するために一日中病院のなかを動きまわっています。備品の管理などもしていますから病院内のことは医師や看護婦たちよりくわしく知っています」

「助かった。その看護補佐というのは何人いるんですか」

「およそ百名います」

「では電話して人数を配分してください。手術棟と救命救急センター、それにリネン室です。いや、待ってください」

茶屋は途中で言葉を切り、考えこんだ。

「廊下やエレベーターも探す必要がある。それにトイレも」

浅黄がいい、茶屋がうなずいた。

「浅黄さん」

茶屋が浅黄に向かっていった。

「百人以上の人間を効率よく動かすには指揮を執《と》る者が必要だ。あなたが指揮を執ってくれませんか」

「しかし部署も違いますし」

「お願いします。あなたに任せておけば安心できる」

「わかりました」

浅黄は少しのあいだ考えていたが、そう返事をすると機敏な動作で部屋をでていった。白石が電話をかけはじめた。茶屋はもう一度図面を隅から隅まで舐《な》めるように眺めた。

しばらくすると茶屋は顔をあげて腕時計を見た。最初の爆発から二十分が経過していた。電話を引き寄せ、警察の番号を押すと、すぐに部下の声が聞こえてきた。

「いまどこだ」

「病院の裏手の救急センターの入口から百メートルのところです」

「よし、そのままもうしばらく待っていてくれ。また連絡する」

茶屋は受話器を置くと腕組みをしてそのまま動かなくなった。しばらく経つとまた腕時計を見た。浅黄がでていってから十分が経過していた。まだ連絡は入らなかった。茶屋はまったく動かなくなった。

五分後に白石の机の上の電話が鳴った。白石が飛びつくようにして受話器をとりあげた。

「浅黄さんです」

茶屋に受話器をさしだした。

「茶屋です。どうでした」

「いまのところ不審物は見つかりません。捜索を続行します」

報告は簡潔だった。茶屋は、お願いしますといって電話を切った。

「外来棟はどうするつもりなの」

真梨子がいった。

「外来には一般人が大勢いる。爆弾騒ぎを気づかれたくない。それに犯人は外来患者のなかにまぎれこんでいる可能性もある」

「それで」

「慎重にやりたい。爆弾探しはいちばん最後におれたちが」

茶屋がそこまでいったときだった。轟音がとどろいて、茶屋の言葉をかき消した。最初の爆発音とは比べものにならない大きさで、建物全体が震動したように感じたほどだった。茶屋の口から罵声《ばせい》がもれた。同時に部屋中の電話が鳴りはじめた。

「玄関ホールだそうです」

白石が受話器を耳に当てたままいった。

「正確な場所はわかりませんが、大きな爆発があってたいへんな混乱状態だそうです。怪我人も何人かでたようです」

「刑事さん。これを見てください」

入口近くの事務員が大声をあげた。パソコンのディスプレイを指差している。茶屋は大股で歩み寄ると、画面に視線を向けた。

『爆弾をあちこち探しまわっても時間の無駄だ。ひとつふたつ見つけたところでこちらは痛くも痒《かゆ》くもないからな。病院の建物からだれも外にだすな。ひとりでもでていくようなことがあればもっと大きな爆発が起こると病院中に放送を流せ。十分以内に実行しろ。さもないとまたどこかを爆破する。それから念のために警告しておくがメインフロアに仕掛けた爆弾はひとつだけではない。入口のドアが開いたとたん爆発が起こるかも知れないから注意することだ』

茶屋は拳を机に叩きつけた。

「茶屋さん。院長からお電話です」

白石の声にふり返ると、受話器をもった手を茶屋のほうにのばしていた。茶屋は白石の机まで戻って受話器を受けとった。

「茶屋です」

「曲輪《くるわ》です。また爆発があったようですね。今度はどこです」

「玄関ホールです。怪我人が何人かでたそうです」

「いったいなにが起こっているのですか」

「わたしにもまだわかりません。犯人の要求はいまのところ、建物のなかの人間を外にだすなというだけです。いままた犯人から連絡があって、その旨《むね》を病院中に放送しろといってきました。だれかが外にでるようなことがあれば、またどこかを爆破すると」

「だれも外にでるな、とわたしたちが放送するのですか。どこに爆弾が仕掛けられているかわからない建物のなかでじっとしていろと」

「そういうことです」

茶屋が言葉少なに答え、曲輪は押し黙った。

「どうしたらいいと思われます」

長い沈黙のあとで曲輪が尋ねた。

「要求どおりにすることが賢明だと思います。犯人の意図がわからないかぎりこちらは手の打ちようがありません」

「だれも外にでるなと放送するほうがいいとおっしゃるのですか」

「そうです」

「病院中の人間を人質にとられた訳だ」

曲輪の苦渋《くじゅう》に満ちた声が電話線を通して伝わってきた。

「わかりました。そうしましょう」

茶屋は受話器を白石に渡すと、別の電話をとり、番号を押した。

「おれだ」

相手が電話口にでると茶屋はいった。

「黒田さんと救急センターの裏口から入ってきてくれ。事務局は右隣りの、いや違う。裏口から入ってくると左隣りのビルだ。かたまって入るな。ひとりずつ目立たないように入ってくるんだ。いいな」

了解、と応答があり通話が切れた。受話器を置くと茶屋は真梨子を見た。真梨子も茶屋を見つめていた。真梨子はなにかいいかけたが、結局口を開かなかった。五分も経たないうちに黒田と茶屋の部下の四人の刑事があらわれた。部屋に入ると黒田はなかにいる人間たちをひとわたり見まわした。机の脚に手錠でつながれている鈴木一郎にも目を留めたが、なにもいわず視線を茶屋に戻した。くたびれた背広姿の黒田は学校の教師のように見えた。

「また爆発があったらしいな」

「玄関ホールだ。怪我人がでたそうだ」

「犯人の目的はなんだ。ここでいったいなにをするつもりだ」

「まだわからん。パソコンを使って要求を伝えてきている」

茶屋が机の上のパソコンのほうに顎をしゃくると、黒田は画面をのぞきこみディスプレイの文字を無言で追った。

「わしはなにをすればいい」

「本館で爆発した爆弾が時限式かリモコン式かたしかめてほしい」

「わかった」

「待ってくれ。その服装ではまずい」

部屋をでていこうとした黒田たちに茶屋が声をかけ、白石のほうをふり返った。

「病院の職員の制服がなにかありますか」

「すぐに用意します」

白石が受話器をとりあげ、内線の番号を押した。制服はすぐに届けられた。水色の上っ張りだった。

「看護補佐の制服です。それからこれをもっていってください。職員用の携帯電話です。計器が狂わないよう特殊な周波数を使っています」

黒田は手渡された携帯電話を無造作に上着のポケットに突っこんだ。

「なにかわかったらすぐ知らせてくれ」

背中を向けた黒田に向かって茶屋がいった。黒田はふり向きもせずに手だけ振ってみせると、部屋をでていった。

28

茶屋は手近にあった椅子を引き寄せるとそれに腰をおろして、なすべきことを考えはじめた。

犯人は建物のなかにいる、と勘が告げていた。病院にいる医者や看護婦以外の人間といえば、まずなんといっても外来患者だった。爆弾を仕掛けるために病院に入りこむには、外来患者を装うことくらい簡単な方法はない。ほかには見舞い客をよそおうということも考えられる。見舞い客なら、紙袋のようなものを提げて病院を歩いていてもだれにも見咎められずに済むだろう。外来患者と見舞い客。犯人がまぎれこんでいるとしたら外来患者か見舞い客である可能性が高い、と茶屋は思った。

ほかには考えられないだろうか。看護士や事務員、その他のスタッフ、なんでも考えられた。しかし、仮に病院のスタッフに変装してもぐりこんでいたとしてもそれは爆弾を仕掛けるまでのことだ、と茶屋は思った。いまもまだその姿のままでいるとは考えにくかった。職場に見知らぬ人間がひとりでも混じっていれば職員たちはすぐに気づくはずだからだ。

もうひとつの可能性を思いついた。入院患者だ。入院患者としてすでに病院に入りこんでいれば、爆弾騒ぎでも平然と病室のなかにとどまっていることができる。しかしそれはどんな入院患者か。ただ入院患者というだけではあまりにも範囲が広すぎた。なんとか範囲を絞ることができないだろうか。集中力をさらに高めようとしたとき、茶屋の頭に不意に、緑川という名前が浮かんできた。

緑川か。爆発音を聞いたとき、なぜ真っ先に自分が追いつづけている爆弾犯のことを考えなかったのか。一度その名に思い当たると、いままで考えつかなかったのが不思議な気がした。一般人ばかりか病気や怪我でベッドに横たわっている人間であふれている病院に爆弾を仕掛けるなど、いかにも緑川らしいやり口ではないか。

犯人は緑川だ、と茶屋は確信した。

しかし、いったいなんのためだ。茶屋はふたたび考えこんだ。半年前にとり逃がしてからというもの、警察は行方の手掛かりさえつかんでいないというのに、なぜ向こうから姿を現すような真似をしたのか。

もちろん鈴木だ。

爆弾犯の共犯として捕らえた男が、いままさにこの病院にいるのだ。偶然であるわけがなかった。しかし、鈴木をこの病院から救《たす》けだすためだろうか、それとも鈴木に復讐するためだろうか。そのことに考えがおよぶと、とたんに茶屋の思考力はにぶりはじめた。鈴木に対する考えは揺れつづけていて、前日真梨子から思いがけない話を聞かされてからというもの、その振幅はますます大きなものになっていた。

しかしいまは鈴木のことを考えている場合ではない、と茶屋は思った。鈴木を救けにきたのか、それとも報復するつもりなのかは、緑川がつぎになにを要求してくるかでわかるだろう。それまでは、とにかく緑川を捕まえることだけを考えるのだ。茶屋は頭の回路を切り替え、一度手放した思考の糸をたぐりよせようとした。

なにを考えていたのだったか。入院患者のことを考えていたのだ。爆弾を仕掛けた人間が入院患者のなかにもぐりこんでいるとしたら、どうやって探しだすか、だ。鈴木の公判中に鑑定が決まったのが一ヵ月前、この病院に入院鑑定することが決まったのが三週間前だ。そうすると犯人は入院患者に偽装しているとしても、それ以前に入院している者であるはずがない。

「この三週間のあいだに入院した患者のリストが見たいのですが」

茶屋は白石にいった。

「病気であれば病名と症状、怪我なら全治何ヵ月かまで知りたい」

「コンピュータで検索すればすぐにでます」

白石がパソコンに向かってキーボードを操作しはじめた。画面にデータが現われ、白石はそれをプリントアウトして茶屋に手渡した。

「なんなの」

真梨子が茶屋の傍らにきて尋ねた。

「爆弾を仕掛けた人間は、病院内のどこかからわれわれの動きを監視していると思う。考えられるのは外来患者と見舞い客にまぎれこんでいることだが、もうひとつ入院患者という手もある」

リストを見ながら茶屋が答えた。

「それで」

「先生は、それで、が多いな」

「それでなんなの」

「可能性をひとつずつつぶしていきたいだけだ。入院患者にあやしい人間がいなければ、あとは外来患者と見舞い客だけを当たればいいことになる。納得したかね」

リストには百五十人の名があった。茶屋は上からひとりずつ見ていった。半分以上はすでに退院していた。女性と、年齢が四十歳以上の者を除外するとさらに半分以下になった。残る患者の入院理由は、交通事故による負傷というものが多かった。そのなかから全治一ヵ月以上の者を除外した。病院に入るために事故を偽装したにしても、命にかかわるような大怪我をするはずはないからだ。脳溢血《のういっけつ》など人工的に作為できない病気とガンなどの致命的な病気も除外した。

怪我の軽い者、病気の症状が原因不明とされている者などを選びだしていくと、偽装の可能性がありそうなのはたった三人だけだった。茶屋は三人の入院患者を調べて緑川でないことを確認してから外来患者であふれているメインフロアに向かおうと決めた。

「入院患者を調べにいくんでしょう。わたしが案内するわ」

茶屋が椅子から立ち上がるのを見て真梨子がいった。茶屋は驚いて真梨子を見た。

「なにも考えることはないわ。わたしもこの病院の医師なのよ」

真梨子のいう通りだった。

「よし、いっしょにきてくれ」

「ぼくも連れていってください」

声の主は鈴木一郎だった。茶屋は唖然とした。さきほどまで一言も口をきこうとしなかった鈴木の、常識はずれとも厚顔ともなんともいいようのない発言に驚いたのだ。

「お手伝いがしたいのです。ぼくも連れていってください」

茶屋は、眉を片方だけ吊りあげて鈴木の顔を見つめた。

「ぼくなら役に立ちます。緑川のことをよく知っていますから」

「緑川をよく知っているというのは自白と思っていいんだろうな」

茶屋が目を細めていった。鈴木はそれには答えなかった。

「緑川は指名手配されて逃亡中の身だ。それがなぜのこのこでてくると思うんだ」

「ぼくは彼の計画を挫折させました。復讐のつもりでしょう」

「あるいはおまえを救けにきたか」

「ぼくが緑川の共犯ではないことは警部にもわかっているはずです」

「おれはそんなことをいった覚えはないぞ。とにかくいまはおまえのたわごとを聞いているひまはない。手伝うから連れていけだと。どさくさに紛れて逃げるつもりだろうが、そうはいかん。おれたちが戻ってくるまでそこでおとなしくしていろ」

茶屋は体の向きを変え、部屋からでようとした。

「緑川を見てもあなたたちには見分けがつきません」

「なんだと」

茶屋はふり返った。そのとき電話が鳴り、白石がはじかれたように飛び上がって受話器をとった。

「黒田さんからです」

「どうだった」

白石が差しだした受話器を受けとって茶屋がいった。

「リモコンだったが、大した性能じゃない。病院の外から操作するには無理がある」

「やはり犯人は建物のなかだな」

「たぶんな。それともうひとつ。水銀傾斜スイッチの破片を見つけた。裁判所で使われたものとまったく同じだ」

やはり緑川だ。茶屋の目が一瞬獰猛《どうもう》にきらめいた。

「どんな爆弾だ。大きさはどれくらいだ」

茶屋は興奮を抑え、つとめて平静な声で尋ねた。

「おいおい、わしをなんだと思っている。魔法使いか」

「お前さんがそんなご大層なものだと思ったことは一度もない。爆弾はどんな容器に入っていた。どのくらいの大きさだった。それがわかれば爆弾を探している病院の職員たちになにを探せばいいか教えられる」

「爆発物はワックスペーパーで包装されていた。茶色の光沢のある紙だ。爆発の状況から見てたぶん小包みくらいの大きさだろう。いまのところ確実にいえるのはそれだけだ」

「それで十分だ」

「しかし、ほかの爆弾も箱型の容れ物に入っているとはかぎらんぞ。これだけ大勢の人間が絶えず往き来している病院に爆弾をいくつも仕掛けたやつだ。周到な準備をしたろうからな、たぶん爆弾もいろいろなものに偽装して何種類も用意していたはずだ」

「わかった。頭に入れておくよ」

「メインフロアはどうする」

「やつがいる可能性が高い。まだ近づかないでくれ」

受話器を置くと、白石が一枚のメモ用紙をさしだした。

「これを見てくださいませんか。構内に流す放送の原稿です」

茶屋は受けとって目を通した。

『当院に爆発物を仕掛けたという脅迫がありました。ただいまスタッフが建物内を捜索中ですので、院内の方々は現在いらっしゃる場所から動かぬようお願いします。とくに出入口付近は危険ですので近づかないようにしてください。怪我人がいる場合は医師または看護婦に知らせ、指示にしたがって落ち着いて行動してください』

「どうです」

「いいでしょう」

茶屋はメモ用紙を白石に返した。

「みんなでこの男をよく見張っていてくれよ」

茶屋はそういって鈴木が立っている部屋の隅を指差した。

そこに鈴木一郎の姿はなかった。

茶屋は目をしばたたかせ、部屋を見まわした。

「どこにいった。あの男はどこにいったんだ」

茶屋は思わず二、三歩足を踏みだし、鈴木がつながれていた机からいちばん近くに座っていた事務員をどなりつけた。

「気がついたらいなくなっていました」

「探せ。みんなで手分けして探すんだ」

事務員たちが部屋を右往左往しはじめた。真梨子も茫然とした表情で見まわしていた。

「ぼくはここです」

据えつけの書類キャビネットから声がした。全員がそちらをふり向いた。キャビネットの陰から鈴木がでてきた。

「貴様、手錠をどうやってはずした」

鈴木が茶屋に歩み寄ってきた。茶屋の目の前まで来ると、立ち止まって片手を挙げた。指先でなにか小さなものを摘《つま》んでいた。茶屋は片手で鈴木の手首をつかみ、もう一方の手で鈴木の指先のものを乱暴にとりあげた。長さが五センチにも満たない小さなバネのようなものだった。腕時計の部品のように見えた。

「手錠を外すのは簡単なんです。逃げようと思えばぼくはだれの助けも借りずに逃げています」

「やはり保護室に戻したほうがよさそうだな」

茶屋はうなるようにいい、鈴木の右腕を乱暴につかんで手錠をかけた。

「爆弾を仕掛けたのはやはり緑川だったのですね」

鈴木がされるがままになりながら尋ねたが、茶屋は答えなかった。

「警察が半年も行方を探しているのにいまだに見つからないのはなぜです。逃亡中にもかかわらず現われたのはなぜです」

茶屋はしばらく鈴木の顔を見つめていたが、やがてこれ見よがしにため息をつくと、左右に首を振ってみせた。

「おまえが精神鑑定を受けている身だということを忘れていたよ」

「警部、爆弾を仕掛けたのは緑川という人なの」

真梨子が尋ねた。茶屋は真梨子に顔を向けた。

「ああ。そうらしい」

茶屋は答えた。

「整形しているんだわ。彼がいっているのはそのことよ。緑川が整形していたら、あなたにも見分けがつかないでしょう」

「なるほど緑川は整形している、か。すばらしい推理だな。先生のいう通りだ。犯人は整形しているかも知れん。しかし、おれたちにわからんものがどうしてこの男にわかるというんだ」

「ぼくなら見分けることができます」

鈴木がいった。

「なぜおまえにはわかるんだ」

「整形手術でも身体全体の骨格を変えることはできません。たとえ顔が変わっていてもぼくなら彼を一目見ればわかります。ぼくは一度目にしたものは決して忘れないのです」

茶屋には鈴木のいっていることがさっぱり呑みこめなかった。苛立ちをおぼえ、あらためて鈴木の腕を引っ張って保護室へ戻すため部屋からでようとしたとき、前日真梨子から聞いた話が頭によみがえってきた。真梨子は、鈴木が一度見たものはどんな細部にいたるまでも永久に記憶に留《とど》めておくことができる能力の持ち主だといってはいなかったろうか。そのあとで鈴木が入陶《いりす》大威《たけきみ》かも知れないという話を聞いて、そちらに気をとられたためにいまのいままで忘れていたのだった。

「この男がいっているのは事実なのか。それともただのたわごとか」

茶屋は真梨子に尋ねた。

「事実よ」

真梨子が答えた。茶屋は大げさな身ぶりで天井をあおいだ。緑川が顔を変えて潜伏しているというのは捜査陣も真っ先に考えた可能性だった。しかし、整形手術を受けた緑川と対面したときのことはまったく考えていなかったことに茶屋はいまさらながら気がついた。緑川が整形して顔を変えているとすれば、茶屋に彼を見分ける自信はなかった。真梨子の言葉を全面的に信用したわけではないが、いまは助けになると思えることならどんな小さな可能性でも排除する訳にはいかなかった。

「くそ」

茶屋は握っていた手錠の片方を自分の左手の手首にはめた。

「おまえの話を信じたわけじゃない。ひとりにしておくと、なにをするかわからんからだ」

鈴木は表情を変えず、無言で茶屋を見返しただけだった。

真梨子を先頭にして三人が部屋をでようとすると、白石が黒田に渡したものと同じ携帯電話を茶屋にもさしだした。

「番号は短縮で入っています」

茶屋はそれを自由のきく右手で受けとり、上着のポケットに入れると、真梨子のあとについていった。

29

廊下にでたとたん、茶屋がいきなり鈴木一郎の衿首をつかんで壁に押しつけたので、真梨子は思わず悲鳴をあげそうになった。

「一体なにを企《たくら》んでいる。なぜおれについてくるなんていいだした」

茶屋が鈴木を押さえつけたままでいった。

「半年前の倉庫のつづきをここでやるつもりか。おれの目の前でそんなことはさせんぞ」

茶屋は鈴木に顔を近づけ、低く抑えた声でいった。鈴木は無言で茶屋を見つめ返している。

「おまえの役目は緑川を見つけておれに教えることだ。いいな」

鈴木はまったく表情を変えなかった。茶屋はしばらく鈴木をにらみつけていたが、やがて大きく息を吸いこむと両手を放した。

「乱暴しないで」

真梨子が茶屋に向かってようやくそれだけをいい、三人はエレベーターホールに向かって歩きだした。

茶屋の思いがけない振る舞いに心臓は早鐘のように打っていたが、それをのぞけば自分が冷静であることに真梨子は驚いていた。さきほどまで感じていた恐怖も嘘のように消え去っていた。真梨子のなかに恐怖感よりも強い感情が芽生えていて、それが恐怖を脇に押しのけていた。鈴木は茶屋と同行することを望み、その要求を通した。それは鈴木がこの病院にきて以来はじめて見せた主体的な行動だった。被験者としての鈴木は、自らすすんで行動をするということが一度もなかったばかりか、真梨子の目の前に現われた瞬間から、試問や試験をことごとくあざむいてきた。それがとつぜん爆弾犯を捕まえる手助けをしたいと申し出たのだ。真梨子には茶屋の懸念が理解できた。鈴木はきっとなにか企んでいるに違いない。一体なにをするつもりなのか、真梨子は見届けるつもりだった。

　真梨子は後ろをついてくる茶屋と鈴木のふたりのほうをふり返った。鈴木の顔にはどんな感情も浮かんでいなかった。茶屋は殺気立っていて、まるで全身の毛を逆立てた獣のように見え、その茶屋におとなしく引っ張られるままになっている鈴木のほうは、一方的に引っ張られているにもかかわらず大型のペットを散歩させている飼い主のように見えた。

「警部、リストを見せて」

　茶屋がリストを差しだした。

「救急センターの入院病棟にふたり、本館の入院棟にひとりね」

「本館の入院棟には一階のメインフロアを通らずにいけるのか。そっちは三人の入院患者を調べてから最後にいきたいんだが」

「本館は救急センターと二階の廊下でつながっているの。一階は通らないわ」

　エレベーターホールまでくると、二基あるエレベーターのうちのひとつがちょうど四階で止まっていた。ボタンを押すとドアが開いた。三人は無言で乗りこみ、真梨子が一階のボタンを押した。一階でエレベーターを降りた。精神科の外来ホールの照明はスイッチが切られていた。無人の受付デスクの前を通って、救急センターに抜ける通路へ通じるドアがある廊下のほうに曲がった。廊下を突き当たりまで歩く。通路のドアは閉じられ、施錠されていた。

ドアに鍵がかかっているのはその日に限ったことではなく、職員がその通路を使うときはかならず鍵を使って開け、反対側から鍵をかけることが決まりになっていた。真梨子は白衣のポケットから鍵束《かぎたば》をとりだしてドアを開けた。通路側に入って茶屋と鈴木のふたりを招き入れてから鍵をかけると、ふたたび先頭に立って歩きだした。通路は薄暗く、くぐもった機械音がどこからか聞こえてきた。突き当たりまでくると、真梨子は鍵を差しこんでドアを開けた。

三人は救急センターの建物に入った。天井の蛍光灯の青白い明かりがタイルの床や白い壁、カートに積まれたステンレスとクロムの医療器具を照らしだしていた。救急棟はたいへんな騒ぎになっているだろうと予想していたが、思ったよりも平静で、静かすぎることに逆に不安をおぼえるほどだった。インターフォンも電話のベルも鳴っていなければ、いつもならフロア中を満たしているはずの廊下を走るストレッチャーの車輪の音や看護婦たちのゴム底の靴の足音もしなかった。事務カウンターのなかに数人の職員たちの姿が見えた。みな緊張で青ざめた顔をしていた。

真梨子は二階に通じる階段がある廊下の奥に向かって歩いた。

廊下の壁ぎわに立ち、額を寄せてなにやら話し合っていたふたりの看護婦が茶屋の巨軀を見てあとずさった。

「大丈夫。心配ないわ。この人は警察の方よ」

茶屋と鈴木が手錠でつながっているのを見て、顔をひきつらせている看護婦たちに真梨子はいった。ふたりの看護婦はなにもいわずに背後のドアを開けると部屋のなかに逃げこんでしまった。

「警部さん。あなたは歩いているだけでまわりの人に不安を与えてしまうようね。もう少しおだやかで紳士的にふるまうことを心がけるべきね。それに患者に手錠をはめて引きずりまわすのもいますぐやめてほしいものだわ。ここは病院であって刑務所ではないのよ」

「連れていけといったのはこの男だ」

「それではせめてこれみよがしに引っ張るのはやめて、手錠も人目に立たないようにしてくださらない」

「いったいどうすればいい。手錠の上に白いハンカチでもかけるか」

「わたしは真面目にいってるのよ」

「今度だれかに行き合ったら、爆弾を仕掛けた犯人はこのとおり捕まえましたから安心してくださいということにするよ。それなら手錠の説明もつくし、人に不安を与えることもない。そうだろう」

真梨子がいい返そうとしたとき、目の前でエレベーターが開いてストレッチャーを押しながら医師と手術室付きの看護婦たちが降りてきた。患者を寝かせたベッドが収容できるように幅も広く、奥行も深い病院用のエレベーターだ。三人は脇に寄ってストレッチャーに道を譲った。医師たちは真梨子たちには目もくれずに手術室のほうに向かって走っていった。真梨子はそれを見て不安がいくぶん解消されるのを感じた。病院の機能がまだ失われていないことを知ってうれしかった。

二階へあがると、階段の上り口に立って、カルテに書き込みをしている若い医師を見つけた。胸の名札に『金井』と書いてあった。

「あなた救急センターの当番かしら」

「ええ、そうです」

若い医師がカルテから顔をあげて答えた。

「よかった。あなたに助けてもらいたいことがあるの」

「なんでしょう」

「入院病棟に加古さんと山田さんという患者さんがいるわね。その人たちに会いたいんだけど。ふたりはたしか同室よね」

「ええ、ベッドも隣り同士です。ふたりがなにか」

「きょうはそのふたりに会いましたか」

茶屋が横から口をはさんだ。医師は茶屋にはじめて気づいたらしく、目を丸くして巨体を見上げ、それからゆっくりと首をひねって真梨子にまなざしを向けた。

「警察の方よ」

真梨子がいった。

「ああ、なるほど。でも、警察の人が加古さんたちになんの用です。あのふたりがこの騒ぎとなにか関係でもあるんですか」

「質問に答えてくれませんか。今日そのふたりに会いましたか」

茶屋がふたたび尋ねた。

「ええ、爆弾がどこかで爆発した直後に病室を全部見てまわりました。パニックでも起きたらえらいことだと思ってね。でも心配するほどじゃありませんでしたよ。うちの患者は自分のベッドの下で爆発が起きたとしても指一本動かせない人がほとんどですからね」

冗談のつもりだろうか。それとも過度の緊張で不適応でも起こしているのだろうか。真梨子には茶屋が腹の中でうなり声をあげるのが聞こえるような気がした。

「ふたりがいる3D病棟は真っ先に見回りましたけど、そのときはふたりで興奮気味におしゃべりをしていましたよ。もっともほかの患者さんもみんなそうでしたがね」

「そのときなにかあやしい素振りをしていませんでしたか」

若い医師は怪訝な表情で茶屋を見た。

「あやしいって、どういうことでしょうか」

「金井さん。説明させてください」

真梨子がふたりの会話に割って入った。

「爆弾を仕掛けた人間はいまもこの病院のなかにいると考える根拠があるんです。その男は患者をよそおっているかもしれないの」

「加古さんと山田さんがですか。まさか。そんなことはありえませんよ。加古さんはまだ名前は売れていませんが芸名を角亭馬治《かどていうまじ》というれっきとした落語家です。病室でもときどき落語を聞かせてくれてみんなをよろこばせていますし、山田さんのほうはふつうの会社員ですが、奥さんと子供がいて、毎日のように見舞いにきています」

真梨子はふたりが茶屋が探している人間ではないと直感した。

「金井さん。わたしたちはなにもその人たちを疑っているわけではないのよ。ただ、確認しておきたいだけなの」

「ふたりは電子機器のようなものを身の回りに置いていませんか」

茶屋が尋ねた。

「電子機器ってパソコンとか携帯電話とかそういったもののことですか。携帯電話は持ち込みを禁止していますからもっているはずがありません。パソコンとかワープロの類もね。ふたりがもっている電気製品といえばラジカセと電気剃刀くらいのものです」

「それをちょっと見たいんですがね」

「電気剃刀をですか」

金井が驚いたように声を上げ、ふたたび真梨子の顔を見た。

「お願い」

「わかりました」

金井は肩をすくめると、三階に通じる階段をのぼりはじめた。真梨子たちはそのあとをついていった。三階の廊下には薄いブルーのタイルカーペットが敷かれていた。ストレッチャーの車輪が立てる音や足音を吸収するためだろう。三〇五号室と掲示がでている部屋の前で金井は立ち止まった。

茶屋が後ろに鈴木を従えたまま部屋のドアを開けてなかに入ろうとした。

「まって」

真梨子が茶屋の腕をとって引き止めた。

「あなたは入らないほうがいいわ。あなたを見たらだれだって忘れないわ。あなたは緑川という男と一度顔を合わせているんでしょう」

茶屋はすぐに真梨子の言い分が正しいことに気づいたらしく、おとなしく引き下がった。

「あそこです」

金井が部屋の奥の窓際のベッドを指差したが、両方とも空だった。

「あれ、いないな。加古さんたちがどこにいったか知ってますか」

金井が入口にいちばん近いベッドの上で上半身を起こしていた老人に尋ねた。

「テレビ室にいくといっていた」

老人が答えた。

「ありがとう」

礼をいってふたりは部屋をでた。

「ここにはいないわ。テレビ室にいるそうよ」

真梨子は茶屋に尋ねられる前にいった。茶屋は真梨子を押し退けて部屋のなかに入った。鈴木がおとなしくついていった。

「こんなときによくテレビを見る気になれるものね」

真梨子は金井に向かっていった。

「煙草ですよ。テレビ室は喫煙が許されているんです。たぶん、緊張に耐えられなくなったんでしょう」

「どこにあるの」

「あそこの角を曲がったところです」

金井が廊下の奥を指した。茶屋はふたりの患者のラジカセや電気剃刀などを調べているようだったが、なにも見つからなかったらしく三分もしないうちに戻ってきた。そのあとから茶屋の巨体に寄り添うようにして鈴木がでてきた。ふたりの様子を見て、金井が物問いたげな視線を向けてきたが、真梨子はなにもいわなかった。四人はテレビ室に向かった。病棟の突き当たりの角を曲がると、長い廊下のなかほどに観葉植物の鉢をならべた一画があった。台の上にテレビが載せられ、その前にソファが置かれているのが見えた。真梨子はあまり近づきすぎないように手前で足を止めた。

「あそこにいます」

金井がソファの片隅を指差した。

落ちつかなげに煙草を吸っているふたりの男がいた。男たちの頭上のテレビにはいままさに自分たちが歩きまわっている病院の建物が、遠巻きにしているテレビカメラによって映しだされていた。真梨子はその画面を、非現実的な思いで見た。

「違います」

鈴木がいった。真梨子は驚いて鈴木の顔を見た。

「貴様、よく見たのか」

茶屋がいった。

「ええ。あのふたりじゃありません」

鈴木がいった。

金井はなにが起こっているのかわからず真梨子たちのやりとりを怪訝な目つきで見ている。そのとき茶屋の携帯電話のベルが鳴った。

「先生。ありがとうございました」

茶屋が金井に向かって礼をいった。用がなくなったので追い払いにかかったことが露骨にわかるいい方だった。金井が肩をすくめてその場を離れると、茶屋は電話にでた。会話は短かった。

「浅黄さんからだ。いま本館の最上階にいて、これから上から下に向かって一階ずつ調べていくそうだ。ほかのスタッフも三手に分かれてそれぞれ精神科病棟、救急棟、本館と探しているが、爆弾らしきものはまだ見つかっていないということだ」

電話を切ったあと茶屋がなにもいわないので、真梨子が視線をそらさずに見つめていると茶屋は降参したとばかりに報告して、それから鈴木に顔を向けた。

「あいつらのどちらかが緑川じゃないというのはたしかなのか。いっしょにきてもらおう」

茶屋は鈴木をしたがえ、テレビ室に向かって歩きだした。茶屋がふたりの目の前で仁王立ちになるのが見えた。男たちが茶屋を見て顫《ふる》えあがる様子が離れたところからでも手にとるようにわかった。真梨子はあわててあとを追った。

「この人たちはいったいなんなんですか」

ようやく追いついた真梨子の白衣を見てふたりの男が半分泣き声になって訴えた。

「なんでもありませんわ。ただの人違いです。さあ、いきましょう」

真梨子は茶屋の腕を引っ張ってテレビ室から離れた。

「あいつらはたしかに違うな」

廊下の途中まできたところで茶屋がつぶやいた。

30

真梨子たちは階段で二階まで降りると、入院病棟の反対側の角を曲がり、L字形にのびる廊下の長いほうの突き当たりまで歩いて、本館とつながる通路の入口の前にでた。

ドーム状の通路は、腰の高さから天井全体が透明な強化プラスチックでおおわれ、歩きながら外の風景を眺めることができる。真梨子は通路を進みながら、透明な壁の外に目をやった。正面玄関の前の道路が消防車で埋まっているのが見えた。無数の赤色灯がひしめきあい、隙間なく駐車した大型車のあいだを忙しく往き来する重装備の消防士たちの姿が見てとれた。さらにその後方に数えきれないほどのテレビカメラとマイクの砲列があった。真梨子は、いま自分たちが置かれている状況がどれだけ深刻なものかをあらためて実感した。

通路を抜けて本館に入った。

本館の建物に足を踏み入れたとたん、真梨子は空気の質が一変したような感覚をおぼえた。水面に張る薄い氷のように建物全体に緊張感が張りつめていた。受付カウンターの事務員、廊下ですれ違う医師、ナースステーションの看護婦、すべての顔から表情がけずりとられたようにかき消えて硬直していた。

いままでの二度の爆発は本館の六階と一階のメインフロアで起きているのだから、本館のスタッフたちが神経を高ぶらせているのは当然といえば当然のことといえたが、真梨子の目には、いまのところなんとか平静を保っているものの、薄い氷が指先のひとつきで簡単に割れてしまうように、たった一押ししただけで彼らがパニック状態に陥ってしまうのは間違いないと思えた。

廊下をいくつも通って外来棟のなかの耳鼻咽喉科病棟に向かった。2Eと表示がでている病棟の前までくると、ナースステーションにいた眼鏡をかけた看護婦に真梨子は担当医師は誰か尋ねた。看護婦は真梨子の背後に立っている茶屋と鈴木に視線を走らせると、呼んできます、と一言いい残して逃げるようにナースステーションを飛びだし、病室のひとつに消えた。しばらくするとなかから白衣をはおった小柄な老人がでてきた。

「わたしになにか御用があるとか」

その医師はおだやかで落ち着いた顔つきをしていた。真梨子は救われた気持ちになった。

「お忙しいところをすいません。こちらは警察の茶屋警部。わたしは単なる道案内ですが、精神科の鷲谷と申します」

小柄な医師は会釈しただけで、賢明にも茶屋のほうに握手のための手をのばそうとはしなかった。

「阿木《あぎ》さんという患者さんにお会いしたいんですが」

「はて、阿木さんというのは。ああ、二〇一号室の患者さんですね」

「そこは大部屋ですか」

茶屋が口をはさんだ。

「いいえ、個室ですな」

医師が答えた。真梨子には茶屋がなにを考えているのかわかった。

「ほんの五分ほどでいいのですが、その患者を部屋から連れだしていただくわけにはいかないでしょうか」

茶屋がいった。

「どういうことです」

「その患者さんの顔をこっそりたしかめたいんです」

医師は真梨子に顔を向けた。

「当然この騒ぎと関係があるんでしょうな」

「関係はありますけれど、阿木さんが爆弾犯であるということではありませんからご心配なく。それに病室に爆弾があるというようなことでもありません」

「よくわかりませんが。しかし、わたしのオフィスでコーヒーでもご馳走するといえば、きてくれると思いますよ。こんな状況では彼も個室で一人いるよりは誰かと話がしたいでしょうからね」

「助かります」

茶屋が礼をいった。今度は心からのものらしかった。

医師は廊下の奥に向かって歩きだしてからふり返っていった。

「あなたたちはナースステーションからのぞいてごらんになっていればいいでしょう」

真梨子たちがカウンターの奥の部屋に入ると、部屋にいた数人の看護婦たちが一斉に真梨子たちをふり返った。

「ちょっとお邪魔するわ。こちらのおふたりは警察の方よ」

看護婦たちは警察と聞いて、よけいに恐怖を感じたようにあとじさった。数分後に二〇一号の部屋のドアが開いて医師がでてきた。あとについてきた男はパジャマの上にセーターを着込んでいた。

「あいつじゃない」

男を一目見るなりそういったのは鈴木ではなく茶屋だった。真梨子は驚いて茶屋の顔を見た。

「小さすぎる。緑川はもっと背が高かった」

茶屋がいった。真梨子は茶屋と手錠でつながっている鈴木を見た。

「ええ、彼ではありません」

鈴木がいった。

「よし、メインフロアにいこう」

茶屋が立ち上がると、手錠の鎖が音を立てた。看護婦のひとりが小さな悲鳴をあげた。

「お邪魔したわね。わたしたちは失礼するわ」

笑顔で看護婦たちにいうと、真梨子は急いで廊下にでた。カウンターに眼鏡の看護婦が戻っていて、真梨子たちが部屋からでてきたのを見て目を見張った。看護婦の前を通り過ぎ、エレベーターホールまできたとき爆発が起きた。

爆発音、ガラスが割れる音、悲鳴、が同時に聞こえた。

ナースステーションをふり返った。

ガラスに開いた穴から黒い煙が立ち、暗闇の先に赤い炎が見えた。

いまでてきたばかりの部屋だ。真梨子は自分が目にしている光景が現実のものだとは信じられず、頭が麻痺したようになった。爆発音を聞いて病室にいた医師や看護婦たちが駆けつけてきた。手に消火器をもった看護士もいる。真梨子は動くことができず、医師や看護婦たちがナースステーションに飛びこんでいくのを見ていた。真梨子たちに注意を払う者はだれもいなかった。

茶屋がナースステーションに向かって走りだすのを見て、ようやく理性が戻ってきた。真梨子はカウンターに駆け寄った。眼鏡の看護婦が倒れていた。看護婦を助け起こし、どこかに怪我をしていないか全身をすばやく見まわした。制服は破れておらず、出血している様子もなかった。ショックで放心状態になっているだけだ。

「あなた、大丈夫」

真梨子が抱きあげながら大声で呼びかけると、看護婦はぎこちなく反応して、真梨子に顔を向けた。

「大丈夫なの」

もう一度聞いた。看護婦がゆっくりとうなずいた。

「あなたはどこも怪我をしていない。わかったわね」

看護婦がふたたびうなずいた。真梨子は看護婦を椅子に座らせ、頭がはっきりするまで深呼吸をするようにいってから、ナースステーションに入った。

部屋は完全な混乱状態だった。椅子は横倒しになり、床にはモニターやパソコンや電話機が散乱していた。蛍光灯が落ち、壁の一部が崩れ、壁の割れ目からワイヤーと絶縁体が垂れ下っていた。どこもかしこも煙をあげていて、煙のなかを無数のメモ用紙や書類が舞っていた。医師たちは倒れた看護婦を抱き起こして部屋から運びだしていた。抱えられている看護婦は気絶しているだけで、外傷はないように見えた。別の医師は消火器のノズルを部屋の奥の机に向けて化学薬品の泡を吹きつけていた。机はすでに山のような白い泡でおおわれていた。火はあらかた消えたが、部屋のなかは煙と刺激性の臭気が充満して涙腺が針で突かれるように痛んだ。真梨子は指先で涙をぬぐった。いたるところで鳴りだした警報器のけたたましい音に交じって、不意に『ケ・セラ・セラ』のメロディが流れはじめた。入口近くの壁に患者名を記した掲示板があり、シスコール板に書かれた名前の横の赤ランプが点滅している。場違いなメロディはナースコールのチャイムだということに気づいた。

「患者たちだわ。あなたたちはすぐに病室にいって、患者を落ち着かせて。パニックになるわ」

壁ぎわで呆然と抱き合っているふたりの看護婦に向かって真梨子はいった。医師のひとりが気がついてふり返った。

「彼女のいう通りだ。早くいけ。さあ、きみたちも」

医師は消火を手伝っていた看護婦たちにも声をかけた。看護婦たちが部屋をでて病室に向かって走りだすと、茶屋も外にでた。真梨子もあとにつづいた。

病室のドアのひとつが開いてなかから患者が飛びだしてきた。中年の女性で、パジャマ姿のままだった。金切り声をあげながら廊下をエレベーターホールに向かって走っていく。医療器具をカートに載せて運んでいた看護士がそれを見てあわてて制止しようとしたが、彼女は看護士をカートごと押し倒した。金属製のトレイや点滴用のプラスチック・パッケージが廊下に散らばった。パジャマ姿の女はそれを踏みつけてなおも走りつづけようとした。

「待て。病室に戻るんだ」

茶屋が女の前に立ちふさがった。茶屋の横には鈴木が寄り添うようにして立っている。あいかわらず無表情のままだ。廊下の両側にならんだ病室のドアがつぎつぎと開いて、そこから飛びだしてきた患者たちがエレベーターホールへと走りだしていた。真梨子は思わず瞑目《めいもく》した。患者たちがわめきたて、看護婦や医師たちともみあいになり、将棋倒しになった人々が泣き叫ぶ光景が目に浮かんできた。女は茶屋の脇をがむしゃらに走り抜けようとした。茶屋は突進してきた女を片手で受けとめると、パジャマの衿をつかんだ。そして女を高々ともちあげると、枕でも投げるようにいとも無造作に放り投げた。女は五、六メートルも飛んで尻から床に着地し、さらに廊下の上を滑っていき、茶屋たちに向かって走ってきた患者たちの先頭に立っていた男の目の前でやっと止まった。

フロアに居合わせた全員がその信じられない光景を目にした。十数人の患者の群れが一瞬足を動かすことを忘れて立ち止まった。だれもが口を半開きにし目を丸くして、目の前まで飛んできた女とそれを投げた大男の顔とを交互に見比べた。

「おれは警察の者だ。みんな部屋に戻るんだ。病室からでるのは自分からすすんでわざわざ危険な目に遭いにいくようなものだ。建物のどこに爆弾が仕掛けてあるかわからんのだぞ」

茶屋が怒鳴った。

「おい、そこの男、名前はなんという」

固唾《かたず》を呑んで茶屋を見つめている患者の群れのなかのひとりを指差して茶屋がいった。

「小木曽《おぎそ》です」

茶屋に指を突きつけられた男は小さな声で答えた。

「おまえは何号室だ」

「二一二号室です」

「よし、自分の病室に戻るんだ」

男は動かなかった。動きたくても金縛りにかかったように動けないでいるに違いないと真梨子は思った。

「いますぐ戻らないと公務執行妨害で逮捕するぞ」

茶屋が足を一歩前に踏みだすと、男は飛びあがって回れ右をした。

「おい、そこの男、あんたの名前はなんだ」

小木曽という患者が自分の病室に向かって歩きだすと、茶屋は別の患者に指を突きつけた。茶屋が患者を脅しつけているあいだに、医師と看護婦たちが患者の肩に手をかけ、あるいは腰に手をまわしながら、ひとりひとりを説得して病室に戻そうとしていた。

十五、六人いた患者たちが三人になり二人になりして、最後にはだれもいなくなった。真梨子が胸を撫《な》で下ろしたとき、どこかで携帯電話のベルが鳴った。真梨子はあたりを見まわした。茶屋がようやく自分あてに連絡が入ったのだと気づいて携帯電話をポケットから摘《つま》みあげると、耳に当てた。茶屋の手にある携帯電話はまるで消しゴムのように小さく見えた。

「茶屋です」

茶屋は応答したが、口をきいたのはその一言だけで、あとは相手の話に一方的に耳を傾けていた。相手の話が進むにつれて茶屋の顔がしだいに険しくなっていくのがわかった。通話が終わって電話を切ると、真梨子には顔を向けずにいった。

「浅黄さんからだ。最上階の会議室でも爆発があったそうだ。念入りに捜索した場所なのに爆発した。どういうことなのかわからないといっている」

茶屋がいい終わらないうちに切ったばかりの携帯電話のベルがまた鳴った。茶屋はふたたび電話をとった。

「茶屋です。ええ、いま浅黄さんから聞きました」

電話してきたのは白石らしかったが、それからさきは茶屋が声をひそめたので聞きとれなくなった。

「どうしたの」

茶屋が電話を切ると真梨子は尋ねた。

「今度は救急センターのナースステーションだ。ナースステーションは医者と看護婦の手で真っ先に調べて、そのときにはあやしい物はなにも見つからなかったといってる」

真梨子は体中の力が抜けていくような気がした。

「怪我人は」

「看護婦がひとり軽い火傷を負っただけらしい。いまのところな」

「どうしてなの」

茶屋には答えられない質問であることはわかっていながら真梨子は訊かずにはいられなかった。病人や怪我人が治療を受ける場所に爆弾を仕掛けるということ自体常人の倫理観の許容範囲を超えているというのに、犯人は残忍なだけでなく狡知《こうち》にも長《た》けているらしかった。考えるともなく頭に思い描いていた爆弾犯の肖像から人間の顔が消え、目も鼻もないのっぺらぼうに変わった。わたしたちはいったいどんな怪物を相手にしているのだろうと真梨子は思った。警察や消防隊がどれほど駆けつけてきても爆発を阻止することはできないのではないか、爆発は死者がでるまで、それも大量の死者がでるまで決して止まないのではないだろうか。真梨子はつかのま不合理な思いに頭を鷲づかみされ、絶望感に襲われた。

「百人以上の人間が探しまわっているというのになぜ見つからん」

「それだけじゃないわ。安全が確認された場所で爆発が起きているのよ」

真梨子がいった。茶屋が真梨子のほうをふり向いた。これ以上ないというほど険悪な顔だった。

「ああ、あんたのいう通りだ、先生。ご指摘に感謝するよ。その鋭い頭脳でひとつ爆弾がどこにあるのか解明してもらえないものかね」

「それは皮肉のつもりなの。わたしは揚げ足とりをしたつもりはないわ。なにが起きているのか正確に把握したいだけよ」

真梨子は自分でも思いがけないほど強い口調でいい返した。

「エアシューターです」

声がした。真梨子と茶屋は同時に鈴木をふり返った。

「なんだと」

茶屋が鈴木をにらみつけた。

「エアシューターを使って爆弾を病院中に送りつけているんです」

真梨子はエアシューターという単語の意味がとっさに浮かんでこず、目をしばたたかせた。茶屋を見ると鈴木の言葉に思い当たることがあったらしく、真剣そのものの表情で中空《ちゅうくう》の一点を凝視《ぎょうし》していた。

「そうだ。そうに違いない。緑川はカプセルのなかに爆薬を詰めこんで、それをエアシューターのパイプに吸いこませているんだ。中継所はどこだ」

茶屋が真梨子に尋ねた。

「中継所ってなんのこと」

「あんたのところの院長がエアシューターは大がかりな掃除機のようなものだといっていた。書類や伝票を入れたカプセルをパイプで吸いとってそれを反対側のパイプから吐きだすんだとね。病院中から送られたカプセルはまず一ヵ所に集められ、そこでコンピュータで行く先が自動的に選別されてふたたび送りだされる仕組みになっているそうだ。おれが知りたいのはその場所だ」

「でもどうして中継所なの。カプセルを送ったり受けとったりするステーションは病院中にあるのよ」

「わかってる。しかし、それはみんな医師のオフィスやナースステーションのように常に病院の人間がいる場所にあるはずだ。そんなところに部外者が近づけばかならず気づかれる」

茶屋のいう通りだった。犯人がエアシューターを利用するつもりなら、中継所からカプセルを送りこむのがいちばん安全で確実な方法であるに違いなかった。しかし、エアシューターの中継所がどこにあるかなど真梨子は考えたこともなかった。

「六階の循環器内科病棟とカンファレンス・ルームのあいだです」

鈴木がいった。真梨子と茶屋はふたたび同時に鈴木の顔を見た。

「なんでおまえがそんなことを知っている」

「さっき事務局で図面を見ました」

「でたらめをいうな。図面を広げたときおまえは部屋の隅にいた。あそこから図面がのぞけたはずがない」

「パソコンの画面を見たんです」

鈴木がいった。真梨子は唖然とした。わずか三十分前の出来事だが、茶屋にコンピュータ画面では見づらいといわれて、事務局長が金庫室に図面をとりにいったとき、彼がパソコンの画面をクリアしてから机を離れたことを思いだしたのだ。パソコンのディスプレイに図面が映しだされていたのはほんの一、二分だった。そのわずかなあいだに鈴木は画面に映っていたデータをすべて記憶してしまったらしい。そうでなければエアシューターの中継所の場所などという真梨子でさえ知らないことを知っているはずがなかった。茶屋も驚きのあまり言葉を失ってしまったらしく、黙りこんでしまった。鈴木はあいかわらず無表情でなにを考えているのか外からはまったくうかがえなかった。真梨子は一瞬、その肩をゆさぶって仮面のような表情の下の本心を聞きだしたいという衝動に駆られた。

「カプセルは外部からコントロールできるのか」

茶屋が真梨子に尋ねた。質問を理解するまで少し時間がかかった。質問の意味が呑みこめてから真梨子は考えはじめた。一度カプセルがパイプの途中で詰まる事故があってからコンピュータ制御になり、病院中のカプセルの動きを制御室から追えるようになったという話を聞いたことを思いだした。コンピュータでカプセルの動きを追えるなら、もちろんコントロールすることもできるはずだった。

「ええ、できると思うわ」

真梨子がいうと、茶屋が電話をとりあげ、白石の番号を押した。

「茶屋です。病院中のエアシューターをすぐに止めてください。ええ、エアシューターです。理由はあとで説明します。それから医師や看護婦たちにカプセルの受信装置に、ええ、そのステーションです。それに近づかないよう指示を徹底してください」

電話を切ると別の電話をかけはじめた。相手は黒田という警察からきた人間らしかった。

「茶屋だ。まだ六階にいるか。循環器内科病棟にいってくれ。エアシューターの中継所がある。そこを調べてくれ。犯人はそこから病院中に爆弾を送りつけたのかもしれない」

茶屋は電話を切って歩きだそうとした。

「わたしたちは中継所にいかなくていいの」

「犯人は馬鹿じゃない。同じ場所に長居はしないはずだ。いまごろは姿を消しているだろう。それにあっちにはおれの部下がついているから心配はない」

「中継所に迂闊《うかつ》に近づかないほうが良いと思います。なにが仕掛けられているかわかりません」

鈴木がいった。

「黒田は爆弾の専門家だ。おまえが心配することはない」

茶屋が乱暴に手錠を引っ張ってうながすと、鈴木はそれ以上なにもいわず茶屋のあとについていった。

31

黒田たちはリネン室をでると、循環器内科の病棟があるＣ翼に向かった。

６Ｃの表示がある一画では、看護婦たちが病室とナースステーションのあいだを忙しく往復していた。一室に入ったかと思うとすぐにでてきて別の一室に入っていく。どうやら検査や治療のためではなく、興奮した患者たちをなだめることが目的のようだった。騒然とした空気がフロア全体に充満していた。重傷患者の病室を除いて、病室のドアはほとんどが開け放たれ、室内の様子が丸見えだった。患者もベッドの上で上半身を起こし、廊下を通る人間がいると首をのばしてさかんにのぞこうとする。黒田はパニックが起こる寸前のきなくさい臭いを嗅いだ気がした。

黒田は通りかかった看護婦を呼び止めて、エアシューターの中継所がどこか尋ねた。看護婦は怪訝な顔つきをしたが、しばらく考えてから、それは走査《そうさ》器《き》室《しつ》のことかと問い返してきた。めざす場所は中継所ではなく走査器室というらしかった。黒田はたぶんそうだと思うと答え、案内を頼んだ。

真梨子たちは階段を使って一階におりた。

そこは天井高が七、八メートルはあるフロアで、広い空間が壁ではなく、背の高いパーティションで仕切られていた。仕切りの中には優に部屋ひとつ分ほどの巨大なコンテナが整然とならび、天井からのびているダクトに連結されていた。後方を歩く茶屋がものめずらしげに周囲を見回しているのがわかった。真梨子は鈴木がどんな顔をしているか見たくて後ろをふり返った。しかし茶屋の横を歩く鈴木の顔にはどんな表情も浮かんでいなかった。まっすぐ前方に視線を向けたまま、肩を上下させずに歩く姿は、まるでベルトコンベアーの上を音もなく移動してゆくようだった。真梨子は軽い失望をおぼえて前方に向き直った。考えてみれば、衛生区画くらいで鈴木が表情を変えるはずがなかった。真梨子は自分の浅はかさを反省した。

複雑に仕切られた通路を抜けて真梨子たちは薬剤部のフロアに足を踏み入れた。製剤課、薬品管理課、医薬品情報試験課などのオフィスがならぶその一画は病院というより研究所の性格が強く、ふだんでもあまり人通りがない場所だったが、廊下には見事に人影がなかった。薬剤部のフロアを過ぎ、人気のない廊下を進んでいくと、職員用のカフェテリアの前にでた。

その店はメニューが豊富なので職員たちに人気があり、いつきても五、六人でかこむテーブルはどこも満席であることが多いのだが、いまは蛍光灯の明かりが煌々《こうこう》とかがやいているばかりで、客の姿もそこで働いているはずの職員の姿も見えない。通路と店内を隔《へだ》てているガラス越しに、通路側のテーブルのひとつにファイルが何冊も置いたままになっているのが見えた。だれかが大事な書類を忘れるほどあわてて避難したのに違いなかった。

「ここは本館のどの辺りなんだ」

後ろを歩いていた茶屋が真梨子の横にならんできて尋ねた。

「玄関ホールのちょうど反対側よ」

「距離はどれくらいある」

「百メートルというところかしら」

茶屋が通路の先に視線を向けた。真梨子もつられて前方を見た。通気孔、壁にかかった消火器、天井の照明などを茶屋が点検しているのがわかった。通路側の部屋のドアはすべて閉じられていた。

「ここにはなにがあるんだ」

「いきなりいわれてもわからないわ」

「思いだせ」

命令口調に反発を感じて真梨子は思わず茶屋をにらみつけたが、茶屋も負けずににらみ返してきた。

「たしか予備用の発電施設があるはずだわ。それに衛生制御ユニット、備品室、それから」

真梨子は考えながらいった。

「マルチメディア・ライブラリがあるわ。それに職員用のロッカー」

「マルチメディア・ライブラリというのはなんだ」

「コンピュータのディスクやフロッピーを保管している部屋よ。厳重な金庫室みたいなものだから一般の人は入れないわ」

茶屋は前方に視線を向けたままだった。

「なにを考えているの」

「ここは病院の人間がよく利用する通路なのか」

「ええ、本館のメインフロアへいくにはいちばん近道なの。職員はたいていここを通るわ。なにを考えているの」

「一本道の通路で、しかもほとんど密閉されているといってもいい」

「それで」

真梨子は尋ねた。茶屋が真梨子の顔を見た。口元にあざけるような笑みが浮かんでいる。真梨子は不審に思い、つぎの瞬間、あざけりの理由をとつぜん理解した。また無意識に「それで」といってしまったのだ。顔が赤くなるのがわかった。

「わかったわ。密閉された通路で爆弾が爆発したらわたしたちはまず助からないということね」

「その通りだ」

茶屋がいった。

廊下の両側にならぶ胸部外科の三十室の病室のあいだを進み、循環器内科の病棟を過ぎて、廊下を曲がったところに走査器室はあった。エアシューターの中継所と聞いてせいぜいポンプ室かボイラー室くらいの大きさの部屋を想像していた黒田は目の前の部屋を見て呆然となった。部屋とはいうものの廊下の端から端まで一区画全体が走査器室と呼ばれる施設だといってよく、たしかに位置関係としては循環器内科の病棟とカンファレンス・ルームのあいだには違いなかったが、カンファレンス・ルームなどは廊下のはるか先にあった。

「開けてください」

金属製の観音開きのドアの前に立って黒田が看護婦にいうと、看護婦は白衣のポケットから鍵束《かぎたば》をとりだした。

「修理や点検は施設課の仕事なんですが、防火は病棟の責任なんです。日勤と深夜勤務の交替時にかならず見回る決まりになっているんでわたしたち看護婦も鍵をもっているんです」

看護婦がいったが、黒田はその言葉を聞き咎《とが》めた。

「最後に見回りをしたのはいつです」

「午前八時半が日勤と深夜勤務の交替時間ですから、九時くらいだと思いますが」

黒田は腕時計を見た。時計の針は十一時三十分を指していた。部屋のなかは二時間半のあいだ無人だったことになる。爆弾犯が忍びこんでなにか細工をほどこすには十分な時間だった。あるいはまだ部屋のなかにひそんでいるということも十分考えられた。黒田はふり返って背後の刑事たちに目配せした。刑事たちは無言でうなずき返した。ドアが開けられ、看護婦が戸口の壁にある照明のスイッチを入れた。天井の蛍光灯がまばたきしながら一斉に点灯した。視野いっぱいに金属光を発するステンレスとアルミ製の設備の全体が浮かびあがった。天井の高さまで縦横無尽に入り組んだアルミ製のパイプ、無数のインジケータやメーター類、床を這う電気ケーブル。まるで未来都市のミニチュアセットを見ているようだった。

人間の姿はどこにもない。機械だけが休みなく規則正しく動いていた。広い室内のところどころから空気が圧縮されたり膨張したりする音が響いてくる。

「あなたは外で待っていてください」

看護婦を廊下に残し、黒田たちはパイプの迷路に足を踏み入れた。

真梨子たちはメインフロアに通じる通路を、左右に用心深い視線を向けながら慎重な足取りで進んでいった。ちょうど半分ほどきたところにドアが内側に開いたままになっている部屋があった。真梨子が気づく前に茶屋が五メートルほど手前でそれに気づいて、横を歩いていた真梨子の腕をつかんだ。

「ここにいろ」

真梨子をその場に立たせたまま、茶屋は足音を忍ばせて部屋に近づき、戸口からなかをのぞきこんだ。その姿を後ろから見つめていた真梨子は、茶屋の背中が部屋をのぞいた瞬間、動揺でかすかに顫えたのを見た。

茶屋が動揺するところなどそれまで一度も見たことはなかった。にわかに不安がわきあがってきた。茶屋はなにか恐ろしいものを見つけたのに違いなかった。

見てはいけないという気持ちと、たとえ茶屋に止められようとこの目でたしかめなくてはならないという気持ちがせめぎあったが、躊躇はほんの一瞬だった。足がひとりでに動いていた。

真梨子はドアに近づいた。茶屋は室内の一点に視線を据えたままで、後ろから真梨子が歩み寄ったのさえ気づかない様子だった。真梨子は茶屋の大きな体の脇に立って、戸口からのぞいた。

天井の蛍光灯が点けっぱなしになっていて部屋は明るかった。入口の近くにはめこみ式の流しがあり、右手の細長い作業台に沿って壁ぎわに医療用品を詰め込んだ棚がならんでいた。棚のなかには食塩水が入ったプラスチック・バッグ、包帯、脱脂綿、絆創膏、注射器、注射針などの箱が整然と積みあげられていた。棚の向こう、部屋のいちばん奥に少女がひとり、壁を背にして真梨子たちのほうを向いて立っているのが見えた。全身を服の上から梱包用の粘着テープで巻かれ、首から大きな目覚まし時計をぶら下げていた。

はじめにその少女の姿が視界に飛びこんできたとき、真梨子はこけしのような形をした等身大の人形が置かれているのだと思った。少女は両手を背中にまわした状態で、テープを巻きつけられていたので、肩の丸みを帯びた線がそのままっすぐ腰につながっていて、肩の先からのびているはずの両腕がないように見えたからだ。二本の脚も膝をつけた状態で足首まで隙間なくテープを巻きつけられていた。テープが巻かれていないのは顔だけだった。

自分の目が信じられなかった。

「玲子ちゃん」

真梨子は思わず叫び声をあげた。

「知っている子か」

耳元の悲鳴で真梨子が横に立っていることにはじめて気がついたように茶屋がふり返った。真梨子はあまりにはげしい驚愕で返事をすることすらできなかった。

「あの子はだれなんだ。どうしてこんなところにいるんだ」

「わからないわ」

真梨子は自失状態のままかすれ声でいった。

どうして玲子がこんな場所にいるのか。どうして体の自由を奪われて監禁されているのか。真梨子にもわかるはずがなかった。

玲子は全身を粘着テープでがんじがらめにされているだけではなかった。首には細いワイヤーが巻きつけてあり、ワイヤーの端は戸棚の高所にくりつけられていた。

両手を使えない玲子がよろめいたり、疲労から床に座りこんだりしただけでワイヤーが首に食いこんで玲子を窒息させてしまうに違いなかった。さらに腰のあたりには作業用の革のベルトが巻きつけられ、それに茶色の液体が入った牛乳瓶ほどの大きさの小瓶がはさんであった。瓶の横の黒いプラスチックの箱から何本もの撚《よ》られた三色コードがのびて、その一本一本が首から下がった目覚まし時計につながっていた。茶色の液体の正体はわからなかったが、目覚まし時計と三色コードを見ただけで、爆発物であることは容易に想像できた。口にテープが貼られている様子はなかったが、真梨子たちが見つけるまで声を立てなかったのはおそらく泣き疲れたせいだろう。それとも、助けを呼んだら爆発するぞ、と脅されているせいだろうか。

真梨子は全身がわななくのを感じた。

恐怖と憤怒が同時に体の奥から突きあげてきた。純粋な恐怖と掛け値なしの憤怒。真梨子は必死に正気を保とうとした。冷静にならなくてはならない。感情に押し流されて自分を見失ってはならない。

玲子は小児病棟からわたしのいる精神科の病棟にこようとしていたのだ。直感がそう告げていた。爆弾騒ぎで不安になり、玲子は職員たちの目を盗んで小児病棟を抜けだしたのだ。本館から真梨子のオフィスにくるときにはこの通路を通るのがいちばんの近道だと、つい三週間か四週間前に玲子の手を引いてその通路を歩いたことを真梨子は痛恨の思いで思いだした。玲子は真梨子のオフィスに向かっている途中で不運にも爆弾犯に遭遇してしまったに違いなかった。

「玲子ちゃん、わたしよ。わかる」

真梨子が呼びかけると少女が反応を示した。玲子は顔をあげ、入口のほうを向いて涙のせいでぼやけた焦点を合わせようとした。そして声の主が真梨子だとわかると目を大きく見開いた。

「動かないで」

玲子がなにかを叫ぼうとした瞬間、真梨子は声をあげて制止した。

「お願いだから動かないでちょうだい。ここにいるのは警察の人たちよ。もう大丈夫。もう少しの辛抱だからね。わたしたちがそこにいくまで動かないようにして。わかった」

玲子が小さくうなずいたように見えた。茶屋はそのあいだも鋭い視線を戸口から部屋の四隅に這わせていた。洗面台の下の床、配水管、金属製の屑入《くずい》れ、洗面台の上の壁にかかっている鏡。最後に棚と壁のあいだのわずかな隙間をのぞきこんで、なにもないことをたしかめると、茶屋が室内に慎重に足を踏み入れようとした。

そのとき手錠の鎖が鳴った。手錠の鎖が一直線に張りつめていた。引っ張っているのは茶屋ではなく鈴木だった。真梨子は驚いて鈴木の顔を見た。茶屋も鈴木にふり返った。

「貴様、なんのつもりだ」

「入ってはいけません」

鈴木が冷静そのものの声でそれに応えた。その声音は真梨子の耳には不快なくらい場違いなものに響いた。

「部屋のなかをよく見てください」

鈴木にうながされて、茶屋は疑わしげな顔で室内に視線を戻した。真梨子もそれにならった。しかし真梨子の目には玲子の痛々しい姿以外なにも目に入らなかった。鈴木の意図がわからずふたたび顔を見ると、鈴木はあいかわらず表情のない顔で前方を見つめているだけだった。真梨子は仕方なくもう一度室内に顔を向け直した。

真っ先に玲子の姿が視界に入ってきた。もう少しだから待っていてね。かならず助けにいくから。心のなかで祈るように呼びかけた。右側の棚、左側の壁、天井や床にも視線を走らせた。あちこち視線を動かしているうちになにか光るものを見たような気がして、目を凝らした。細い金属製の糸のようなものが見えてきた。

ほとんど目に見えないほど細いワイヤーが、部屋の左側の床から反対側の棚のクロームの支柱までのびていた。ワイヤーは棚にとりつけられた金属製の箱から突きだしている安全レバーを止めているピンに巻きつけられていた。

ワイヤーはそれ一本だけではなかった。右の壁から左の壁、床から天井というように何十本ものワイヤーがまちまちな方向に部屋中に張りめぐらされていた。横で茶屋がうなり声をあげるのが聞こえた。

「触れれば爆発が起こる仕掛けです」

真梨子は気が遠くなりそうだった。

玲子は全身をテープで縛りつけられているだけでなく、部屋中に張りめぐらされたワイヤーの檻にも二重に閉じこめられていたのだった。吐き気がこみあげてきて、それ以上正気を保つことに自信がもてなくなった。

走査器室のなかはアルミ製のパイプでできた森のようだった。

いくら歩いても突き当たりが見えてこないばかりか、しばらく歩いていると、自分たちが右に向かって歩いているのか左に向かって歩いているのかさえわからなくなってしまうほどだった。

「黒田さん」

刑事が黒田の名を呼んだ。黒田はふり返って、声がした方向を探した。五メートルほど後方に刑事が立って、計器盤らしい機械を指差していた。黒田は体の向きを変え、そちらに歩み寄った。

計器盤の上にノート型のパソコンが載っていた。パソコンのまわりには外付けのモデムと携帯電話が入った箱、数十枚のユーティリティ・ディスクがおさめられたホールダーなどが置かれていた。

「クラッキング・キットです。これを使って病院の中央コントロール室のコンピュータに侵入したんでしょう」

コンピュータにくわしいらしい刑事がいった。パソコンは電源につながったまま、スイッチも切られておらず、ディスプレイには病院内のエネルギー管理システム、メンテナンス・スケジュールなど病院内のセキュリティ・システムに関するサービス・メニューが表示されていた。刑事がマウスに手をのばそうとした。

「待て。うかつに触るな。なにが仕掛けられているかわからん」

「大丈夫ですよ。こんな大事なものを置き忘れていくくらいなんですから、爆弾犯はよほどあわてて移動したんでしょう。細工をする暇なんてなかったはずです」

刑事は黒田の手をやわらかくふり切ってマウスに手をのばし、セキュリティ・システムのアクセス・ログをでて、メイン・メニューから「火災」の項目を選んだ。マウスをクリックすると画面に病院内の消火設備を示す地図があらわれた。

「たいしたもんだ」

刑事が感心したように首を振った。

その瞬間、足元から炎が噴き出し、黒田と刑事のズボンと脇腹を焦がした。白色の光がひらめいたかと思うと、オレンジ色の火の玉が不気味なスローモーション・フィルムを見るようにじょじょに膨らんでいくのをまのあたりにした。

それが黒田が最後に見た光景だった。

32

「手錠をはずしてください」

鈴木が茶屋に向かっていい、手錠のはまっている右手をあげた。

「いつまでもおまえに好き勝手をさせると思ったら大間違いだぞ」

茶屋がうんざりしたように首を振った。

「ベルトにはさんである瓶のなかに入っている茶色の液体はたぶんニトログリセリンだと思います。このままにしておけません」

「おまえのでる幕じゃない。茶色の液体についておまえの意見を聞く気もない。おれがいまから電話をかけて、六階にいる専門家を呼ぶ。そうすれば万事解決だ。あの子はおれたち警察の手で無事に保護する。わかったか。二度ときいた風な口はきくな」

「時計を見てください」

茶屋の脅し文句にもまったく動じる気配を見せずに鈴木がいった。

「あの女の子の首から下がっている時計です」

その言葉にいち早く反応したのは真梨子のほうだった。真梨子は玲子の胸元に下がっている大きな目覚まし時計に目を向けた。戸口から玲子までの距離は十メートル近くあった。視力のいい真梨子でも時計の針の位置をたしかめるのはむずかしかった。真梨子は目覚まし時計の文字盤に意識を集中し、懸命に時刻を読みとろうとした。

「二時四十分だわ」

「実際の時刻は何時ですか」

真梨子は腕時計を見た。

「十一時四十分よ」

「たわごとはもうたくさんだ」

茶屋がいった。

「あの時計は実際の時刻を指していません」

「だからなんだというんだ」

「目覚ましは何時にセットされていますか」

それにはかまわず、鈴木が真梨子に訊いた。もう一度玲子の首から下がった目覚まし時計を見た。

「三時よ。三時を指しているわ」

そういったとたん真梨子は鈴木がいわんとしていることを悟った。

「まさか」

「目覚まし時計が実際の時刻を指していないとすれば、使い道はひとつしかありません」

「手錠をはずしてあげて。あの目覚まし時計は時限装置よ。あと二十分しかないわ」

「こいつはたわごとをいっているだけだ」

「お願い。手錠をはずして」

「この男にいったいなにができるというんだ。部屋を見ろ。蜘蛛の巣みたいにワイヤーだらけなんだぞ。このなかをどうやってくぐり抜ける。たとえくぐり抜けても、あの子を抱いてどうやってここまで戻ってくるというんだ」

真梨子は顔から血の気が引くのがわかった。茶屋のいう通りだった。部屋中に張りめぐらされたワイヤーに触れずに部屋の奥までたどりつくことなどだれであれ不可能だ。

茶屋が携帯電話をとりだして、短縮番号を押した。黒田という警察の男にかけたに違いなかった。茶屋が電話を耳に当てた。しかし呼出音がなかなか聞こえてこないらしかった。茶屋は電話を切り、もう一度同じ番号を押したが、結果は同じだった。

「ぼくならできます」

鈴木がいった。茶屋は耳に電話を当てたまま鈴木にはふり向きもしなかった。しかしいつまで経っても電話はつながらなかった。

「時間がないわ。あと十八分よ」

「黙っていてくれ」

茶屋はもう一度電話をかけた。やはり応答はないようだった。

「この人はできるといっているわ。手錠をはずして」

真梨子は、自分でも鈴木の言葉を信じているかどうかわからなかった。しかし、爆発まであと何分も残されていなかった。鈴木の言葉を信じる以外に方法はなかった。

茶屋がついに電話をあきらめた。真梨子には茶屋が迷っているのがわかった。真梨子は茶屋が決断するのを待ちながら、ほかの人間が決定を下すのを待っていることしかできない自分に対する無力感を噛みしめていた。すべては茶屋の決断しだいだった。ついに茶屋が鈴木のほうに顔を向けた。

「おまえならワイヤーに触れずにあの女の子のところまでいき、女の子を抱いてここまで戻ってこられるというのか」

鈴木がうなずいた。茶屋は鈴木の顔を穴の開くほど見つめた。

「あの子には傷ひとつつけるなよ。もしなにかあったら、代償はこの場で払ってもらうぞ。意味はわかるな」

鈴木に険しい視線を向けた茶屋がささやくような低い声でいった。鈴木がふたたびうなずいた。茶屋はズボンの尻ポケットから鍵をとりだすと、鈴木の目を見ながら手錠をはずした。鈴木の右手が自由になった。真梨子は心臓が急に脈動を速めたのを意識した。

鈴木は体の向きを変え、戸口に正面を向いて立った。そして部屋のなかに視線を向けたまま長いあいだ動かなかった。永久に動きださないのではないかと真梨子が思いはじめたとき、鈴木が足を前に踏みだした。ためらいを感じさせない確信に満ちた動きだった。視線を部屋の奥の玲子に据えたまま一歩、また一歩と進んでいく。視線の角度によって真梨子の目にも反射光が入り、部屋中に張りめぐらされている何十本ものワイヤーのうちの何本かが見える瞬間があるのだが、目を凝らすとたんに消えてしまう。鈴木の動きでようやくワイヤーの位置が推測できるだけだった。

鈴木が右手をあげ、前方にのばした。顔を下に向け、頭と腕とを同じ高さにした。それから右足をもちあげて膝を曲げ、曲げた膝を前につきだすようにして床と水平に回転させはじめた。鈴木の足は見えない障害物を避け、ゆっくりと九十度回転して体の前にでた。ふつうの人間なら片足で立っているだけでもむずかしい姿勢を少しの動揺もなく保っていることにも真梨子は驚かされたが、しかしさらに驚いたのは、鈴木が後方に残った手足を動かすとき、手足のほうには目を向けることさえしなかったのにもかかわらず、顔よりも後方にある手足がまるで独立した生き物のように目指す方向を探りながら仕掛け線を避けて、なめらかに床に着地するのを見たときだった。鈴木の動きは、あらかじめ一連の動作をプログラムされた機械のように正確で寸分の狂いもなかった。部屋の中央を過ぎ、さらに進んでいく鈴木の一挙手一投足を真梨子は固唾を呑んで見守った。

鈴木がとつぜん静止したのは、腕をのばせばとどく距離まで玲子に近づいたときだった。鈴木は首だけを動かして、前後左右に視線を走らせた。ワイヤーの位置をもう一度たしかめ、これからどうするか計算しているように真梨子には見えた。

　ふたたび鈴木が動きはじめた。顔が体の前に突きだされ、右手があがり、左手が反対方向にのばされた。上半身がななめにかしぎ、同時に右足が前にでた。右足がワイヤーをまたぎ越したとき、右腕と左腕は考えられるかぎり不自然な位置にあったが、下半身が腰からゆっくりと前方に進むにつれ、同じ高さのまま平行に移動した。

　下半身がワイヤーをくぐり抜けると、中空に鋲《びょう》でとめられているかのように見えた両腕が下半身のほうに吸い寄せられ、体の脇のあるべき位置におさまった。鈴木は玲子の目前で正面に向き直り、上半身を立て直した。玲子はその人間離れした動きに魅《み》入《い》られてしまったのか、鈴木を一心に見つめていた。いまのところうまくいっている、と真梨子は思った。

　鈴木が手をのばし、首に巻いてあるワイヤーをはずすと、玲子を抱きあげた。体の向きを変えるともう一度左右を見た。真梨子はそこから先はできることなら見たくなかった。目をつぶり、鈴木と玲子が無傷で戻ってくることを祈っていたかった。
往《い》きは比較的簡単だといってよかった。鈴木ほど見事に動くことは不可能だとしても、身の軽い人間であればなんとかできたに違いない。しかし帰りは四歳の少女を抱いてこなければならないのだ。

鈴木は長いあいだ立ち止まっていなかった。鈴木は玲子を抱いたまま一本、また一本とワイヤーをくぐり抜けた。玲子を抱いた鈴木の動きの精密さは、機械というよりもはや魔術の領域だった。片足をあげ、もう片方の足を軸にして体をねじるときも、ドームの天井から吊るした一本の長い糸の先端にとりつけられた球体のように、鈴木の体はゆるやかな弧を描いて回転運動した。時計の振り子でさえ先端はわずかに揺れるに違いないのに、鈴木の動きには微塵《みじん》もぶれがなく、空気の抵抗も物質の摩擦もない宇宙空間に手足を動かしているようだった。玲子を抱いた鈴木が頭を下げてワイヤーをくぐり、あるいは足をあげてワイヤーをまたぎ越えるたびに、鈴木が空中に残した軌跡が真梨子の目にはっきりとした残像として残るほど、その動きはなめらかで揺るぎなかった。

しかし、とつぜん魔法がとけた。

部屋の中央まできたとき、なにかにつまずきでもしたように鈴木が立ち止まった。仕掛け線に触れてしまったのだろうか。真梨子は思わず体を硬直させた。鈴木はちょうど片足をあげたところで、一本足でしかも爪先立ちの姿勢だった。腕には玲子を抱いている。人間の筋力でその不自然な姿勢を長時間保っていられるとは思えなかった。どうやら誤った方向からワイヤーとワイヤーの隙間に入りこんでしまったらしかった。鈴木は爪先立ちで軌道を修正しはじめた。心臓が喉までせりあがってくる。意識をしていないと、呼吸することすら忘れてしまいそうだった。

鈴木はまずのばした右手を慎重に引っこめ、つづいて左手に玲子を抱きかかえたまま上半身だけを後方に十センチほど後退させた。それからあげている足を後方にのばして、後ろ向きに一歩だけ進んだが、首をねじって後方を見るだけの余地もないらしく、そこで膝を曲げ、床面間近まで体をしずめ、徐々に体を回転させはじめた。完全に横向きになると、ふたたび片方の足をあげて前方にのばした。のばした足を前方の床に着地させ、その位置に頭から向かっていく。最後にワイヤーの向こう側に残った足を引き戻すと、鈴木はようやく二本の足で直立した。

戸口の近くまできた鈴木は、往きに部屋の奥に向かって進んでいったときと寸分も変わらない動きを、逆から正確になぞりながら戻ってきた。まるでビデオテープの逆回転を見ているようだった。

いったいどれだけ時間がかかったのか、それは永遠のようにも思えたし、わずか二、三分のあいだの出来事だったようにも思えた。

鈴木は真梨子の脇をすり抜けると廊下に玲子を横たえた。

「玲子ちゃん」

廊下に膝をつき、玲子を抱きあげようとした真梨子の手を鈴木がつかんで制止した。

「待ってください。警部、この子の脚をおさえていてください」

茫然と鈴木と玲子を見下ろしている茶屋に向かって鈴木がいった。

「先生、あなたは肩をおさえて」

真梨子は横たえられた玲子の頭のほうにまわりこむと両手をのばし、玲子の肩をおさえようとした。玲子の手首は背中で交差させられ、粘着テープを肉に食い込むほど巻きつけられていた。

「早くテープを切ってあげて。腕が体の下敷きになっているわ」

真梨子が上からのぞきこむと、玲子と目が合った。そのとき玲子の両方の鼻孔が凝固した血でふさがっているのにはじめて気がついた。爆弾犯が殴りつけでもして怪我をさせたのだろうか。それとも極度の緊張のせいで鼻血をだしただけだろうか。怒りの発作に襲われ、あわてて目をつぶった。心のなかで数をかぞえる。内心の動揺を玲子に見せてはならない、と自分にいい聞かせた。真梨子が感情をあらわにすれば、動揺は玲子に伝染してとり返しのつかない恐慌をもたらすことになりかねなかった。興奮をなんとか抑えることに成功すると目を開け、笑顔をつくろうとした。

「玲子ちゃん。もう少しの辛抱だからね。もう少しだけ我慢してね」

自分の顔が笑顔に見えていることを祈りながら話しかけた。

「警部。早くここにきて、脚をおさえてください」

戸口に立ったまま動こうとしない茶屋を鈴木がうながした。その声で茶屋が夢から醒《さ》めたように動きだし、横たわっている玲子の足元に巨体を運んでひざまずくと少女の膝を押さえた。茶屋の手につかまれると、玲子の脚はまるでマッチ棒のように見えた。鈴木は玲子の胸の上に載っている目覚まし時計に顔を近づけて、仔細《しさい》に観察しはじめた。目覚まし時計はガラスがはずしてあり、針がむきだしの状態だった。長針と短針の先に先端が切られ銅線が露出した三色コードが巻きつけられていた。しかし、コードはその二本だけではなく、時計の本体からも別のコードがのびていた。鈴木は本体からのびている二本の三色コードをつまみあげ、指先でたどっていった。ベルトに差しこまれた小瓶の横に黒いプラスチックの箱がはさんであり、二本のコードの先はその箱に挿入されていた。

「おまえにわかるのか」

茶屋が鈴木に尋ねた。鈴木は質問には答えず、ベルトにはさまれた小箱を、慎重にコードがのび切らないように抜きだした。箱の蓋には発光ダイオードの豆電球が二個ついていた。箱からは一本に撚られた三色コードが全部で六本のびており、そのうちの四本が目覚まし時計と、残りの二本が小瓶につながっていた。

「そいつはいったいなんだ」

「予備の起爆装置です。目覚まし時計のほうは、長針と短針が重なり合うと銅線が触れて回路が通じるようになっていますが、それとは別に無線で起爆装置のスイッチが入る仕組みです」

鈴木が小箱を手のひらに載せ、蓋を開こうとした。

「待て」

茶屋が切迫した声をあげた。鈴木が手を止めて茶屋に顔を向けた。

「自分がなにをやっているか、ちゃんとわかっているんだろうな」

可能なかぎり声をひそめて茶屋が尋ねた。

「無線装置を解除します」

「どうやって」

「箱のなかに受信装置があるはずです。それをとりのぞけばいい」

「簡単にいうな。なにか仕掛けがしてあるかも知れん」

「この箱はそれほど大きくありません。ダミーの回路を設けたり、センサーのたぐいを仕掛けたりする余地はないはずです」

「どうしておまえにそんなことがわかる」

「いまもいったように箱の大きさからです」

「たったそれだけか。箱が小さいから安全です、だと。よくもそんなことがいえるな。人の命がかかっているんだぞ」

「この箱の大きさからすると、なかに入っているのは電池と少量の火薬と雷管、それにポケットベルのような小型の受信装置だけだと思います。ポケットベルと雷管は継電器のようなものでつながっているはずですからそれを抜きとります」

　茶屋は納得せずに、なにかいい返そうとした。

「こうしているあいだにも緑川が無線のスイッチを押すかも知れないのですよ」

　茶屋が口を開く前に鈴木がいった。茶屋は返答に詰まって口を閉じた。鈴木は、小箱に視線を戻すと蓋を開けた。箱のなかは三色コードやさまざまな色の針金であふれんばかりだった。鈴木は慎重な手つきでコードや針金を一本一本選《よ》り分けていった。コードの山から乾電池とデジタル表示のポケットベル、緑色の粘土の板、それに長さ十五センチほどのアルミチューブが一本あらわれた。

「どうなってる。なにが入ってるんだ」

首をのばして箱をのぞきこんだ茶屋が尋ねた。鈴木はそれに答えようともせず、電池とアルミチューブをつないでいるネジ止め端子をゆるめ、電池を抜きとると、アルミチューブをつまみあげ、両端に接続されているコードをはずした。裸になったアルミチューブを玲子の胸の上にいったん置いて目覚まし時計に手をのばすと、長針と短針の先端に巻きつけられている銅線をはずした。それから玲子の首にかかっている紐をはずし、左手で目覚まし時計をもちあげ、右手でベルトにはさんである小瓶と小箱をつかんで引きだした。目覚まし時計と小瓶と小箱の三つを両手でささげもつようにしてもちあげると、ゆっくりと玲子の体の上を移動させて廊下に置き、さらに壁ぎわに押しやった。

「もう、大丈夫です。体を起こしてあげてください」

真梨子は安堵のあまりその場に座りこみそうになった。しかしなんとかこらえて、玲子の上半身を起こすと手首に巻かれたテープをはがした。一部がはがれると、残りをとりのぞくのは容易だった。

「どうしてそんなに爆弾にくわしいんだ。やはり緑川の共犯なのか」

茶屋がいった。額には玉のような汗が浮かんでいた。

「本を読んで勉強したんです」

鈴木の無機質な声の調子にはまったく変化がなかった。茶屋が呆気にとられたように口を開け、冗談だろうという顔つきで真梨子を見た。真梨子はなんと答えていいかわからなかった。真梨子にも鈴木が本気でいったことなのかそれとも冗談のつもりなのかわからなかった。

何重にも巻きつけられた粘着テープの下からワンピース姿の玲子が少しずつ現われはじめた。床に粘着テープの山ができたころ、はじめて玲子の顔面が真っ青になっていることに気づいた。

「玲子ちゃん」

玲子は真梨子の呼びかけも耳に入らない様子で、まぶたを痙攣させていた。発作が起こったのだ。真梨子は玲子を背後から抱いたまま、脇の下から両手をのばして吸入器を探した。服の上からふくらみを探り、ポケットのなかに手を入れた。吸入器はどこにもなかった。玲子をふたたび床に横たえると、左手の指先を玲子の口元にかざし、右手の二本の指で頸動脈に触れた。十秒待ち、十五秒待っても呼吸は再開せず、頸動脈も脈打たなかった。

真梨子はすがるような目で茶屋と鈴木のほうを見た。

茶屋は気遣わしげに真梨子と玲子の顔を交互に見比べていたが、鈴木の顔にはあいかわらずなんの感情もあらわれていなかった。真梨子にはそれが、患者のことは医者に任せる、といわんばかりの顔つきに見えた。自分も彼ほど冷静であればいいがと願いながら、真梨子は玲子の頭を横に向けると、左手で玲子の口をこじあけ、右手の人差し指をそのなかにねじこんだ。玲子の歯が手の甲を傷つけたが、かまわず喉の奥まで指を進めた。さらに突き入れると、なにかが指の先に触れた。指を動かし、喉に詰まっているものをかきだした。でてきたのは噛み砕かれた朝食と未消化のスナック菓子だった。気道を確保すると、玲子の頭の位置を戻した。しかし呼吸が戻る気配はなかった。顔面が白くなりはじめていた。真梨子は片手で玲子の鼻孔をつまんで、玲子の小さな口を自分の唇でふさいだ。空気がもれないように玲子の口元を片手で封印し、息を吹きこんだ。

「胸をおさえて」

真梨子は鈴木に向かっていった。

鈴木は玲子の胸の上に両手を置き、真梨子が正しい位置を教える前にあばらを軽くさすりあげて、胸骨の剣状突起を探しだし、正確にその位置に手を置いた。真梨子は、一、二、三と号令をかけ、鈴木が胸骨を圧迫する動作に合わせて玲子の口に呼気を吹きこんだ。二度、三度、と圧迫と弛緩《しかん》をくり返した。

しかし自発呼吸は戻ってこなかった。

一定時間、脳に酸素が供給されなければとり返しのつかない損傷が脳に生じる。それ以上長引けば、その先には死があるだけだ。汗で濡れたシャツが肌にはりつく。床についた両膝が痺《しび》れ、感覚がなくなってきた。それでも真梨子は必死に経口呼吸をつづけた。

息切れがしてきた。すでに無呼吸状態になって何分たつのだろう。三分か、四分か。あるいはそれ以上だろうか。

目の前で人が死んでいくという、いままで味わったことのない恐怖で視界はかすみ、絶望の涙があふれてきた。さらにまた息を継いだそのとき、玲子の薄い胸がかすかに隆起した。

「もう一度押して」

強く押し、手を放す。玲子が息をあえがせた。はげしく咳きこみながら、息を吐きだし、そして吸いこむ。それを二度、三度とくり返した。胸を撫でおろすと同時に急にはげしい疲労が襲ってきた。

しかし、よろこびは長くはつづかなかった。今度は玲子が咳きこんだまま、それがおさまらなくなってしまったのだ。すぐに止めなければ、玲子の持病である喘息がはじまり、ふたたび呼吸困難に陥る危険があった。床の上でくの字形になって苦悶している玲子の体を抱きとろうとして真梨子は彼女におおいかぶさった。玲子は体をよじり、おさえつけようとした真梨子を蹴った。極度の興奮状態で真梨子がだれかも忘れてしまっているらしかった。真梨子の手を逃れようとして跳ねあがったとたん、玲子の後頭部が廊下の壁にぶつかった。柔らかく弾むように倒れた玲子に茶屋が飛びついて、背中を床に押しつけた。

「乱暴にしないで」

真梨子が叫んだ。茶屋は真梨子の声にひるんで思わず手を放した。真梨子は玲子の背中に片手をまわして抱きしめ、もう一方の手を玲子の後頭部に当てて引き寄せた。玲子は罠にかかった小動物のように泣き叫んだ。しかし幸運なことに頭をぶつけたショックで、咳の発作はおさまっていた。

「玲子ちゃん、わたしよ。あなたは助かったの。もう大丈夫よ」

真梨子は玲子に話しかけながら髪を撫でつづけた。

玲子は悲鳴をあげてはときどき息をつまらせていたが、徐々に泣き声の勢いが衰えていった。泣き声が聞こえないくらい小さくなり、真梨子は体を少しだけ離して玲子の顔を見た。しゃくりあげながら顔をあげた玲子が、真梨子を認めたとたん抱きついてきた。

玲子を抱きしめると真梨子の目から涙があふれだした。

33

茶屋は信じられないものを見る目で鈴木を見つめていた。鈴木は茶屋など眼中にないかのようにあらぬほうを見つめており、考え事に意識を集中させていることがわかった。

「なにを考えているの」

真梨子は玲子を腕に抱いたまま涙を拭い、鈴木に尋ねた。

「この少女がここに閉じこめられていた理由です」

真梨子は玲子を救けだすことに夢中で、そのような疑問は頭の隅にも浮かばなかった。茶屋を見ると、彼も鈴木にいわれてはじめて思い当たったらしく、眉間にしわを寄せた。

爆弾犯はなぜ玲子をこんな場所に閉じこめておいたのだろうか。単に入院患者のひとりを犠牲にしようとしただけのことなのだろうか。病院のなかの人間の命を奪おうと思えば、どこで爆弾を爆発させてもよいはずだった。しかし爆弾犯は、そうせずに、幼い玲子を職員用の通路の一部屋に置き去りにし、さらに部屋に仕掛け線を張りめぐらすことまでした。なんのためにこんな手のこんだ細工を弄《ろう》したのだろうか。

玲子はテープでがんじがらめにされたうえに首にワイヤーまで巻かれて部屋からでることはおろか身動きすることすらできなかった。では部屋中に張りめぐらされた仕掛け線はなんのためだろうか。玲子が逃げられないようにするためではなく、部屋に入ろうとする人間にそなえるためのものだったとしか考えられない。

部屋全体がひとつの罠のようなもので、玲子は囮《おとり》に使われたのではないか、という考えが真梨子の脳裏をよぎった。爆弾犯はこの部屋のなかにだれかを誘いこむつもりだったのだ。しかし、一体だれをこの部屋に誘いこむつもりだったのだろう。

茶屋の携帯電話が鳴った。数分前には応答がなかった黒田という警察の人間がかけてきたのだろうと真梨子は思った。

「なんだって」

相手の第一声を聞くと茶屋が声をあげ、険しい目を鈴木に向けた。茶屋は電話に耳を傾けながら視線をはずそうとしなかった。

「わかりました」

電話を切ったあとの茶屋はさきほどまでとは表情が一変していた。

「だれからだったの。今度はいったいなにが起こったの」

不安に駆られて真梨子は茶屋に尋ねた。

「事務局長からだ。犯人が鈴木一郎を解放して玄関ホールまで連れてくるよう要求してきた。十分以内に実行しなければ今度は確実に数十人の死人がでる場所を爆破するといってきたそうだ」

茶屋は鈴木に顔を向けたまま、怒りに声を顫わせていった。

「彼はぼくを殺そうとしているだけです」

「やはりおまえは緑川の仲間だったんだな」

「やつは病院中の人間を人質にとって、おまえを渡さなければ人質を殺すといっているんだぞ」

「彼はぼくを殺そうとしているだけです。この部屋がその証拠です」

ワイヤーが張りめぐらされた部屋を一瞥して鈴木がいった。

「この少女がここに囚《とら》われていた理由がいまの電話でわかりました。緑川は精神科の病棟から本館にいくときには職員がこの通路を使うことを下調べをして知っていたに違いありません。それでここに罠を仕掛けて、職員に連れられたぼくがここを通るのを待っていたのでしょう。少女をだれかが見つけ、救けようとしたときに爆発させるつもりだった。ところがぼくたちはたまたま彼の要求の先回りをしてこの通路に入ってきてしまったのです」

「そんな作り話でおれをごまかせると思っているのか」

「この人は本当のことをいっているのかも知れないわ。この人は緑川の共犯ではないかも知れないって、あなたもいっていたじゃない」

真梨子の口から言葉がついてでた。茶屋が敵意のこもった目を真梨子に向けた。真梨子は茶屋の怒りの激しさにたじろいだ。

「いまのいままでそう思っていた。しかしいまの電話で考えが変わったよ。考えてみれば、緑川の仲間でなければやつの爆弾製造工場の場所がわかるはずはないし、緑川が仕掛けた五個目の爆弾の場所がわかるはずもなかったのだ」

真梨子をにらみつけながら茶屋はいい、真梨子が言葉に詰まると、鈴木に向き直った。

「どうしておまえに五個目の爆弾が仕掛けられている場所がわかった。納得がいくような説明ができるか」

鈴木は無言で茶屋の顔を見返した。短い沈黙があった。

「裁判所の爆破事件の後、爆弾犯のつぎの標的は緋紋家《ひもんや》耕三《こうぞう》になることはわかっていました」

鈴木が口を開いた。

「ぼくは緋紋家耕三のビルで待ち伏せすることにしました。ひそんで一週間目に彼はやってきました。ぼくは彼の後をつけ、あの倉庫に行き着いた。そのときちょうどあなたたちがやってきたのです」

「あのビルには会社と自宅が入っていて、昼間は社員がいるし、夜は警備員が寝泊りしていてビル中を見回っている。そんなところにどうすれば一週間もひそんでいられるというんだ」

「会社というのはしょっちゅう外部の人間が出入りしていますし、消費者金融ともなればなおさらです。ぼくは昼間は金を借りにきたように装って店内を歩き回り、夜はダクトに隠れ、移動していたのです」

「なるほどうまくいい逃れるもんだな。では肝腎《かんじん》の質問に答えてくれ。どうして爆弾犯が緋紋家のビルを狙うとわかった。どうしてそこで待ち伏せしていれば犯人が現われるなどと思ったんだ」

「推論したのです」

「推論しただと。緑川が緋紋家ビルを爆破することをあらかじめ見通していたというのか。でたらめもいい加減にしろ」

「どうしてでたらめだなんて決めつけられるの」

真梨子がいった。

「緑川は愉快犯だったんだ。愉快犯の意味がわかるか。主義も主張もなければ、爆弾を仕掛ける場所もまったくの気まぐれということだ。そのときになるまで緑川自身もどこを爆破するかわからなかったんだよ。本人もわからないものをどうやって推論するというんだ」

「標的はでたらめに選ばれていた訳ではありません」

鈴木がいった。

「あの事件は最初からおれが捜査していたんだ。そのおれが、爆破の場所や被害者にはなんの共通点もなかったといってるんだぞ」

「緑川に主義や主張がなくても、一連の爆破には緑川の妄想がはっきりと形になってあらわれていました。あなたたちはそれに気づかなかっただけのことです」

表情も変えずに鈴木がいった。茶屋の顔が怒りで赤くなった。真梨子は一瞬、茶屋が鈴木に殴りかかるのではないかと思った。

「その妄想とやらがなんだったのか、教えてもらおうじゃないか」

「『ヨハネの黙示録』です」

「なんだって。いったいなんの話だ」

「『ヨハネの黙示録』は聖書の教典のひとつよ。十二使徒のひとり、ヨハネがイエス・キリストの啓示を書きとったものだといわれているわ」

真梨子は爆破事件と『黙示録』というあまりにも唐突な組み合わせに戸惑いながら説明した。

「『黙示録』は戒律を破り信仰を失った者たちに対する神の審判を語ったもので、罪人の種類と彼らが受ける罰とが列挙されています」

鈴木がいった。

「これ以上おまえのでたらめにつきあっている暇はない」

茶屋は鈴木に手錠をかけようとした。

「待って。この人の説明を聞いてあげて」

「先生。精神鑑定なら別の機会に別の場所でやってくれ。いまがそのときじゃないことはあんたにもわかっているはずだ」

「この人が玲子ちゃんを救けるところをあなたも見ていたでしょう。爆弾犯の仲間ならそんなことをするはずがないわ」

真梨子は食い下がった。そして鈴木に向き直っていった。

「説明して」

鈴木は真梨子に目を向け、しばらく真梨子の顔を見つめていたが、やがて茶屋に視線を戻して口を開いた。

「被害にあった金城理詞子《きんじょうりすこ》というテレビ・タレントは占い師であるとともに、私生活が派手なことでも有名でした。事件があった夜も屋敷にはプロ野球選手や芸能人など大勢の客がいました」

茶屋は無言のまま鈴木をにらみつけていた。

「教えに背き、信仰を失ったかどで罰すべき人物として『黙示録』が最初に挙げているのがイザベルという名の女預言者で、それにはこう書かれています。

『わたしはおまえたちの行ないに応じてそれにふさわしい報いを与える。預言者だと自称する彼の女は、しもべたちに誤った教えを与え、また惑わして、彼らに淫行を行なわせ、偶像に捧げられた供物《くもつ》を食べさせている。だからわたしはかの女を病の床に伏させ、しもべたちを大いなる苦しみにあわせるだろう』

茶屋が片方の眉を吊りあげたのがわかった。

「つぎの被害者は国会議員でした。彼は愛宕《おたぎ》市の海岸線の造成計画の推進者として市民から糾弾を受けていただけでなく、壊死《えし》性筋膜炎という難病にかかって入院中でした。女預言者につづく記述はこうなっています。

『おまえの行ないはわたしの期待に反していた。過去をふり返り、自分がなにをし、なにをしてきたかを思いだし悔い改めぬかぎり、わたしはおまえに罰を下すだろう。おまえは生きているとの評判を得ているが、実際には死んでいる』。そしてそのあとに門についての記述がつづきます。

『見よ、わたしはおまえの前に扉を開いたままにしておいた。ダビデの鍵をもち、そのため、この者が開けば、だれも閉めることができず、だれも開けることができない』。国会議員のつぎの事件は裁判所で起こりました。爆発で門は破壊され、開けることも閉めることもできなくなり、門としての役割を果たすことができなくなりました」

「ばかばかしい。こじつけだ」

茶屋が吐き捨てた。

真梨子も残念ながら同じ気持ちだった。鈴木の説明に説得力があるとは思えなかった。真梨子が聖書をよく読むようになったのはアメリカに渡ってからのことだったが、新約聖書のなかでも後期に書かれた『黙示録』は、終末論やハルマゲドンなど劇的で奇怪なイメージであふれている反面、支離滅裂で意味不明な書といわれていた。『黙示録』にある記述と現実の爆破事件に一致した点があるとしてもそれは単なる偶然で、それ以上の意味があるとは思えなかった。

「ええ、あなたのいう通りこじつけにしかすぎません」

真梨子は鈴木が茶屋の主張を認めたのだと思い、驚いて鈴木の顔を見た。しかし鈴木がいったのは別の意味だった。

「正典として認められてからも、『黙示録』は一部の熱狂者たちによってたえず恣意《しい》的な解釈が生みだされてきました。緑川も『黙示録』に満ちている象徴的な表現を勝手に解釈し利用した人間のひとりにすぎません。緑川にすれば『黙示録』にある記述とほんの少しでもつながりがありさえすればよかったのです」

「こじつけにすぎないということは、つまりただの思いつきだということだ。他人の思いつきをどうやって推論するというんだ」

茶屋が反論した。

「爆弾犯が『黙示録』の記述にヒントを得て犯行をくり返していることはわかっていましたが、『黙示録』の記述はあまりに抽象的なために、そこから具体的な人や場所を特定することは不可能でした。しかし五番目の事件だけは違っていました。門につづく記述はほかの箇所と違い非常に具体的に罪人が描写してあるのです。それにはこうあります。

『おまえは〈わたしは金持ちで、豊かになった。不足するものはなにひとつない〉といっているが、実は自分が惨《みじ》めなもの、哀れで、貧しく、目が見えず、また裸であることを知らないのだ。おまえの裸の様が人目に触れないように白い着物を買うように、おまえの目が見えるようになるために目に塗りこむための目薬も買うように、わたしはおまえを叱責し、懲《こ》らしめる』

緋紋家耕三のことだ。真梨子は思った。

「この記述は愛宕市の人間ならだれでも知っている緋紋家耕三の姿と一致します。彼は、日頃から自分は富も名誉もすべて手中にしたと口癖のように述べ、つねに黒一色の服装であることで有名であり、おまけに盲目です。『黙示録』にしたがって標的を選んでいる爆弾犯が、まさに記述通りのこの人物を見落とすはずがありません」

「そんなになんでもお見通しならなぜ五件目の事件が起こるまで悠長に待ったんだ」

「そのことはすでに説明しました。ぼくにわかっていたのは爆弾犯が『黙示録』を下敷きにしているということだけでした。

『預言者だと自称する彼の女は、しもべたちに誤った教えを与え、また惑わして、彼らに淫行を行なわせている』という記述からテレビ・タレントの家に爆弾が仕掛けられるなどと推理することは不可能です。議員の場合も、裁判所の門の場合も同じことです。現実に事件が起こってはじめて、あとから考えれば記述と共通するものがあると確認できるだけなのです。しかし五番目の啓示だけは、罰せられるべき罪人が具体的に描写されていて、しかも愛宕市にはその記述にぴったりあてはまる人物が実在していたのです。爆弾犯が自分を神に見立て、『黙示録』の順番にしたがって罪人を罰しているつもりでいるならこの偶然の一致を見逃すはずがありません。この人物がつぎの標的になることは間違いないことに思えました。問題は自宅と会社のどちらが狙われるかでしたが、それも解決することができました。彼は会社の最上階に住んでいたからです」

「それがおまえの作り話ではないとだれがいえる。大体どうして『ヨハネの黙示録』なんだ」

「爆弾犯が、『黙示録』を下敷きにしていることは最初から明白でした。爆破は『七星建設』という会社からはじまったからです。爆弾が置かれた社長像は燭台を掲《かか》げもっており、胸像のまわりには体毛を剃られ、赤裸にされたうえに体中に黒のマジックペンで無数の目が書き込まれていたネズミが散乱していました」

茶屋が、なぜかネズミという単語に反応して眉間にしわを寄せた。

「『黙示録』では、神はこう描写されています。『ラッパが鳴り響くようなお声にふり向くと、そこには玉座《ぎょくざ》が据えられていて、その玉座に座っている者がいた。彼は七つの星をもち、玉座の中央と周囲には前面も背面も一面を目で覆われた生きものがはべり、昼も夜も休みなく神の全能を歌いつづけていた』と。緑川は一週間目にエレベーターの保守要員を装ってやってきました。ぼくは彼がビルの屋上のエレベーターのウインチ室に爆弾を仕掛ける様子を陰から見ていました。ウインチ室の換気口から外部へ配線し、換気扇の配線のような外観を装って屋上のアンテナとつなげ、アンテナの側に小型受信機をとりつけました。作業がおわったのを見届けてぼくは受信機をはずし、緑川のあとをつけました。彼の行先を見失う恐れがあるので時限装置を解除している暇はありませんでした。だからあのあとであなたたちに爆弾の在り処を教えて解体してもらったのです。これが緑川がぼくを殺そうとしている理由です。緑川は自分を神になぞり、罪人を罰しているつもりになっていました。彼にしてみれば、ぼくは神の崇高な使命を邪魔立てした男なのです」

真梨子は、キリスト教ではもっとも聡明な天使が地獄に落ちてサタンとなったとされていることを思いだした。緑川という男にとっては、鈴木はまさにサタンにほかならないのに違いなかった。そして突然、鈴木一郎は緑川をおびきだすために故意に警察に捕まったのではないかという考えが頭の隅をかすめた。真梨子はあらためて鈴木一郎の横顔を見た。だがその表情から彼女の疑念をたしかめることはできなかった。

「よくわかったよ」

茶屋が鈴木の手を握って引き寄せた。握手でもするつもりかと思って見ていると、茶屋はまったく思いがけないことをした。鈴木の手首をつかんでもちあげたかと思うと、その手に手錠をかけたのだ。

「なにをするの」

「この男が緑川の共犯ではないことはわかった。だとすればこの男がおれたちについてきた目的はただひとつしかない」

真梨子は抗議しようとした。しかし、できなかった。茶屋の考えが間違ってはいないことは真梨子にもわかっていた。

「これからどうするの」

「このままメインフロアに連れていく。緑川を見分けてもらわなければならないからな。緑川は、この男が病院の職員に連れられてここを通る瞬間を狙って爆破のスイッチを押そうとしていた。つまり、やつがメインフロアにいるのはほぼ確実だということだ。やつが通路をのぞきにくる前に先にメインフロアにいってやつを探す。先生、あんたはここで待っていてくれ」

「とんでもない。いっしょにいくわ」

「その子を爆弾犯がいる場所に連れていく気か」

茶屋が真梨子の腕のなかの玲子を指していった。

「この子はわたしと一緒にいるのがいちばん安全だわ」

真梨子は玲子を抱いている腕に力をこめた。

茶屋があきれたようにかぶりをふり、鈴木をしたがえて歩きだした。真梨子も立ちあがって、玲子を腕に抱いたままふたりの後について歩きだした。

34

メインフロアに通じる曲がり角まできたところで、真梨子の前を歩いていた茶屋がいきなり立ち止まった。

「あれに爆弾が仕掛けてあるんじゃないか」

壁ぎわのコーヒーの自動販売機をさして茶屋が鈴木に尋ねた。玲子を抱いて歩いていた真梨子はそれを聞いて思わず一歩後ずさった。

「心配ありません。自動販売機にはコンピュータ・チップが内蔵されていて、それを動かすための電力が電磁場を発生させています。小型の電気器具が狂いだすほど強力な電磁場ですから、たとえ遠隔操作式の爆弾を仕掛けても電波は遮断されてしまいます」

鈴木が落ち着いた声で答えた。

真梨子は鈴木の顔を見た。茶屋にふたたび手錠をかけられたとき鈴木がまったく抵抗する素振りを見せなかったことが真梨子には意外だったのだが、鈴木の顔にはあいかわらずどんな感情も浮かんでおらず、なにを考えているのかうかがい知ることはできなかった。

茶屋は鈴木の説明にもかかわらず、反対側の廊下の隅を歩いて自動販売機の前を通りすぎた。

エントランス・ホールにでた。吹き抜けの大空間に足を踏み入れた真梨子は、その惨状に息を呑んだ。ガラス張りの吹き抜けがビルの三階の高さまでつらぬくホールには明るい陽射しが降り注いでいたが、その明るさがかえって爆発の傷痕を生々しく見せていた。自動ドアのガラスが粉々になり、ドアの両側の大型の植木鉢もふたつとも影も形もなくなっていた。爆発した瞬間に辺りに破片が雨あられと降り注いだのだろう、床には鉢のかけらや土や観葉植物の葉が散乱していた。外来ロビーは中央に噴水があり、それをかこむようにしてソファが円形にならべられている。十人ばかりの医師と看護婦が、ロビーを歩きまわって外来患者たちをなだめるために話しかけたり、手を握ったりしていた。真梨子たちはソファの陰を伝って、注意深く、静かに進んでいった。腰を屈《かが》めたまま歩くのは苦しかったが、とりわけ茶屋は巨体を隠すのに苦労していた。

「どこにいる」

ロビーの中央付近まできたとき、茶屋が背後の鈴木にふり返って尋ねた。鈴木はソファの陰からロビーにいる人間をうかがった。

「おい、どいつが緑川だ」

「いました。あれです」

鈴木が右手にある受付カウンターをさし示した。カウンターの前には、ふたりの年少の子供を両手に抱いて身を固くしている母親、背広姿の男、店の割烹着《かっぽうぎ》を着た板前らしい男、それに産み月が近いらしく、腹が大きくせりだした妊婦などが不安げな面《おも》持《も》ちでソファに座っていた。

「あの背広の男です」

鈴木が指差した男は、周囲のことなど目に入らない様子で膝の上に載せたノート型パソコンのキーを一心不乱にたたいていた。

男の姿を見届けると、茶屋が左右を見まわし、カウンターの近くに身が隠せる場所を探しはじめた。カウンターの横に刳《く》り壁の小さなラウンジがあり、そこには公衆電話が何台もならんでいた。人影はなく、ソファの男からはちょうど死角になっていた。茶屋が腰を屈めたままふたたび進みはじめ、真梨子たちもそのあとにつづいた。ラウンジに入ると、真梨子たちはようやく腰をのばした。茶屋がふたたび左右を見まわし、電話を固定している把手《とって》状の締め具に目を留めた。茶屋はそれをつかむと、強度を試すように乱暴に揺すった。鈴木をそこにつないでおくつもりらしかった。真梨子が思った通り、茶屋が自分の手首にはめていた手錠をはずしてそれを締め具にかけようとしたとき鈴木がだしぬけに口を開いた。

「それは得策ではありません」

その穏やかな声は茶屋の注意を引きつけた。

「あの男を見てください」

鈴木が背広の男を見ると茶屋はそれにしたがった。

「彼はパソコンをもっています。キーを押すだけで爆破できるようプログラムしているかも知れません。もしそうしていたらとり押さえられる前にスイッチを押すでしょう」

鈴木は、茶屋を説き伏せるというより事実をありのままに告げようとするかのように冷静そのものの口調でいった。茶屋の視線が鈴木と男のあいだを行ったり来たりした。鈴木の言葉を真剣に検討しているのは明らかだった。

「それならどうする」

茶屋が苛立っていった。

「ふたりで同時に飛びかかるのです。警部はあの男を押さえてください。ぼくはパソコンをとりあげます」

鈴木が茶屋の目を見ながらいった。茶屋も鈴木を見返した。

「だめだ」

茶屋が鈴木から視線をそらし、手錠を締め具にかけようとした。そのとき男がパソコンをもったまま立ち上がるのが見えた。茶屋の動きが途中で止まった。

「警部、それしか方法はありません」

鈴木がいった。ソファから立ち上がった男が時刻をたしかめるように腕時計をのぞきこみ、それから左右を見まわした。真梨子は身も凍る思いで男を見つめた。男がソファから離れて歩きだした。

「警部、時間がありません」

男はラウンジへ近づいてくる。真梨子は壁に背中を押しつけ身をかたくした。

「くそ」

茶屋が悪態をつき、鈴木をつなぐことをあきらめた。男はラウンジまですでにあと五、六歩というところまできていた。

茶屋が鈴木をふり返って見た。

「いいか、いくぞ」

鈴木がうなずいた。茶屋が前方に向き直り、深呼吸をしたのがわかった。つぎの瞬間、茶屋と鈴木のふたりは同時にラウンジから飛びだした。

ソファに座っていた外来患者が、自分たちに向かって突進してくる大男に気づいて悲鳴をあげた。男が顔をあげ、茶屋の姿に目を留めると同時に茶屋は男に飛びかかり、押し倒していた。近くにいた患者や看護婦たちが悲鳴をあげながら逃げまどった。

真梨子はラウンジから身を乗りだした。茶屋の巨体にのしかかられた男が懸命にもがいているのが見えた。茶屋は男を押さえつけたまま床に転がったパソコンを片手で拾いあげて、男の手が届かないところに放った。男が息をあえがせ身動きできなくなると、茶屋は手錠をとりだして男の手にかけ、立ち上がらせた。

そのときはじめて真梨子は鈴木がいないことに気づき、彼の姿を目で探した。鈴木はすぐ近くにいた。カウンターから少し離れた場所に妊婦とともに立っていた。真梨子は一瞬なにが起こったのかわからず、眉をひそめて目を凝らした。鈴木は片腕を妊婦の首にまわし、片方の手で刃物らしきものを握って、妊婦の喉元にあてがっていた。男に手錠をかけ、床から立ち上がった茶屋が、真梨子とほとんど同時に妊婦を人質にとった鈴木の姿に目を留め、その場に凍りついたように立ち尽くした。鈴木が妊婦の喉元につきつけている刃物は鋏のようだった。事務局か、爆破のあったナースステーションに入ったときにひそかにもちだしてきたものに違いなかった。

「その人をどうする気だ」

茶屋が驚愕と怒りとで顔をゆがませながら鈴木に向かっていった。

「動くとこの人が怪我をしますよ」

鈴木は妊婦を背後から抱きかかえたままゆっくりと玄関とは反対側のエレベーターホールのほうに動きだした。

「外には警察官が何百人もいるんだぞ。どこにも逃げられん」

茶屋が片手に手錠でつながれた男をしたがえたままで、どうやって鈴木を捕えることができるか懸命に考えていることがわかった。鈴木を追いかけようにも男が足手まといだし、かといって男を離す訳にもいかない。真梨子には、茶屋が歯噛みをする思いでいるのが手にとるようにわかった。鈴木は視線を茶屋に据えて牽制《けんせい》しながら、エレベーターのほうに後ろ向きに近づいていった。

エレベーターに乗って上の階に行くつもりなのだろうか、それとも地下に下りるつもりなのだろうか。真梨子には鈴木の行動がまるで読めなかった。鈴木が考えもなしに行動するとは思えなかったが、しかし成算があっての行動とは到底思えなかった。

「いったいどこへいくつもりだ」

茶屋は捕らえた男を手錠で引きずりながらも、鈴木との距離をできるだけ縮めようとしていた。

「警部、そこまでです。それ以上近づくとこの人の喉を刺します」

鈴木が鋏を握る手に力をこめた。茶屋が立ち止まった。鈴木が茶屋に顔を向けたま、背後の壁のボタンを押した。エレベーターは一階に止まっていたらしくすぐにドアが開いた。鈴木は妊婦を抱いて後退《あとずさ》りながらケージに入った。ドアが閉じた。茶屋がエレベーターに突進した。真梨子もラウンジをでて茶屋の傍に駆け寄った。ドアの上の壁のインジケータの数字が上昇していった。

「だれかこっちにきてくれ」

茶屋は別のエレベーターを呼ぶためにボタンを押し、ロビーで遠巻きにしている人たちに向かって叫んだ。人の群れから若い医師が三人でてきて恐る恐る近づいてきた。

「この男が爆弾犯だ。手錠を三人でしっかり握っていてくれ」

茶屋が背広の男をさしだした。男は足元がふらつき、立っているのがやっとという状態だった。茶屋はごく短い時間に壊滅的な打撃を男に与えたようだった。ちょうどエレベーターのドアが開いた。

「だれか携帯電話をもってるか」

三人が同時に白衣のポケットから携帯電話をとりだした。

「一台だけ借りていく。さっきの男が乗ったエレベーターが何階で止まったかこれで教えてくれ。それから警察に電話して外で待機している連中をなかにいれるようにいうんだ。いいな」

医師たちがうなずくのを見て茶屋がエレベーターに乗りこんだ。

「この子をお願いします」

真梨子は玲子を医師の腕に預け、そのあとにつづいた。茶屋が屋上のボタンを押した。

「あいつはどこにいくつもりだ」

「ひょっとしたら屋上のヘリポートかもしれない」

「なんだと。ヘリコプターに乗るつもりなのか。あの男はヘリコプターを操縦できるのか」

「わからない。本で読んで勉強したのかも知れないといったら、あなたは信じるかしら」

茶屋が眉を吊り上げて真梨子の顔を見た。

「先生、真面目に答えてくれ。あの男は本当にヘリコプターを操縦できるのか」

「本当のことをいえば、わたしにもわからない。わたしにいえるのは、あの人がヘリコプターを操縦できるとしてもわたしは驚かないということだけよ」

茶屋が天井を仰いだ。

「あいつがヘリポートに向かっているとして、屋上にいまヘリコプターが駐まっているのか」

「ええ、緊急の呼出しにそなえて一機、待機しているはずよ」

「この病院のヘリコプターは自家用機なのか。搭乗員はどこにいる」

「本館のどこかに乗務員の待機室があるはずだけど」

エレベーターは上昇しつづけたが、医師から借りた電話が鳴る気配はなかった。やはり鈴木は屋上に向かっているようだった。

結局電話は屋上に着くまで鳴らなかった。エレベーターが屋上で止まった。茶屋はドアが開いたとたん外に飛びだした。

ヘリポートは屋上のほぼ中央に二箇所あった。そのうちの一箇所の着陸灯が点灯していて、ヘリコプターが白い光のなかに浮かび上がっていた。鈴木は妊婦を先にたてて、ヘリポートの短い踏み段を登っているところだった。真梨子たちが屋上にでて数歩もいかないうちに、鈴木がふり返って真梨子たちを見た。

「そこで止まってください。一歩でも動いたらこの人を殺します」

真梨子と茶屋は立ち止まった。

「そんなものでどこまで逃げられると思っているんだ」

茶屋が怒鳴った。

「仮におまえがそれを飛ばせたとしても、永久に空の上を飛んでいる訳にはいかんのだぞ」

鈴木はヘリコプターの傍までいくと、プレキシガラスのドアを開けて妊婦を押しこめ、つづいて自分も操縦席に乗りこんだ。

「鈴木さん」

真梨子は思わず前に足を踏みだした。

茶屋が驚いて真梨子を制止しようとしたが、真梨子はその手をふり切ってなおもヘリポートに歩み寄った。操縦席におさまった鈴木がコックピットのスイッチ類を点検し、手元のレバーと足元のペダルの位置をすばやく確認するのが見えた。真梨子はさらにヘリコプターに近づくといった。

「鈴木さん。あなたはどんな夢を見るの」

鈴木が計器盤に這わせていた手を止めて、真梨子に顔を向けた。

「あなたは最近夢を見るようになったはずだわ。そうでしょう」

真梨子はさらにいった。鈴木は無言で真梨子の顔を見つめていた。真梨子は鈴木がなにか言い返してくれることを期待して、鈴木の視線を正面から受けとめた。しかし鈴木はなにもいわなかった。

鈴木が真梨子に顔を向けたままスターターを押し、エンジンが始動した。ローターが回転しはじめ、それが巻きおこす風で真梨子は真っすぐ立っていられなくなった。

「お願い、教えて。あなたはどんな夢を見るの」

真梨子はタービンエンジンの音に負けないよう大声で叫んだ。ローターが回転する速度が増すとともに、轟音が屋上中に響きわたり、真梨子の声をかき消した。茶屋が真梨子の傍らに駆け寄ってきた。

ヘリコプターが離陸をはじめた。徐々に高度をあげると、真梨子たちの頭上をゆっくりと旋回してから、見事に上昇し、屋上の塀《へい》を越えて飛び去った。真梨子と茶屋は屋上に立ちつくして、遠ざかる機影を見送るしかなかった。

35

コーヒーメーカーのスイッチを入れた。回転する刃がコーヒー豆を砕く音がして、沸騰した湯が自動的に注がれると、台所いっぱいに香ばしい薫りが広がった。時刻は午後七時。真梨子は病院から自宅に戻り、シャワーを浴びたところだった。

鈴木が病院から逃走してから十日が経っていた。

あの日、鈴木が操縦するヘリコプターが遠ざかっていくのを見ながら茶屋は警察本部に電話をかけ、市内の空域への商業用機の侵入を禁止したうえで、レーダーで鈴木のヘリコプターを追跡するよう愛宕《おたぎ》市近郊の空港に連絡し、警察からもヘリコプターを出動させるよう要請した。すぐに手配がされ、地上にも緊急配備が敷かれたが、鈴木のヘリコプターは警察の捜索の網にかからず、姿を消した。ヘリコプターが発見されたのは翌日になってからで、場所は病院の裏手の丘のふもと、丘陵の樹冠《じゆかん》を越えたところにある木々がまばらに生えたせまい台地だった。そのすぐ下には国道が走っていた。

警察は機体を発見した当初、突風にあおられたかあるいは高度が低すぎてローターか尾翼を峯《みね》の梢《こずえ》にひっかけたか、いずれにしても鈴木が操縦を誤ったことが原因で墜落したのだろうと考えた。しかし検証の結果、それが事故ではなかったことが明らかになった。辺りの木々の枝は一本も折れておらず、機体にも傷ひとつついていなかったのだ。鈴木は警察の空からの追跡をかわすために、病院から目と鼻の距離でしかも人目につかないその地点を選んで着陸したのだった。もしそこに着陸せず飛びつづけていれば、数分後には空港のレーダーか警察のヘリコプターに発見されていたろう。

警察が発見したのはそれだけではなかった。近くの岩場の陰に首の骨が折られた死体が一体残されていた。鈴木が病院から人質として連れだした妊婦に違いなかった。ところが、死体の胸の上に被害者がかぶっていたと思われるかつらが置かれ、腹からはサッカーボール大の丸いクッションがこぼれ落ち、大きかったはずの腹が平らになっていた。死体は妊婦でも女ですらもなかった。クッションにはジッパーがついており、それを開けるとなかからノート型パソコンやモデムなどがでてきた。身元を証明するものをもっておらず近親者も名乗りでてなかったので、警察で指紋を照合したところ、死体は逃亡中の爆弾犯緑川であることが判明した。茶屋が病院で捕えた男は事件とまったく関係がないことがわかり、即日釈放された。

茶屋が怒り狂ったのはいうまでもないが、彼が鈴木の行方を追うためにまずはじめたのは、十一年前に入陶《いりす》大威《たけきみ》が火傷を負い、入院してから以降の足取りをたどることだった。

真梨子が茶屋から直接聞いたところでは、市内の病院に入院した大威を氷室《ひむろ》が引き取ってあらためて東京の病院に入院させ、当時世界一といわれた形成外科の名医をブラジルから招聘《しようへい》して手術を執刀させたことが確認された。その際大威は鈴木一郎の名で入院しており、鈴木一郎の戸籍を用意した人間が氷室であることもほぼ間違いないようだった。半年以上にわたる大手術が済んだ後、大威は氷室の屋敷で静養生活を送るようになったが、その期間は一年間だけで、それ以後彼がどこにいき、どんな暮らしをしていたのかはまだ解明されていなかった。茶屋は、大威が屋敷をでたあとも氷室が後見人として彼に生活の場所や資金を提供していたに違いなく、大威が鈴木一郎として愛宕市に帰ってきたのも氷室の死に関係があるはずだと真梨子に話したが、それ以上の捜査は氷室の死が壁になって、なかなか進まないようだった。

コーヒーカップをもって台所をでかけたとき、真梨子は閉めたはずの玄関のドアが開いて、戸口に人影が立っているのに気づき、息が止まりそうなほど驚いた。

「とつぜんお邪魔して申し訳ありません」

人影がいった。それは地味なスーツにネクタイ、それに安物のコートを羽織っていたが、まぎれもなく鈴木一郎だった。

真梨子は身じろぎもせずに鈴木を見つめた。逃亡中の身であるとはとても思えないほど落ち着きはらった物腰で、やつれも見えなかった。しかし、鈴木にはそれまで感じたことのない威圧感があった。真梨子には彼がまるで別人のように見えた。

それまで収監服と患者用の白衣姿しか見ていなかったせいもあったが、それだけではなかった。鈴木が別人に見える原因は真梨子の側にあった。というのもいままでは彼について以前とは比べものにならないほど多くのことを知っていたからだ。三人の人間を殺害した疑いがあると茶屋から聞かされていたのはもちろんのこと、緑川の最後については真梨子もその現場に居合わせたのだ。緑川を殺すところを直接見たわけではないが、鈴木が目的のためにはなんのためらいもなく人を欺《あざむ》き、躊躇なく実行するところを目《ま》のあたりにしたことに変わりなかった。それはたとえば身元を隠すために心理テストで嘘をつくのとはまるで意味が違っていた。少なくとも真梨子にとっては。

不思議なことに真梨子は少しも恐怖を感じなかった。そればかりか、いつかかならず鈴木が目の前にあらわれることを心のどこかで確信し、その瞬間をひそかに期待もしていたのだった。

「コーヒーをいれたところなの。あなたもどう」

「いえ、けっこうです。座ってもらえませんか」

いわれた通り、台所をでて居間の窓際のコーヒーテーブルに移動し、寝椅子ではなく、机の下から椅子を引き寄せてそこに座った。

いですね」

「そこから動かないでください。先生が立ち上がったらぼくはすぐに失礼します。いいですね」

真梨子はうなずいた。

「ぼくが最近夢を見るようになったはずだと先生はおっしゃいましたね。その理由をお聞きしたくてうかがったのです」

やはりそうだった。鈴木の用件はそれしかないはずだ。真梨子は思った。うろたえることはない。自分の考えをありのままにいえばいい。

「ということは、あなたは夢を見るのね」

鈴木がうなずいた。鈴木は玄関の戸口に立ったまま、真梨子は居間の窓際の椅子に座ったまま。ふたりは部屋の端と端とで会話を交わしていた。こっけいで馬鹿げた感じだった。

「いつからなの」

「一年前からです。なぜぼくが最近夢を見るようになったとお思いになったのですか」

「その前にひとつ聞かせて。この三年間に愛宕市の大物の犯罪者が三人も殺されていると茶屋警部から聞かされたわ。警部はあなたの仕業だと疑っている。本当にあなたがやったことなの」

「ええ、そうです」

鈴木はしばらく真梨子を見つめていたが、やがてつぶやくようにいった。予想していたとはいえ答えを聞いた瞬間、心臓が跳ね上がった。

「それは彼らが犯罪者だったからなの」

「そうです」

「緑川もね。彼も犯罪者だったから殺したのね」

「ええ、そうです」

「警察が知らない殺人がほかにも何件もあるのかしら」

その質問には鈴木は答えようとしなかった。

「いったいいつからなの。なぜそんな恐ろしいことをしようと考えたの。あなたのお祖父《じい》さまがそうするようあなたに教えたの」

「先生。夢の話を聞かせてください」

真梨子の質問を鈴木はやわらかくさえぎっていった。

「なぜぼくが夢を見るようになったはずだと推理されたのですか」

鈴木に直接聞いてたしかめたいことがほかにも数えきれないくらいあったが、いまはあきらめるしかなかった。とにかく会話の糸口を手放さないことが先決だと思った。真梨子は、頭のなかの考えをまとめるために一度深呼吸をしてから話しはじめた。

「わたしたちという存在は無数の雑多な感覚の集積にほかならないけれど、聴覚、視覚、触覚など五感からの情報は信じがたい速さで移り変わり流れ去っていくわ。それをひとつにまとめあげ、意味のあるものにしているのが自我というものよ。自我がどうやって形成されるかについてはだれにも正確なことはいえない。赤ちゃんの欲求と親の躾《しつけ》の葛藤の過程で徐々に形づくられていく。それくらいの説明がせいぜいというところ。文化や生活習慣や長じては主義や思想を学ぶことによって、感覚の雑多な集積でしかない人間は少しずつまとまりをもった存在になっていく。つまり、単にうつろいやすい感覚の集合体ではなく、確固として持続的な個人になるという訳ね。でも、あなたの場合は違っていた」

真梨子は言葉を切り、鈴木の顔をうかがった。鈴木の表情にはなんの変化もあらわれていなかった。

「あなたにはふつうの意味での自我が形成されなかった。それはあなたに本能的な欲求が欠落していたせいよ。それでは環境とのあいだでせめぎあいも衝突も起きない。

あなたは子供の頃から周囲の物を見ていたし、音を聞いていたけれど、自分が見ている、自分が聞いている、自分が考えているという意識はまったくもてなかったのだと思う。おそらく身体感覚すらなかったのじゃないかしら。あなたはただレンズのようにくまなく外界を見通し、集音マイクのようにどんな小さな音も拾い、自分でそれと意識することなく外界からの情報を蓄積していっただけ。そうじゃない」

鈴木は無言のままだった。

「でもなにかが起こった。なにがあったのかは知らない。あなたは自我の代わりに情報を取捨選択し統一する別の虚構をつくりあげた。集積されたデータを論理的に再構築することによって人工的に自我をつくりだしたといってもいいわ。虚構だというのは、自我もまた実体のあるものではなく意識の上の虚構の産物だからよ。人間ならだれでもひとりにつき一個もっている虚構、つまり物語みたいなものね。あなたは自分でつくりあげた虚構を自分の頭に入力した。その虚構がうまく機能して、集積データが目的に沿って再配置され、脳レベルの情報と身体レベルの情報が有機的に統一された。あなたは自分の頭を使って考えることができるようになり、自分の考えにしたがって手足を動かし行動することができるようになった。それがどんなメカニズムかなんて聞かないで。そんなことが実際に起こり得るかどうかもわたしにはわからない。

理論的にはそう考えられるというだけ。そして目的に合わない情報が不必要なものとして意識から切り離され、意識の底に沈澱した。意識の発生と同時に副産物として無意識も発生したという訳。これが、最近あなたは夢を見るようになったはずだとわたしがいった理由よ」

鈴木は相変わらず無言のまま真梨子を見つめているだけだった。

「あなたがつくりあげた虚構がどんなものだったかは推測するしかないけれど、どうやら公共の復讐者とか正義の代行者の物語だったようね。いったいなぜあなたはこんなことをしているの」

真梨子の問いに鈴木の表情がほんの少し動いたように見えた。その顔にそれまで一度も見たことのないなにかが浮かんだが、それがなんであるのかは判然としなかった。鈴木は長いあいだおし黙ったままでいたが、やがて口を開いた。

「先生はぼくが狂っていると思われますか」

その質問は思いがけないもので、真梨子を緊張させた。まるでナイフを喉元に突きつけられたような気がした。

「いいえ、狂っているとは思わないわ。あなたにはきっとそれしか選択肢がなかったのだと思う。つまり人工的に自我をつくりださざるを得なかったことについてだけれ

ないわ」

ど。でも、それがなぜ人を殺すことでなければならないのかはわたしには想像もつかない。

真梨子がそういうと、鈴木はまた黙りこんでしまった。

「いったいなぜなの」

鈴木が真梨子の顔を見た。真梨子には鈴木が話すべきかどうか迷っていることがわかった。真梨子は鈴木が口を開くのを待った。やがて鈴木が静かに話し始めた。

「ぼくがいましていることは意識的な操作の結果ではなく、偶然の出来事が重なった結果に過ぎません。十一年前に祖父の屋敷が火事になり、祖父が死んだことはご存じですね」

真梨子はうなずいた。

「あの火事の原因をつくったのは、屋敷に忍びこんだひとりの泥棒でした。泥棒に気づいた祖父がとりおさえようとしてもみあいになり、その最中に蠟燭の火を誤って倒してしまったのです。ぼくは一部始終を見ていました。なぜならその泥棒はぼくが寝ている部屋を物色していたからです。彼はぼくが眠っていると思っていましたが、ぼくは最初から気づいていました。そこに祖父がやってきたのです。蠟燭はぼくのベッドの枕元に立ててあったものでした。床に倒れた蠟燭の火はカーテンに燃え移り、一瞬のうちに大きくなりました。祖父は火にまかれ、それを見た泥棒はあわてて部屋から逃げだしました。ぼくは、泥棒が部屋に侵入したことも、祖父が部屋に入ってきてふたりのあいだで格闘になったこともはっきりと認識していました。しかしぼくは、ふたりがもみあっているときも、泥棒が逃げたあともベッドに横たわっていただけでした。祖父はしばらくのあいだ床を転げまわって体についた火を消そうとしていましたが、やがて力尽きました。祖父が死んだことはわかりましたが、それでもぼくはベッドに横たわって部屋中に火が燃え広がるのを見つめるだけで、指一本動かすことができずにいたのです。ベッドが燃え上がり、ぼくの体も火につつまれました。熱で全身の皮が剝《は》がれだし、ほとんど呼吸もできなくなりましたが、あやうく焼け死ぬ一歩手前で消防隊員の手で救いだされたのです」

鈴木は淡々とした口調で話した。

「だれもあなたに逃げるよういわなかったからね」

真梨子がいったが、鈴木は無言で彼女を見つめ返しただけだった。

「でもあなたは山では伊能さんを救けたでしょう。どうしてその晩は動けなかったの」

「伊能さんにお会いになったのですか」

鈴木が不思議なものでも見るような顔をした。真梨子が伊能を知っていることが意外なようだった。真梨子はうなずいた。

「その話は伊能さんから聞きました。しかしぼくはそのときのことを覚えていないのです。おそらく配線に微妙な加減があって、脳と体がふとしたことでつながることもあれば、まるでつながらないこともあったということでしょう。その頃のぼくはまだ自分の体を完全にコントロールすることができなかったのです」

鈴木の言葉が途切れた。真梨子は鈴木が話を再開するのを待った。しばらくすると鈴木はふたたび話しだした。

「手術のあとぼくは氷室友賢《ともかた》の屋敷に住むようになりました。氷室氏のことは茶屋警部からお聞きでしょう。その屋敷で一年後に同じことが起きたのです。火事ではなく、泥棒が入ったということですが。これはいっておかなければなりませんが、ぼくは手術以来ある程度自分の体をコントロールできるようになっていました。先生の言葉でいえば身体感覚を、体を根こそぎされるような外科手術を受けたせいで偶然にもとり戻したのです。その晩、ぼくは物音を聞きつけて寝室をでました。そして広間の二階で懐中電灯の明かりだけをたよりに歩いている泥棒を見つけたのです。近づいていくと、泥棒がぼくの足音に気づいて懐中電灯の明かりを向けました。そのとたん彼は恐怖の悲鳴をあげました。ぼくは手術を受けたばかりで、頭に鳥籠をかぶりその上から包帯を巻いた異様な出立ちをしていたのです。闇のなかからとつぜんあらわれたぼくは幽霊か化け物のように見えたでしょう。しかしそのときぼくも彼の顔を見ました。その男は一年前に祖父の屋敷に入った泥棒でした。ぼくは、ぼくの姿を見てすくんだように動けなくなっている男に歩み寄り、二階から突き落としました。復讐の念を抱いていた訳でも、男を見て怒りをおぼえた訳でもありません。まったく無感動に、立ち尽くしている男の背中を押して手摺りの下に突き落としたのです。どうしてそうしたかは自分でも説明がつきません。予期しないことが起こったのは、落下して一階の床に横たわった男の死体を見下ろした瞬間でした」

鈴木はそこまでいうと、考えこむように口を閉じた。

「なにが起こったの」

「とつぜん世界が鮮明になったのです。いや、それまでも世界は鮮明すぎるほど鮮明でしたが、ぼくはそれをただ外側から見ているだけでした。入陶倫行《のりゆき》が祖父であり、氷室友賢が祖父の友人であり、祖父が死んだので自分は氷室友賢の屋敷に住んでいるということもふくめて、ぼくは周囲の状況を正確に認識していましたが、それは単なる事実にしかすぎず、それ以上のものではありませんでした。しかし男の死体を見下ろした瞬間世界が豹変したのです」

鈴木が真梨子を見た。真梨子はなんといっていいかわからず黙っていた。鈴木がつづけた。

「一言でいえば、脳のなかで物と意味とが一致したのです」

「物と意味」

真梨子は目をしばたたかせた。

「それまでのぼくはドアを見ても、『ドアがある』と認識するだけで、決してそれを開けようとはしませんでした。しかしその瞬間、ドアは開閉するもので、そうしなければなんの意味もない物だということを理解したのです。気がつくとぼくはそれまでずっと外から見ていた世界の中にいました。まるで別の次元からやってきた人間がとつぜんこの世界に出現したようなものでした」

痛ましくもあり、こっけいにも思える話だった。そう感じるのは話自体があまりに突飛《とっぴ》なものだったからだろう。真梨子は混乱した感情を鎮《しず》めるために間を置かなければならなかった。

「肉体的にはなにか変化があったの」

しばらくしてから真梨子は精神分析医の口調で尋ねた。

「口がきけるようになりました。物音を聞いて駆けつけてきた氷室氏に、ぼくはなにが起こったのかを説明しました。切れ切れに単語をならべただけですが、とにかく自分の口で話したのです。氷室氏は話の内容より、ぼくがとつぜん口をききはじめたことのほうにはるかに驚いたようでした」

「人間離れした肉体的な能力についてはどうなの。あなたの頭のなかには図書館がひとつ丸ごと入っていることは理解できるけれども、あなたの肉体的な能力がなにに由来するものなのかわからない」

「ぼくに特別な能力などないことだけはたしかです。ただ先生がおっしゃったように、ぼくのなかでは脳レベルの情報と身体レベルの情報が有機的につながっていて、そのために脳の情報を身体行動に変換する際にロスが少ないのではないでしょうか。つまりふつうの人間よりエネルギー効率がいくらか良いのかもしれません」

真梨子は、その説明を自分が理解したかどうか考えた。自信はなかったが、なんとか理解することができたと思った。

「なるほど、わかったわ。それからどうなったの。つまり氷室氏との生活のことだけど」

「そのことについてはまだ話せないことがたくさんあるのです。多分これから茶屋警部が少しずつ探りだすことでしょう。ぼくにいえるのは、すべてはぼくが計画し実行したことで、氷室氏はぼくの境遇に同情し、力を貸してくれたにすぎないということだけです」

「その氷室氏の屋敷をでたのはなぜ」

「ぼくはふつうの人間のように話し、ふつうの人間のようにふるまうことを学ぶ必要がありました。そのためにふつうの人たちとまじって生活をしなければならなかったのです。先生、この話題についてはこれ以上いくら質問されても答えられません」

「でもまだわからないことがあるわ。どうしてあなたはこんなことをつづけているの。やりつづける意味がどこにあるの」

真梨子はいった。鈴木は真梨子を見つめていた。真梨子は鈴木の表情の裏に隠れているものを懸命に探ろうと見つめ返した。

「ひょっとしたらあなたは、いましていることをやめたら以前の状態に逆戻りしてしまうかもしれないと恐れているの。もしそうなら、人工的につくりだした自我を保つために人殺しをつづけるなんてあまりにも馬鹿げているわ。ほかにもいくらでも方法があるはずよ」

鈴木は黙ったままだった。

「どんな方法があるのですか」

不安になるほど長い沈黙のあとで鈴木がいった。

「それはまだわからない。でも、あなたにはありあまるほどの知性がある。ふたりで話し合えばかならず方法が見つかるはずよ」

真梨子は鈴木の顔にふたたび不可解な表情が浮かぶのを見た。困惑したような悩しげな表情。それまで一度も見たことのない表情だったが、その表情には見覚えがあった。伊能からあずかった写真に写っていた大威の十七歳のときの顔そのものだったのだ。

真梨子はそのとき不意に気づいた。鈴木が、夢を見るようになった理由などを聞くためにわざわざ自分を訪れてくるはずがない、と。真梨子がした推論くらい、鈴木なら自力でいとも簡単に考えだせたはずだった。真梨子は椅子から立ちあがった。

「立たないで。そこに座っていてください」

鈴木に歩み寄ろうとした真梨子に向かって鈴木がいった。真梨子は足を止め、その場に立ち尽くした。

「椅子に戻ってください」

鈴木が静かにいった。真梨子は仕方なく椅子に戻り、腰をおろしたが、それでも鈴木に向かっていわずにはいられなかった。

「こんなことをつづけていてはいけないわ。なにが善で、なにが悪か、そしてどんな悪が死にあたいするかの基準がどこにあるというの。悪人を見つけては片っ端から殺していくつもりなの。殺人犯や爆弾犯、詐欺師や窃盗犯も殺すの。ほかにはだれを殺すつもり。煙草の投げ捨てをした歩行者はどう、信号無視のドライバーはどうなの。やはり彼らも殺すの。あなたはなみはずれた頭脳をもっているけれど、それでも神ではない。善悪の基準を勝手につくって審判を下す権利などないのよ。そんなことはどんな人間にも許されていない。あなたがやっていることは緑川と同じよ。いつか自分に報いが返ってくることになるのはあなたにもわかっているはずだわ」

そこまでいったとき、真梨子は自分がいいすぎたことに気づいて口を閉じた。しかしこみあげてきた感情は容易に鎮静せず、そのために自分の唇が顫えているのがわかった。鈴木はまばたきもせずに真梨子を見つめていた。真梨子はいまやはっきりと鈴木の表情を読みとることができた。困惑と悩ましさ。その奥にあるかすかな切望の光。真梨子は体をこわばらせながら、手をのばして彼に触れ、彼を慰めたいという衝動をおぼえた。真梨子は鈴木がなにか一言でもいい返してくれることを願った。

しかし鈴木は口を開かなかった。真梨子に視線を向けたまま体の位置を変えるのがわかった。部屋からでていこうとしているのだ。

「待って、お願い」

真梨子は懇願した。しかし鈴木は動きを止めなかった。鈴木の手が玄関のドアにかかり、ドアの陰に体が半分隠れた。鈴木の体が完全に見えなくなったと同時に、真梨子は椅子から立ち上がって戸口へと走り、裸足《はだし》で玄関の外に飛びだした。真っすぐな通りの両側に家々の黒い影がならんでいた。頭上には星があふれ、一直線にのびた通りの向こうには磨きあげたばかりの金杯のような月があった。真梨子は狂おしく辺りを見まわした。鈴木の姿はどこにもなかった。

結局鈴木を見つけることはできず、真梨子は部屋に戻った。真っ先に茶屋に電話をかけなければならないことはわかっていたが、真梨子はそうしなかった。

あの悲しげな表情はいったいなんだったのだろう。真梨子は崩れるように椅子に腰をおろすと考えた。単に自分が勝手に想像をふくらませただけだったのだろうか。

この人は自分の行ないに罪悪感を感じ、その苦しみを打ち明けるために自分を訪れたのだ。鈴木の顔に浮かんだ悩ましげな表情を見た瞬間、真梨子はそう思ったのだった。

真梨子は背もたれに体をあずけ、天井を仰いだ。

自分の顔を思いきりひっぱたいてやりたい気分だった。苦しみをかかえ、救いを求めにきた人間を一方的に責め立てて追い返すような真似をしてしまった。精神科医のとるべき態度ではなかった。

しかし、鈴木が良心の呵責《かしやく》を感じ、そのために苦しんでいるというのは間違いない事実だろうか。それもまた自分の勝手な解釈なのではないか。真梨子は意識を集中して、自分の考えが正しいかどうか考えようとした。

感情がない人間がどうして罪悪感を感じるというのか。それとも鈴木には感情が芽生えはじめているのだろうか。いくら考えても結論などでるはずがなかった。確実なことはなにもなかった。

呆然と天井を見上げながら、ため息をついたとき、鈴木にどんな夢を見るのか聞くのを忘れていたことに気づいた。どんな夢にしろそれは重苦しく不安に満ちた夢に違いない、と真梨子は思った。それだけは確信をもっていえるような気がした。そしてもうひとつ、真梨子には確信があった。それはいつかかならずまた鈴木に会うことになるだろうという予感だった。

〈主要参考文献〉

『マルクス・アウレリウス「自省録」』（世界の名著13）

鈴木照雄訳　中央公論社

本書は二〇〇〇年九月、小社より単行本として刊行され、
二〇〇三年九月に刊行された文庫の新装版です。

|著者|首藤瓜於　1956年栃木県生まれ、上智大学法学部卒業。会社勤務等を経て、2000年に本作で第46回江戸川乱歩賞を受賞しデビュー。他著に『事故係 生稲昇太の多感』『刑事の墓場』『指し手の顔 脳男Ⅱ』（上・下）『刑事のはらわた』『大幽霊烏賊 名探偵面鏡真澄』がある。最新刊は『アガタ』。

脳男《のうおとこ》　新装版《しんそうばん》

首藤瓜於《しゅどううりお》

2021年４月15日第１刷発行
2023年10月26日第２刷発行
旧版：2018年３月22日第39刷発行

発行者――髙橋明男
発行所――株式会社　講談社
東京都文京区音羽2-12-21　〒112-8001
電話　出版（03）5395-3510
　　　販売（03）5395-5817
　　　業務（03）5395-3615

Printed in Japan

講談社文庫
定価はカバーに
表示してあります

KODANSHA

デザイン―菊地信義
本文データ制作―講談社デジタル製作
印刷――株式会社KPSプロダクツ
製本――株式会社KPSプロダクツ

ISBN978-4-06-522838-8

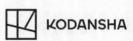

講談社文庫刊行の辞

二十一世紀の到来を目睫に望みながら、われわれはいま、人類史上かつて例を見ない巨大な転換期をむかえようとしている。

世界も、日本も、激動の予兆に対する期待とおののきを内に蔵して、未知の時代に歩み入ろうとしている。このときにあたり、創業の人野間清治の「ナショナル・エデュケイター」への志を現代に甦らせようと意図して、われわれはここに古今の文芸作品はいうまでもなく、ひろく人文・社会・自然の諸科学から東西の名著を網羅する、新しい綜合文庫の発刊を決意した。

激動の転換期はまた断絶の時代である。われわれは戦後二十五年間の出版文化のありかたへの深い反省をこめて、この断絶の時代にあえて人間的な持続を求めようとする。いたずらに浮薄な商業主義のあだ花を追い求めることなく、長期にわたって良書に生命をあたえようとつとめるところにしか、今後の出版文化の真の繁栄はあり得ないと信じるからである。

同時にわれわれはこの綜合文庫の刊行を通じて、人文・社会・自然の諸科学が、結局人間の学にほかならないことを立証しようと願っている。かつて知識とは、「汝自身を知る」ことにつきていた。現代社会の瑣末な情報の氾濫のなかから、力強い知識の源泉を掘り起し、技術文明のただなかに、生きた人間の姿を復活させること。それこそわれわれの切なる希求である。

われわれは権威に盲従せず、俗流に媚びることなく、渾然一体となって日本の「草の根」をかたちづくる若く新しい世代の人々に、心をこめてこの新しい綜合文庫をおくり届けたい。それは知識の泉であるとともに感受性のふるさとであり、もっとも有機的に組織され、社会に開かれた万人のための大学をめざしている。大方の支援と協力を衷心より切望してやまない。

一九七一年七月

野間省一

講談社文庫 目録

椎名 誠　埠頭三角暗闇市場
真保裕一　取引
真保裕一　震源
真保裕一　盗聴
真保裕一　朽ちた樹々の枝の下で
真保裕一　奪取 (上)(下)
真保裕一　防壁
真保裕一　密告
真保裕一　黄金の島 (上)(下)
真保裕一　発火点
真保裕一　夢の工房
真保裕一　灰色の北壁
真保裕一　覇王の番人 (上)(下)
真保裕一　デパートへ行こう！
真保裕一　アマルフィ〈外交官シリーズ〉
真保裕一　天使の報酬〈外交官シリーズ〉
真保裕一　アンダルシア〈外交官シリーズ〉
真保裕一　ダイスをころがせ！(上)(下)
真保裕一　天魔ゆく空 (上)(下)

真保裕一　ローカル線で行こう！
真保裕一　遊園地に行こう！
真保裕一　オリンピックへ行こう！
真保裕一　連鎖〈新装版〉
真保裕一　暗闇のアリア
真保裕一　ダーク・ブルー
篠田節子　弥勒
篠田節子　転生
篠田節子　竜と流木
重松 清　定年ゴジラ
重松 清　半パン・デイズ
重松 清　流星ワゴン
重松 清　ニッポンの単身赴任
重松 清　愛妻日記
重松 清　青春夜明け前
重松 清　カシオペアの丘で (上)(下)
重松 清　永遠《とわ》を旅する者〈ロストオデッセイ 千年の夢〉
重松 清　かあちゃん
重松 清　十字架

重松 清　峠うどん物語 (上)(下)
重松 清　希望ヶ丘の人びと (上)(下)
重松 清　赤ヘル１９７５
重松 清　なぎさの媚薬 (上)(下)
重松 清　さすらい猫ノアの伝説
重松 清　ルビィ
重松 清　どんまい
重松 清　旧友再会
新野剛志　美しい家
新野剛志　明日の色
殊能将之　ハサミ男
殊能将之　鏡の中は日曜日
殊能将之　殊能将之 未発表短篇集
首藤瓜於　事故係生稲昇太の多感
首藤瓜於　脳男 新装版
首藤瓜於　ブックキーパー 脳男 (上)(下)
島本理生　シルエット
島本理生　リトル・バイ・リトル
島本理生　生まれる森

島本理生 七緒のために
島本理生 夜はおしまい
小路幸也 高く遠く空へ歌ううた
小路幸也 空へ向かう花
小路幸也 原案 山田洋次 平松恵美子 家族はつらいよ
小路幸也 原作・脚本 山田洋次 平松恵美子 家族はつらいよ2
島田律子 私はもう逃げない〈自閉症の弟から教えられたこと〉
辛酸なめ子 女修行
柴崎友香 ドリーマーズ
柴崎友香 パノララ
翔田寛 誘拐児
白石一文 この胸に深々と突き刺さる矢を抜け(上)(下)
小説現代編 石田衣良他著 10分間の官能小説集
小説現代編 勝目梓他著 10分間の官能小説集2
小説現代編 乾くるみ他著 10分間の官能小説集3
柴村仁 プシュケの涙
塩田武士 盤上のアルファ
塩田武士 盤上に散る
塩田武士 女神のタクト
塩田武士 ともにがんばりましょう
塩田武士 罪の声
塩田武士 氷の仮面
塩田武士 歪んだ波紋
芝村凉也 孤闘《とう》の寂《せき》〈素浪人半四郎百鬼夜行(六)〉
芝村凉也 追憶の翰《かん》〈素浪人半四郎百鬼夜行(拾遺)〉
真藤順丈 畦と銃
真藤順丈 宝島(上)(下)
柴崎竜人 三軒茶屋星座館1〈冬のオリオン〉
柴崎竜人 三軒茶屋星座館2〈夏のキグナス〉
柴崎竜人 三軒茶屋星座館3〈春のカリスト〉
柴崎竜人 三軒茶屋星座館4〈秋のアンドロメダ〉
周木律 眼球堂の殺人〈～The Book～〉
周木律 双孔堂の殺人〈～Double Torus～〉
周木律 五覚堂の殺人〈～Burning Ship～〉
周木律 伽藍堂の殺人〈～Banach-Tarski Paradox～〉
周木律 教会堂の殺人〈～Game Theory～〉
周木律 鏡面堂の殺人〈～Theory of Relativity～〉
周木律 大聖堂の殺人〈～The Books～〉
下村敦史 闇に香る嘘
下村敦史 生還者
下村敦史 叛《はん》徒《と》
下村敦史 失踪者
下村敦史 緑の窓口〈樹木トラブル解決します〉
九把刀 阿井幸作／泉京鹿 訳 あの頃、君を追いかけた
神護かずみ ノワールをまとう女
四戸俊成 芹沢政信 神在月のこども
篠原悠希 霊獣紀〈獲麟《かくりん》の書(上)〉
篠原悠希 霊獣紀〈獲麟《かくりん》の書(下)〉
篠原悠希 霊獣紀〈蛟龍《こうりゅう》の書(上)〉
篠原悠希 霊獣紀〈蛟龍《こうりゅう》の書(下)〉
篠原美季 古都妖異譚〈玉手箱～シール オブ ザ ゴッデス～〉
潮谷験 スイッチ〈悪意の実験〉
潮谷験 時空犯
潮谷験 エンドロール
島口大樹 鳥がぼくらは祈り、
杉本苑子 孤愁の岸(上)(下)
鈴木光司 神々のプロムナード

2023年9月15日現在